Le Don
du mensonge

DE LA MÊME AUTRICE

Chez le même éditeur

Mort à la Fenice
Mort en terre étrangère
Un Vénitien anonyme
Le Prix de la chair
Entre deux eaux
Péchés mortels
Noblesse oblige
L'Affaire Paola
Des amis haut placés
Mortes-Eaux
Une question d'honneur
Le Meilleur de nos fils
Sans Brunetti
Dissimulation de preuves
De sang et d'ébène
Requiem pour une cité de verre
Le Cantique des innocents
La Petite Fille de ses rêves
Brunetti passe à table
La Femme au masque de chair
Les Joyaux du paradis
Brunetti et le Mauvais Augure
Deux Veuves pour un testament
L'Inconnu du Grand Canal
Le garçon qui ne parlait pas
Brunetti entre les lignes
Brunetti en trois actes
Minuit sur le canal San Boldo
Les Disparus de la lagune
La Tentation du pardon
Quand un fils nous est donné
En eaux dangereuses
Les Masques éphémères

Donna Leon

Le Don du mensonge

TRADUIT DE L'ANGLAIS (ÉTATS-UNIS)
PAR GABRIELLA ZIMMERMANN

CALMANN LÉVY NOIR

CALMANN LÉVY
ÉDITEUR DEPUIS 1836

Titre original :
GIVE UNTO OTHERS
Première publication : Hutchinson Heinemann, une compagnie de Penguin Random House, Londres (UK), 2022

Couverture
Conception graphique : Raphaëlle Faguer
Photographie : © Travelwild / Shutterstock

ISBN 978-2-7021-8587-2

À Heike Bischoff-Ferrari

Heureux celui qui s'intéresse au pauvre !
Au jour du malheur l'Éternel le délivre,
L'Éternel le garde et lui conserve la vie.

HÄNDEL, « Foundling Hospital Anthem »,
HWV 268

1

Avant de quitter la questure, Brunetti jeta *Il Gazzettino* dans la corbeille à papier, mais l'un de ses principaux articles lui resta en tête. Une fois chez lui, il s'installa sur son canapé avec le *Contre Verres* de Cicéron et la philippique à l'encontre de cet officier corrompu le fit songer au ruissellement d'argent engendré par la *pandemia* qui avait fortement ravagé le pays.

Même la mort de plus d'une centaine de milliers de personnes n'avait pas réussi à mettre un terme à l'avidité ambiante – non pas que Brunetti ait cru un seul instant qu'elle y parviendrait – ni à émousser l'habileté du crime organisé à plonger son groin dans l'auge laissée pratiquement sans surveillance. Comme on avait fait tomber une pluie de pièces d'or, d'innombrables sociétés avaient procédé à des demandes de dédommagements auprès d'organismes censés subvenir aux besoins d'une Europe en proie à la peur. Brunetti fut surpris à la vue de certains noms, mentionnés à la fois au sein des agences gouvernementales supervisant la mise à disposition de ces fonds et parmi les directeurs des sociétés qui en bénéficiaient. Et il ne douta point qu'au fil du temps, ces personnes finiraient par lui devenir de plus en plus familières, ainsi qu'à ses collègues de la Guardia di Finanza[1].

Ce nouveau système avait secouru de nombreuses sociétés et garanti de nombreux prêts ; Brunetti savait que ces initiatives seraient très bénéfiques et que bien des individus ayant frôlé la banqueroute seraient sauvés. Il était persuadé, toutefois, qu'il n'y aurait pas de partage équitable des sommes allouées et que beaucoup de sociétés se créeraient rapidement dans l'intention de faire inéluctablement faillite et d'être renflouées.

Brunetti n'était pas un grand expert en matière d'économie, mais il était toujours attentif aux moyens que les gens déployaient pour pouvoir tricher et voler et il était convaincu que les dégâts financiers causés par le Covid encourageraient précisément ces délits. Il connaissait bien les techniques des pickpockets et des resquilleurs qui commençaient par créer une situation de trouble, afin de perturber et de distraire leurs victimes, qu'ils volaient ensuite au moment où elles étaient le plus vulnérables. Bien que Mère Nature soit cette fois-ci la cause et le trouble, les criminels entreprenants avaient vite détecté une façon de tirer profit de l'état de choc et de confusion de leurs proies.

Il Gazzettino avait mentionné que les propriétés commerciales passaient actuellement de main en main avec une grande rapidité, phénomène qui aurait pu être vu comme un signal encourageant dans un monde aux possibilités financières brimées, voire comme la preuve du renouvellement de l'économie locale, si les rapports évoqués

1. La Guardia di Finanza est une des forces de police italienne, dépendant directement du ministre de l'Économie et des Finances. (*Toutes les notes sont de la traductrice.*)

par la presse nationale n'avaient pas présenté simultanément le revers de la médaille : les problèmes de liquidité des différentes mafias qui ne savaient que faire de tout l'argent qui arrivait à flot et qui avait besoin d'être blanchi et réintroduit dans le système bancaire. Alors pourquoi ne pas s'orienter vers un bien immobilier commercial de premier choix à Venise ? On reviendrait bien évidemment aux bonnes vieilles recettes ; les touristes seraient de retour ; les bateaux de croisière eux aussi recommenceraient à sillonner les eaux même si Brunetti les trouvait grossiers.

Il chassa ces pensées en se disant qu'il était bien trop tôt pour se lancer dans ce genre de réflexions et qu'il y avait toujours une chance que la *pandemia* ait eu un effet positif sur le regard que les gens portaient désormais sur le monde, voire sur l'échelle de leurs priorités.

Un bruit dans le vestibule le fit sortir de sa méditation. Il vit Chiara emprunter le couloir puis disparaître vers sa chambre afin de se plonger dans son monde hermétique des réseaux sociaux. Il se sentit envahi de crainte pour ses enfants, puis par une vague d'espoir pour un avenir radieux, malgré le monde en lambeaux dans lequel ils étaient destinés à grandir.

Affecté par ces pensées, il se rendit dans le bureau de Paola. Elle était à son ordinateur, les lunettes descendues au milieu du nez, concentrée sur son écran. Sans lever les yeux, elle lui dit :

« Je suis ravie que tu sois rentré.

— Pourquoi ? » demanda-t-il en l'embrassant sur la tête.

Elle continua à taper quelques mots, enleva ses lunettes et le regarda. Il remarqua que ses yeux mirent un moment à s'adapter à cette plus grande distance.

« Parce que tu as assez de force pour m'empêcher de grimper sur le parapet de la terrasse et de sauter », répondit-elle de cette voix calme que l'on adopte lorsque l'on indique aux gens leur chemin dans la rue.

Brunetti alla s'asseoir sur le canapé, se déchaussa et posa ses pieds sur la table. Il n'y avait ni documents ni livres sur le bureau de Paola, seulement sa tasse à café vide et sa soucoupe.

« Si c'est en lien avec l'université, je peux descendre dans la chambre et aller chercher mon pistolet.

— Pour moi ?

— Certainement pas ! Je n'attaquerais que la personne sur qui tu es en train d'écrire. Ou serait-ce celle à qui tu es en train d'écrire ?

— C'est la seconde alternative qui est la bonne, dit-elle.

— Qui est-ce ?

— Cet idiot de Severin ! »

Sur le moment, le nom ne lui évoqua rien, mais Brunetti se souvint ensuite d'un dîner auquel il avait assisté, sous la menace de Paola, cinq mois plus tôt. Ils s'étaient retrouvés à la même table que son collègue de la faculté de littérature anglaise, Claudio Severin et son épouse, tout à fait charmante, dont Brunetti avait oublié le nom.

« Sa femme ne travaille pas à l'université, si je ne me trompe pas ? demanda Brunetti, se remémorant au moins ce détail.

— Effectivement ; elle est avocate.

— C'est plutôt bien d'exercer de véritables métiers », lança Brunetti en faisant un large sourire à Paola, en espérant qu'elle rirait.

Mais elle s'en abstint, et resta de marbre. Cela signifiait que l'affaire était grave.

Brunetti commença par se demander ce que Severin avait bien pu faire pour la contrarier à ce point, mais il décida de changer son fusil d'épaule et posa une question plus neutre.

« Qu'est-ce que tu es en train de lui dire ?

— Que je ne suis pas d'accord avec son jugement sur une de nos doctorantes.

— Qui est-ce ?

— Anna Maria Orlando. Originaire de Bari, je crois. Jolie. Avec un style remarquable.

— Et ? s'enquit-il.

— Et Severin est tombé fou amoureux d'elle. Elle a suivi tous ses cours, lui a demandé d'être son directeur de thèse. Et il m'a dit qu'il est en train de suggérer à l'université de retenir sa candidature comme assistante de recherche.

— Ciel, une affaire de copinage ! Suis-je censé réagir comme si c'était la première fois que j'entendais une telle histoire ? » ironisa Brunetti.

Puis, au souvenir de l'état de ruine auquel certaines jeunes femmes avaient pu mener des hommes plus âgés, il renonça à ses plaisanteries.

« Et ton e-mail ? demanda-t-il

— Je lui envoie un mot informel, pas en qualité de membre du comité chargé de gérer ces nominations, pour lui dire qu'il est peu probable que la signorina Orlando réponde aux prérequis établis par le département.

— Quels sont-ils ?

— De remarquables prestations en classe », expliqua Paola, en levant le pouce. « Le soutien et l'approbation de ses professeurs précédents », ajouta-t-elle en tendant l'index. Puis elle dressa son majeur pour illustrer le dernier critère : « Et au moins deux articles publiés dans des revues prestigieuses dans le champ de spécialisation de l'étudiante.

— C'est-à-dire ? » s'informa Brunetti.

Après un moment d'hésitation, Paola précisa : « Les *Silver Fork Novels*.

— Qu'est-ce que c'est ?

— Ce sont des romans anglais du XIXe siècle… de longs laïus sur la bonne ou la mauvaise façon de se comporter en haute société. » Face à son absence de réaction, elle précisa : « Ils sont très populaires.

— Tu les as lus ? demanda-t-il, toujours sceptique sur ce qu'elle avait bien pu fabriquer pendant ses années d'études à Oxford.

— Un.

— Tu te souviens du titre ? » demanda-t-il. Paola se souvenait de tout.

Elle ferma les yeux et convoqua sa mémoire, puis lorsqu'elle les ouvrit, elle annonça : « *Contarini Fleming.* »

Brunetti garda le silence un moment, puis il se décida à lui dire : « Raconte-moi.

— C'est plutôt compliqué. La mère du héros meurt en couches ; il grandit en Scandinavie, tombe amoureux d'une femme mariée qui le rejette. Désespéré, il part à Venise où il tombe amoureux de sa cousine, qui elle ne le rejette pas et qui meurt à son tour en couches. »

Elle se tut et regarda au loin, avec cette expression que Brunetti appelait son « visage de gestation », celui qu'elle prenait lorsqu'elle formulait une théorie.

Comme si elle posait une question rhétorique en début de cours, elle demanda :

« N'est-il pas intéressant d'observer que dans les romans victoriens, les femmes meurent souvent en couches ou de tuberculose ?

— Et ce livre était donc populaire ? s'enquit Brunetti, se refusant à répondre à sa question.

— Oui. Très !

— Et l'auteur ? Qu'est-il devenu ? s'informa Brunetti, certain qu'il avait mal fini, après avoir lu ou écrit un tel récit.

— Il est devenu Premier Ministre d'Angleterre !

— Quel âge a la signorina Orlando ? Si je peux revenir à nos moutons », demanda-t-il au bout d'un long moment, estimant que Severin devait avoir la fin de la cinquantaine.

— Une petite vingtaine d'années, je dirais.

— Oh mon Dieu. Problèmes à l'horizon. »

Puis pour faire plaisir à Paola il ajouta, en recourant à l'une de ses expressions anglaises : « *Tears before bedtime*[1].

— Je soupçonne que le moment d'aller au lit ait déjà eu lieu, mon chéri », répliqua-t-elle.

Insensible à son sarcasme, Brunetti remit la question sur le tapis : « Que vas-tu lui dire ?

— Je lui envoie une copie du dossier de la candidate et les commentaires de ses différents professeurs.

— Est-ce permis ? »

Elle leva les yeux, surprise.

« Bien sûr. Ces éléments font partie du dossier qui accompagne les étudiants année après année.

— Et les professeurs écrivent ouvertement ce qu'ils pensent d'eux ? » demanda Brunetti, soudain conscient de

1. Expression signifiant que des pleurs surviendront avant le coucher.

la merveille qu'était la liberté académique. Ah, si seulement…

« Bien sûr que non », répondit Paola qui s'arrêta brusquement d'écrire et enleva ses mains du clavier. « Disons qu'ils écrivent en message crypté et chacun comprend le code.

— Ah », soupira Brunetti, ravi d'apprendre que les universitaires étaient logés à la même enseigne que les policiers lorsqu'il s'agissait d'évaluer leurs collègues : ne jamais oublier les répercussions possibles en cas de jugement négatif ou critique.

« Rempli d'enthousiasme » pour « inconsidéré » ; « admiré pour son sérieux » pour « ennuyeux » ; « s'intéresse aux opinions de ses collègues » pour « incapable de prendre une décision » ; « fait montre d'une grande compréhension intuitive » pour « ne semble manifester aucune familiarité avec le code pénal ».

Brunetti sourit et hocha la tête, affranchi de l'illusion qu'il existât sur terre un lieu où les prestations professionnelles des gens étaient jugées de manière objective et honnête.

« Ce que je ne comprends pas, Paola, c'est pourquoi tu t'embêtes à lui écrire.

— Je te l'ai déjà dit, c'est parce qu'il a été bienveillant à mon égard au début de ma carrière. »

Elle se tourna vers lui, mais reporta immédiatement son regard sur l'écran, comme si elle était gênée de tenir ces propos.

Brunetti se contenta d'opiner du chef. Il ne savait jamais si la dette infinie de reconnaissance que Paola pouvait éprouver à l'égard d'une personne qui avait été gentille un jour envers elle était une vertu ou une faiblesse. Et il n'aurait su dire non plus pour quelle raison, en fait, cette attitude était une faiblesse à ses yeux.

« Donc, que vas-tu lui écrire ?

— Qu'il serait peut-être sage de sa part de jeter un coup d'œil sur les prérequis exacts demandés pour le poste que l'université a proposé en ligne et de vérifier si la signorina Orlando répond à chacun d'eux.

— Cela me semble tout à fait raisonnable.

— Effectivement, et j'insisterai sur l'obligation des deux publications dans des revues jouissant d'une excellente réputation. »

Brunetti, valeureux et curieux comme il l'était, osa demander : « Et quelles sont les publications jouissant de cette réputation ? »

Paola ferma les yeux et énonça, du fin fond de sa mémoire : « La *Victorian Literature and Culture* et le *Journal of Victorian Culture*. Mais bien sûr, il y en a beaucoup d'autres.

— On dirait ces revues que d'étranges individus au teint pâle essaient de te vendre dans la rue.

— Nous sommes à Venise, Guido », rétorqua-t-elle.

Bon joueur, Brunetti se leva et alla voir dans la cuisine s'il y avait quelque chose à grignoter pour pouvoir tenir jusqu'à l'heure du dîner.

2

Le lendemain matin, tandis qu'il se rendait à la questure, Brunetti sentit le soleil lui chauffer le visage en traversant le Rialto. Il s'arrêta au sommet du pont et observa les façades qui jalonnaient nonchalamment le cours du Grand Canal en direction de l'université.

Il décida d'effectuer son trajet à pied ; il prit sur la gauche et continua jusque chez Didovich où il s'arrêta prendre un café en jetant un coup d'œil aux grands titres du journal que lisait le client debout près de lui. Puis il longea les Miracoli, descendit tout droit vers les Santi Giovanni e Paolo où il fut emporté par la beauté foudroyante des façades de la basilique et de l'*ospedale*. Il s'attarda sur le *campo*, espérant retrouver l'admiration qu'il avait pour ce lieu lorsqu'il était enfant et que seuls comptaient les lions de l'hôpital et le cheval du Colleone.

Il n'avait pu s'y arrêter ces derniers temps pour en contempler les merveilles car, à l'instar de toute personne devant encore aller travailler par temps de Covid, il choisissait fort prudemment ses trajets, évitait si possible le vaporetto et esquivait les passants qui ne portaient pas de masque. En cette période plus apaisée, Brunetti pouvait retrouver quelques bribes du passé et s'accorder quelques gestes pour le plaisir, et sans peur. Cela pouvait sembler anodin, mais aux yeux de Brunetti, ce sentiment était précieux.

Pendolini, l'agent en faction à la porte d'entrée, portait encore son masque en permanence. Bien des employés travaillant à l'intérieur y avaient quasiment renoncé, mais pas Pendolini. Brunetti ignorait si les autres se croyaient invulnérables parce qu'ils étaient des officiers de police. Il avait interrogé sur la question son frère Sergio, qui travaillait à *l'ospedale civile*. Ce dernier lui avait expliqué qu'il portait toujours un masque au travail, mais pas ailleurs, et avait précisé à Brunetti qu'après sa double vaccination, il n'en avait pas besoin, sauf s'il se retrouvait enfermé dans une pièce mal ventilée avec une personne à risque.

« Il y a une femme qui veut vous voir, Commissario. Cela fait un moment qu'elle est là », lui apprit Pendolini. Il la lui indiqua à l'autre bout de l'immense vestibule où Brunetti aperçut une femme assise sur le long banc réservé aux visiteurs. Un homme, avec qui elle était apparemment en pleine conversation, se tenait devant elle. Derrière eux était accrochée une photo de la fontaine de Trevi, dont la présence à cet endroit avait toujours intrigué Brunetti.

« Comment s'appelle-t-elle ?

— Elle ne me l'a pas dit, monsieur. Elle a affirmé qu'elle vous connaissait.

— Qui discute avec elle ? s'enquit Brunetti.

— J'ai l'impression que c'est le lieutenant Scarpa, répondit l'officier. Il a dû descendre après que je lui ai demandé de vous attendre dans le hall. »

Quelques instants plus tard, Brunetti eut la confirmation que c'était bien le lieutenant Scarpa, l'assistant – même si d'autres estimaient le terme de larbin plus approprié – du vice-questeur Giuseppe Patta, le supérieur hiérarchique direct de Brunetti.

À la vue du commissaire, le lieutenant lui sourit, se pencha vers la femme puis il s'écarta d'elle lentement et se dirigea vers l'escalier. Le regard du commissaire se porta sur la femme, au visage partiellement caché par un masque et au début, il ne la reconnut pas. Elle était mince et avait les cheveux courts, mais si bien coupés qu'elle semblait tout sauf masculine, et si bien entremêlés de mèches blondes qu'elle semblait tout sauf une dame grisonnante.

Elle fit un signe de la main gauche à Brunetti, d'un geste rythmé comme le tic-tac d'un métronome. Cette image enclencha la mémoire atavique de Brunetti – mais ne lui procura pas particulièrement de bonheur – et il comprit qu'il s'agissait d'Elisabetta Foscarini, dont la famille, bien des décennies auparavant, vivait au-dessus de la sienne, à Castello, mais dans un appartement beaucoup plus grand. Un vieux copain d'armée de son père lui avait attribué un petit logement au rez-de-chaussée pour le récompenser de son travail de factotum. Il nettoyait les escaliers, sortait les poubelles, pourvoyait à de petites tâches ménagères pour d'autres gens dans l'immeuble et dans le voisinage, et faisait même les courses pour certains d'entre eux. Castello n'était pas le royaume des secrets ; il était donc notoire que la famille Brunetti était pauvre, le père bizarre et qu'ils ne payaient pas de loyer.

Le commissaire se tourna et demanda à Pendolini un masque. Surpris, le policier recula d'un pas pour entrer dans son bureau et en sortit rapidement avec un masque pour son supérieur. Brunetti le remercia, passa les élastiques derrière ses oreilles et s'approcha d'Elisabetta.

Il était au collège lorsqu'ils emménagèrent dans cet appartement. Elisabetta, fille unique, avait cinq ou six ans de plus que lui ; elle était inscrite au lycée Morosini, considéré même à l'époque comme la meilleure école de la ville.

Au bout de quelques mois à vivre dans ces conditions, le père de Brunetti ne put plus supporter cette aumône et la famille partit s'installer dans un appartement encore plus petit, situé à un rez-de-chaussée encore plus sinistre près de Santa Marta où son frère Sergio et lui dormaient dans la même chambre. Le comportement de son père était devenu si étrange qu'il avait été envoyé, en qualité d'ancien soldat, dans un hôpital militaire où on l'avait gardé suffisamment longtemps pour qu'il en ait quasiment perdu l'usage de la parole et être ainsi moins susceptible de tenir des propos insolites. À son retour à la maison, il était devenu plus affectueux et parvenait à mieux se faire comprendre. Brunetti se souvenait de cette période dans les moindres détails. Il regarda Elisabetta se lever afin de venir à sa rencontre. Comme toujours, elle se tenait droite comme un i et avançait à grandes enjambées. Elle semblait en excellente forme et les années l'avaient véritablement épargnée. Ils s'arrêtèrent en même temps, à un mètre l'un de l'autre.

« Ah, Guido, comme cela me fait plaisir de te voir ! » s'exclama-t-elle en italien et pas en vénitien. Sa famille n'avait jamais parlé le dialecte des classes inférieures, se souvint-il.

« Tu as l'air en très bonne forme, continua-t-elle. Cela fait… » Elle marqua une pause en fermant les yeux. « … Une éternité que ta famille est partie de Castello. Mais au moins nous avons eu l'occasion de nous croiser dans la rue. Très vénitien, n'est-ce pas ? » ajouta-t-elle, les yeux pétillants.

Brunetti sourit et fit un signe d'assentiment, se remémorant les nombreuses fois où ils s'étaient salués mutuellement au fil des ans. Il avait vu certains hommes en sa compagnie, puis s'en écarter, et en avait vu un rester plusieurs années. Puis un jour, elle eut un bébé qui devint une enfant, puis une adolescente.

Il avait vu Elisabetta changer à maintes reprises de couleur de cheveux et de coiffure, tandis qu'il avait vu les cheveux de l'homme qui l'accompagnait encore dans ses promenades devenir blancs. Une évolution capillaire qu'elle s'interdisait par tous les moyens. De temps à autre, Brunetti et Elisabetta s'arrêtaient pour évoquer le temps passé, mais seulement les bons moments. Une fois où il l'avait rencontrée avec cet homme chenu, ils avaient pris un café tous ensemble. Il se trouvait que c'était Bruno del Balzo, un homme connu à Venise pour son entreprenariat. Ses usines à l'étranger fabriquaient des pièces détachées, des vêtements et des chaussures et il possédait également des supermarchés à Marghera et à Mestre, ainsi qu'un grand magasin d'alimentation près du campo Santo Stefano qui approvisionnait les touristes, tout comme les végétariens et les vegans, de plus en plus nombreux dans la ville.

Une dizaine d'années plus tôt, Brunetti avait cessé de les croiser autour de San Marco et supposa qu'ils s'étaient installés dans un autre quartier. Puis, un jour où il sortait de chez Rosa Salva sur le campo San Giovanni e Paolo, il reconnut cet homme aux cheveux blancs, en train d'ouvrir la porte du dernier des *palazzi* se dressant sur cette place.

« Bien, bien, bien », dit Elisabetta, sans veiller à effectuer ces gestes absurdes censés se substituer désormais aux serrements de mains ou aux bises.

La mémoire, Brunetti le savait, jouait de nombreux tours, mais il sentit qu'il n'était pas spécialement ravi de la revoir, non pas parce qu'il l'associait à la phase la plus dure de sa vie, mais parce qu'il se souvint qu'une fois où elle entrait dans leur immeuble et où elle avait parfaitement vu la mère de Brunetti s'approcher, elle ne s'était pas arrêtée pour lui tenir la porte. Ce manque de politesse élémentaire avait choqué le jeune Brunetti et altéré l'admiration qu'il lui avait portée jusque-là.

Avant de pouvoir lui dire combien il était heureux de la voir, elle déclara, en jetant un coup d'œil circulaire sur l'énorme hall d'entrée comme si c'était chez lui : « Nous t'avons suivi tout au long de ta carrière, ma mère et moi. »

Elle était encore aussi grande que lui. Malgré de petites rides et quelques taches de vieillesse, son visage dégageait toujours une grande beauté.

« Je ne sais pas pourquoi, mais ma mère a toujours été très fière de ton succès, poursuivit-elle. Elle t'aimait beaucoup.

— Vraiment ? » demanda-t-il, content que sa mère se souvînt de lui.

Pendant tout le temps où ils se livrèrent aux rituels classiques des retrouvailles, Brunetti n'eut de cesse de se demander pour quelle raison elle était là. Il était évident qu'elle n'était pas venue le voir à la questure pour évoquer le bon vieux temps ni pour discuter des changements advenus dans Castello depuis cette lointaine époque.

« Y a-t-il un endroit où nous pourrions parler, Guido ? » demanda-t-elle à voix basse. Il hocha la tête et se dit que si elle l'avait appelé deux fois par son prénom, c'est que l'objet de sa visite devait être important.

Brunetti désigna d'un geste l'escalier que le lieutenant avait emprunté.

« Mon bureau, si cela ne te dérange pas de monter deux étages à pied.

— Mon Dieu, mais ce n'est rien, répliqua-t-elle. Nous habitons au quatrième. Sans ascenseur ! »

Brunetti opina du chef et il imagina la vue de chez elle. Depuis le quatrième étage, elle et son mari devaient sûrement apercevoir les montagnes.

« Alors, allons-y ! » proposa-t-il.

Il ne lui offrit pas le bras sachant que beaucoup de gens, maintenant, ne souhaitaient plus avoir le moindre contact physique. Plus de bises entre amis dans la rue, plus d'étreintes, plus de tapotements furtifs sur le bras d'un passant pour attirer son attention et lui signaler qu'il a perdu quelque chose, ou qu'il s'est trompé de porte pour entrer dans tel ou tel bâtiment. En un clin d'œil, une froideur formelle avait été imposée à tout un chacun et Brunetti se rendit compte combien lui manquait la douceur de l'humanité passée.

Tandis qu'ils gravissaient l'escalier, elle lui demanda des nouvelles de sa famille, de sa femme et ses enfants, avec un intérêt visiblement sincère. Il lui expliqua que sa femme enseignait toujours à l'université où son fils faisait maintenant lui-même ses études et que sa fille envisageait de s'y inscrire dans deux ans. Tout en ralentissant délibérément leur rythme, Brunetti lui demanda à son tour des nouvelles de la petite fille qu'il avait vue grandir, mais évita de mentionner son mari.

Elle marqua une pause au pied de la seconde volée de marches et finit par dire : « Ce n'est plus une petite fille. Elle a plus de trente ans. »

Brunetti remarqua qu'elle avait procédé à une synthèse aussi brève que la sienne.

Il s'arrêta un certain temps sur le dernier palier pour lui laisser reprendre son souffle – un acte de courtoisie superflu, se rendit-il compte rapidement. Percevant soudain un bruit de pas derrière eux, il se retourna et vit Claudia Griffoni en train de monter. Comme il était accompagné, elle sourit en levant la main et continua son ascension.

« Claudia ! » l'appela Brunetti.

Elle s'arrêta, pivota et descendit les rejoindre.

« Je voudrais te présenter une vieille amie à moi, Elisabetta Foscarini. »

Griffoni lui tendit la main avec un grand sourire, geste qui sembla surprendre Elisabetta. Cette dernière lui sourit en retour en secouant la tête. Griffoni dit : « Oh, je suis désolée, vraiment. Je n'ai toujours pas intégré les nouvelles normes, s'excusa Griffoni.

— *Piacere*[1], dit Elisabetta en gardant sa main sur le côté.

— Tout le plaisir est pour moi, signora. »

Pour les aider à surmonter ce moment de gêne, Brunetti expliqua à Griffoni : « Nous habitions dans le même immeuble quand nous étions adolescents. »

Griffoni regarda Elisabetta et lui dit, comme pour créer une complicité entre elles : « Je n'aurais jamais pu m'imaginer le commissario adolescent ! »

Elisabetta éclata de rire sans grande délicatesse.

Avant que le commissaire ne puisse proférer un mot, sa collègue leur adressa un signe de tête et monta dans son bureau.

Une fois arrivé dans le sien, Brunetti ouvrit la fenêtre pour aérer un peu la pièce. Il faillit bousculer Elisabetta et recula très vite en s'excusant. Il lui proposa d'accrocher son manteau ; elle l'enleva donc et le lui tendit. Il en avait admiré la coupe ; il pouvait maintenant en apprécier le tissu.

1. Enchantée.

Il le suspendit dans son armoire et disposa un des fauteuils devant son bureau. L'idée de se replier derrière sa table de travail l'effleura un instant, mais il préféra installer le second fauteuil en face d'elle, tout en maintenant une certaine distance. Il enleva son masque ; encouragée par cette initiative, elle ôta le sien et le glissa dans un sachet en plastique refermable qu'elle gardait dans son sac.

Comme il était assis devant elle et que son visage était désormais entièrement découvert, Brunetti aperçut plus clairement combien sa beauté s'était flétrie. Elle était plus maigre que dans son souvenir et le temps avait marqué le bas de son visage. Mais son regard demeurait intact : insistant, ferme, dénué de toute tentative latente de séduction, ce qui était souvent le propre des belles femmes.

Ai-je été un brin amoureux d'elle dans le temps ? se demanda Brunetti.

D'une certaine manière, probablement, mais c'était une autre époque et un garçon de sa classe n'aurait jamais osé prétendre à une fille de la sienne. Peut-être un seul regard d'Elisabetta avait-il suffi à mettre au clair les règles du jeu, ou peut-être l'incident de la porte avait-il brisé l'admiration qu'il éprouvait pour elle.

La voix de son amie le fit revenir à la réalité présente : assis tous deux sur un pied d'égalité, dans des fauteuils situés l'un en face de l'autre.

« Comme ils sont agréables les gens avec qui tu travailles », dit-elle pour ouvrir le bal. Face à son silence, elle lui demanda : « Je ne t'empêche pas de travailler, j'espère. »

Elle s'exprimait avec une déférence qui le mit mal à l'aise.

« J'ai tout mon temps : ces jours-ci, la ville est calme.

— Eh bien, c'est plutôt une bonne chose, n'est-ce pas ? affirma-t-elle d'un air absent, sans veiller à lui demander la raison de cet état de fait et affichant peu d'intérêt pour sa remarque. Je ne veux surtout pas te déranger. »

On aurait dit qu'elle souhaitait presque que leur entretien soit bref, un souhait courant parmi les gens qui venaient le voir à la questure. Il se souvint brusquement d'une fin d'après-midi – il devait avoir treize ans – où quelqu'un frappa à la porte de l'appartement pendant qu'il faisait ses devoirs sur la table de la cuisine, la seule surface plate assez grande pour pouvoir écrire dessus. Il lui fallut répondre car sa mère était allée faire le ménage chez leur propriétaire, comme elle le faisait deux fois par semaine.

Il poussa ses cahiers sur le côté et alla ouvrir ; il se retrouva alors devant la mère d'Elisabetta, qui tenait une grosse casserole à la main.

C'était une femme grande, horriblement maigre et pas très jolie ; elle tirait en arrière ses cheveux clairsemés pour former le même minuscule chignon qu'une grand-mère. On n'aurait jamais pu imaginer qu'elle était la femme d'un notaire fortuné, à moins d'être vénitien et d'être ainsi au courant des coulisses du mariage. On aurait su alors qu'elle était la fille unique du *notaio* Alberto Cesti, un des notaires les plus prospères de la ville, et que le coup de foudre de son assistant Leonardo Foscarini avait été provoqué – disait-on – à la vue de la liste des clients du père et des honoraires qu'il percevait chaque année.

La mère d'Elisabetta salua le jeune Brunetti et expliqua qu'elle était descendue leur demander la faveur de laisser cette casserole chez eux : il la regarda, évalua sa taille et proposa de la lui prendre.

« Merci, Guido, répondit-elle. Mais comme elle est très chaude, je vais la mettre directement sur la cuisinière. »

En trois enjambées, elle traversa la cuisine ; elle posa la casserole sur un des brûleurs et agita ses mains pour les refroidir après avoir tenu les anses si longtemps. L'odeur qui s'échappait du couvercle emplit la cuisine du parfum d'herbes aromatiques, de tomates et d'oignons.

Brunetti songea à l'inviter à boire quelque chose, mais il n'y avait que de l'eau et cette situation le plongea dans l'embarras.

« Que dois-je dire à ma mère ? demanda-t-il.

— Que je viens d'essayer la recette de la *pasta e fagioli*[1] qu'elle m'avait donnée. »

La mère d'Elisabetta partit d'un éclat de rire – et Brunetti, qui ne l'avait jamais entendue rire, en aima les sonorités. Elle frotta les mains sur son tablier – Brunetti ne l'avait quasiment jamais vue, tout comme sa mère, sans en porter un – et déclara, étrangement : « Je n'ai pas fait attention et je dois avoir mis trop de haricots et trop de pâtes, si bien que je me suis retrouvée avec une quantité gigantesque de ce plat ! »

Ce n'était pas la première fois que la signora Foscarini minimisait ses compétences culinaires, implorant toujours la personne qui lui ouvrait la porte de lui éviter la peine de devoir servir « une telle pitance » ou « un plat complètement raté » ou « le double de la recette » à sa famille. Heureusement, les Brunetti l'aimaient bien et étaient toujours prêts à lui épargner la honte d'avoir trop fait à manger ou d'avoir commis une erreur si grave qu'elle avait été obligée de tout recommencer.

1. Plat traditionnel vénitien, à base de pâtes et de haricots.

« J'avais beau ajouter de l'eau, ça continuait à augmenter, donc j'ai dû la répartir en deux casseroles », expliqua-t-elle en désignant celle posée sur la gazinière. Ce n'est même pas la moitié. Nous n'aurions jamais pu tout manger, donc je voulais demander à ta mère de nous aider à la finir. »

Brunetti n'avait pas grandi dans un monde où on jetait la nourriture, surtout en grandes quantités, mais il savait que la mère d'Elisabetta était une femme d'une profonde bonté. Il la remercia donc, gardant au fond de lui le souhait de pouvoir lui offrir quelque chose, ne serait-ce qu'une pomme.

« J'espère que vous allez aimer, dit-elle avec un sourire. J'ai peur que vous n'en ayez jusqu'à la fin de la semaine. »

Après son départ, Brunetti gagna la cuisinière et souleva le couvercle, encore chaud. L'arôme s'exhalant des haricots, des tomates et des oignons, agrémentés de romarin et de thym, l'enveloppa tout entier. Au sommet flottaient de nombreuses petites rondelles de carottes et bien plus encore de bouts de saucisses ; il n'en avait jamais vu autant.

Brunetti fut envahi par une véritable impression de réconfort : un quart du contenu de la casserole aurait suffi à le rassasier. Après toutes ces années, il ne se souvenait plus s'ils mangèrent la *pasta* ce soir-là, ni combien lui en mangea. Il se souvenait seulement de cette sensation éphémère qu'au moins le temps d'un soir, il n'aurait pas faim.

Sans raison ni motif particuliers, Brunetti sortit de sa rêverie et déclara d'une voix soudain chaleureuse : « Cela me fait très plaisir de te revoir, Elisabetta », et au lointain souvenir de la bienveillance de sa mère, il ajouta : « Nous avons eu beaucoup de chance de vivre près de ta famille. »

Il lut son étonnement sur son visage. Elle baissa les yeux sur ses mains croisées sur les genoux, puis les leva sur Brunetti.

« Ma mère disait toujours que tu étais un gentil garçon, Guido. »

Brunetti se sentit rougir. Pour dissimuler cette réaction, il demanda, sans pouvoir trouver une manière moins directe de s'exprimer : « Est-elle toujours en vie ? »

Elisabetta secoua la tête. « Non, elle est morte il y a quelques années.

— Je suis désolé, dit Brunetti, en toute sincérité. Elle était très gentille avec ma mère. »

À ces mots, un autre souvenir afflua.

« Oh, elle était gentille avec tout le monde », répliqua Elisabetta, comme si ce compliment l'avait gênée.

« Grâce à elle, ma mère avait quelqu'un à qui parler, précisa Brunetti.

— Oui, confirma Elisabetta d'un hochement de tête. Ma mère me racontait combien elle était attentive envers Sergio et toi. »

Brunetti fut surpris qu'elle se souvînt, après toutes ces années, du nom de son frère, mais il parvint à le cacher.

« Je ne comprenais pas, à l'époque, à quel point elle était seule ou triste, mais je savais comme cela lui faisait du bien de pouvoir être avec elle et de lui parler, et ces bienfaits se prolongeaient parfois pendant plusieurs jours d'affilée. »

Brunetti put clairement percevoir l'étonnement d'Elisabetta.

« Ma mère ? » s'enquit-elle d'un ton proche de l'indignation.

Sa voix déclencha en lui d'autres souvenirs et il entendit sa mère, la plus affable et la plus patiente des femmes, lui dire : « Je pense que la mère d'Elisabetta est en train de se rendre compte qu'Elisabetta a bien peu hérité de sa gentillesse. Mais Elisabetta n'a pas l'air de s'en soucier. »

Avec ce souvenir encore en tête, Brunetti s'efforça de trouver une réponse adéquate à la question d'Elisabetta et finit par lâcher: «Je la connaissais à peine. Je parlais de ma mère à moi, Elisabetta. Je t'en prie, crois-moi.

— Je suis désolée, Guido, j'avais mal compris.»

Puis elle ajouta: «Je suppose que les femmes ont davantage besoin de parler que les hommes. Cela nous aide de discuter de la manière dont les gens nous traitent, de donner notre opinion sur telle ou telle personne et d'expliquer ce qui nous rend heureuses ou malheureuses.

— Alors que les hommes sont occupés à parler d'argent et de pouvoir? demanda Brunetti, sur le ton de la plaisanterie.

— Exactement», confirma Elisabetta, ignorant la plaisanterie ou faisant semblant, soupçonna-t-il, de ne pas l'avoir saisie.

Ils gardèrent le silence jusqu'au moment où il se pencha vers elle.

«Pourquoi es-tu venue me voir, Elisabetta?»

Ses mains se crispèrent. Elle essaya de s'enfoncer dans son siège, ce qui le fit grincer.

Brunetti la vit prendre quelques profondes inspirations, puis elle déclara: «C'est au sujet de Flora, ma fille.»

Elle regarda vers la fenêtre, peut-être dans l'attente de trouver les mots justes. Brunetti savait que, dans ce cas, il valait mieux rester muet comme une tombe et attendre simplement que la personne se mette à parler.

Au bout d'un certain temps, elle leva les yeux sur lui et assena: «Son mari a dit quelque chose qui lui a fait très peur.»

3

Brunetti s'était entraîné, au fil des ans, à ne pas trop laisser transparaître ses émotions face aux déclarations des témoins, des victimes ou des suspects. Il avait écouté des gens lui avouer leur meurtre, en n'affichant qu'un air intéressé face à leurs récits ; il avait écouté des victimes lui raconter, avec force sanglots, des histoires de violence, d'agressions et de viols en n'exprimant qu'une attention soucieuse ; il était capable de garder un visage placide lorsque des meurtriers prétendaient que la caméra de surveillance de la maison des victimes avait dû se tromper en filmant.

Cette maîtrise de soi lui évita de prendre la main d'Elisabetta pour la réconforter au moment où tout parent plonge dans les pires abysses à l'idée que l'on puisse faire du mal à son enfant.

Brunetti ne savait pas quelle femme était devenue Elisabetta ; il ignorait tout de son mariage et de sa vie de famille. Quel genre de fille avait-elle élevé : ressemblait-elle à sa mère ou à son père ? Avait-elle des petits-enfants ? Le commissaire songea que la meilleure conduite à adopter avec elle était de se comporter comme il l'aurait fait avec n'importe quelle inconnue venue lui parler à la questure.

Plutôt que d'attendre qu'elle prenne la parole, Brunetti enchaîna : « Pour avoir une vue d'ensemble sur la situation, Elisabetta, il me faut davantage d'informations. Il pourrait t'être désagréable d'aborder certaines questions, mais c'est le seul moyen pour moi et mes équipes de t'aider. »

Elle fit un bond en avant et déclara, d'une voix plus aiguë : « Je ne veux surtout pas ça, Guido ! Tu sais combien Venise est petite, comme les gens aiment propager des ragots, même sur des personnes qui leur sont inconnues. »

Son ton avait changé et frôlait la colère.

Comme il connaissait bien ce type de situation. La seule manière de garder un secret était de ne le révéler à personne, mais peu de gens en étaient capables. Et puis, d'une voix très claire et lente, comme si elle lui enjoignait de mémoriser ses paroles, elle expliqua : « Guido, pendant toutes ces années, ma mère n'a jamais rien répété – pas un seul mot – que ta mère lui ait dit. Et je n'ai jamais répété ce que ta mère a pu dire en ma présence. »

Si son interlocutrice avait été une inconnue, il aurait pu percevoir une menace dans ces affirmations, mais il les interpréta au contraire comme la preuve de son sérieux.

Attendait-elle la même réaction de sa part ? Si le discours de son gendre l'avait suffisamment inquiétée pour aller parler à un policier, il se pouvait qu'un crime se profile à l'horizon.

Le crime était étranger à la génération des parents d'Elisabetta, comme il l'avait été à celle de ses propres parents. Le père de Brunetti était un homme honnête et honorable ; ses années dans un camp de prisonniers l'avaient affecté, mais n'avaient en rien porté atteinte à sa morale, même s'il lui arrivait de tenir des propos incohérents. Le temps passé depuis lors avait délesté de son poids tout secret que les parents du commissaire ou d'Elisabetta auraient pu détenir, avait éliminé toute possibilité de scandale. Son père buvait-il ? Sa mère avait-elle un amant ? Et leurs enfants, volaient-ils dans les magasins ? Plus personne ne se souciait de ce genre de faits. L'évolution des mœurs avait mis hors circuit la plupart des maîtres chanteurs. La mère d'Elisabetta avait été bonne envers la sienne ; rien d'autre n'importait à Brunetti.

« D'accord, Elisabetta, accepta-t-il, encore sous l'emprise des souvenirs. C'est une affaire privée, entre toi et moi. Pas de police. »

Est-ce que les gens se méfient tous de la police ? se demanda-t-il. *Est-ce que les gens ne font confiance qu'à la famille ou aux proches ?* Et encore, il savait que ce n'était pas sans certaines réserves.

Il évalua la tâche qui l'attendait – les querelles familiales étaient toujours terribles – et il ajouta : « Je vais toutefois demander à la commissaire Griffoni de m'aider. »

Son amie écarquilla les yeux. À cela, il répondit, sur un ton rassurant : « Tu peux lui faire confiance, Elisabetta. Autant qu'à moi. »

Elisabetta prit cette réflexion en considération un long moment avant de hocher la tête.

Brunetti sortit alors son téléphone de sa poche et composa le numéro de Griffoni.

« *Sì ?* répondit-elle à la première sonnerie.

— J'aimerais bien que tu viennes écouter ce que mon amie a à nous dire.

— Deux minutes », répliqua Griffoni, et elle raccrocha.

« Elle descend », l'informa Brunetti, ne sachant que dire jusqu'à l'arrivée de sa collègue. Il ne voulait pas introduire le sujet de sa fille : ce moment arriverait bien assez tôt.

« Est-ce que ta mère est restée lucide jusqu'à la fin ? » demanda-t-il, conscient de l'indiscrétion et de la cruauté de cette question.

— Elle a été longtemps malade, mais elle a eu toute sa tête jusqu'à sa mort », expliqua-t-elle, douloureusement.

Les trois coups frappés à la porte par Griffoni puis son entrée leur épargnèrent de continuer cette conversation.

Elle sourit à Elisabetta, puis alla chercher le troisième fauteuil près de la fenêtre qu'elle plaça de manière à créer un triangle, et s'assit. Elle était du plus grand calme et Brunetti vit Elisabetta se rasséréner en sa présence.

Il exposa à sa collègue l'accord dans lequel elle se retrouvait à présent impliquée, à son corps défendant.

« La signora Foscarini est venue me parler en qualité de vieil ami, et pas de policier », commença-t-il, puis il marqua une pause pour donner la possibilité à Griffoni de poser éventuellement des questions.

Elle saisit effectivement l'occasion.

« Si je comprends bien, cette enquête ne sera pas officialisée ? » s'enquit-elle, sur un ton tout à fait serein. Elle accepta avec tout autant de naturel l'idée d'être liée aussi étroitement que lui par tout pacte établi avec son amie.

« Oui, lui confirma Brunetti.

— Puis-je prendre des notes ? demanda-t-elle en levant le calepin qu'elle avait à la main.

— Oui », approuva Brunetti, puis il marqua une pause et tourna la tête vers Elisabetta.

Elisabetta continuait à observer Griffoni, puis elle nuança, comme pour tester les limites de son pouvoir : « Mais seulement dans votre carnet ; rien sur ordinateur. »

Elle regarda de biais et vit Brunetti faire un signe d'assentiment.

« Bien sûr, signora », la rassura Griffoni avec un sourire, puis elle sortit un stylo de sa poche.

« Tu m'as expliqué que ton gendre a dit quelque chose à ta fille qui lui a fait peur », commença Brunetti. Elisabetta opina du chef en silence.

« Puis-je vous demander de me donner leurs noms, signora, ainsi que leur âge, et me dire depuis combien de temps ils sont mariés ? » s'enquit Griffoni.

C'était une technique que Brunetti utilisait souvent et qu'il recommandait : il s'agissait d'amener le témoin à parler d'un thème qui lui était familier, de lui poser des questions simples aboutissant à des réponses simples, et le locuteur continuait ainsi sur sa lancée à répondre à des questions plus circonstanciées et, parfois, compromettantes.

« Flora del Balzo, elle a trente et un ans. Son époux est Enrico Fenzo ; il a deux ans de plus qu'elle. Ils n'ont pas d'enfants – pas encore, précisa-t-elle après une brève pause.

— Et depuis combien de temps se connaissent-ils ? demanda Griffoni, tout sourire, comme si elle était en train d'écouter l'heureuse histoire d'amour de la fille d'Elisabetta.

— Environ six ans. Ils sont mariés depuis trois ans. »

Griffoni le nota. La tête toujours penchée, elle demanda, dans la foulée : « Diriez-vous que c'est un mariage réussi, signora ? »

— Je suppose que oui. Du moins, jusqu'à ces deux derniers mois où Flora m'a avoué qu'Enrico avait changé.

— Dans quel sens ? intervint Brunetti.

— Flora m'a dit qu'il était nerveux, et qu'il avait toujours la tête ailleurs. Elle n'y avait jamais fait allusion, jusqu'à mon invitation à dîner. »

Sa voix s'affaiblit et elle se tut.

Au bout d'un long moment, Griffoni demanda :

« Que s'est-il passé, signora ?

— Flora m'a appelée le jour du dîner pour me dire qu'ils ne pouvaient pas venir. Elle était disponible, mais elle ne voulait pas venir sans Enrico, qui avait du travail ce soir-là.

— Quelle est la profession de votre gendre ?

— Il est *ragioniere*[1]. »

Brunetti ignorait les horaires des comptables, mais il s'abstint de poser toute question car il ne voulait pas interférer avec le rythme des questions et réponses que Griffoni avait instauré.

Acquiesçant comme s'il était normal que les *ragionieri* travaillent le soir, Griffoni poursuivit : « Et pour qui travaille-t-il exactement ? »

Elle leva les yeux et lui fit un sourire chaleureux, le genre de sourire qui faisait fondre les témoins les plus rétifs, comme Brunetti avait déjà eu maintes fois l'occasion de le remarquer.

« Il a une certaine clientèle privée : des gens gérant de petites affaires, qui ne gagnent pas assez pour avoir besoin d'un *commercialista*[2]. Son bureau se trouve dans le quartier du Giustinian et il travaille à son compte.

— A-t-il toujours eu ce statut ? s'enquit Brunetti, estimant qu'il était temps de commencer à intervenir, mais qu'il était encore trop tôt pour passer à l'offensive.

— Non. Après avoir passé son diplôme et obtenu son habilitation, il a travaillé pour la Caritas[3], puis pour une

1. Comptable.

2. Expert-comptable.

3. Organisme pastoral de la Cei (Conférence épiscopale italienne) institué en 1971 sur l'initiative du pape Paul VI pour promouvoir les actions caritatives.

société de comptabilité à Noale, et il a décidé ensuite d'ouvrir son propre cabinet. »

Brunetti et Griffoni échangèrent un regard, et au hochement de tête presque imperceptible de sa collègue, Brunetti demanda : « Connaissez-vous certains de ses clients ? »

Elisabetta prit cette question en considération et répondit : « Aussitôt après l'ouverture de son cabinet, il a travaillé sur un projet pour Bruno qui était si content de son travail qu'il a recommandé Enrico à plusieurs de ses amis. »

Face à la confusion visible sur le visage de Griffoni, Elisabetta précisa : « Bruno del Balzo est mon mari.

— Et ses autres clients ? Les connaissez-vous ?

— Non, pas vraiment. Il m'a parlé de deux restaurants et d'un opticien. »

Elle ouvrit son sac, fouilla un peu à l'intérieur et en sortit un étui à lunettes marron foncé : Brunetti reconnut le nom de l'opticien. Elle chercha à se remémorer les clients de son gendre, mais elle finit par secouer la tête.

Brunetti déclara en toute sincérité : « Par les temps qui courent, il est probablement sage de travailler pour une gamme variée de clients. Même au cours des confinements les plus stricts, certains commerces sont tenus de rester ouverts. »

Mon Dieu, songea-t-il, *est-ce que cette maladie empoisonne désormais chacune de nos pensées ?*

« Mais vous ne vous souvenez pas de leurs noms ? » demanda Griffoni. Ils virent les efforts réels d'Elisabetta pour se les rappeler. « Ottavio Pini est le propriétaire de l'un des restaurants, finit-elle par dire. Je pourrais interroger Flora à ce sujet. Elle doit le savoir. »

Brunetti était allé au collège avec Pini et mangeait de temps à autre chez lui : il pouvait compter sur sa discrétion s'il l'appelait pour lui poser des questions sur son comptable, mais comme on ne pouvait pas en dire autant de tous les clients de Fenzo, le commissaire conclut :

« Non, il vaut mieux ne pas le faire, Elisabetta. »

Au vu du changement lisible sur son visage, il sentit qu'elle était à la fois intriguée par sa remarque et soulagée, et décida donc de renoncer à creuser cette piste.

Il lui demanda alors : « A-t-il fait ses études ici, Elisabetta ? »

Elle sembla ravie de cette question. « Oui. Peu après la fin de ses études, il a connu Flora lors d'un dîner avec des amis. » Sa voix devint plus chaleureuse et elle ajouta : « Elle m'a appelée le lendemain de leur rencontre, alors que Flora n'est pas le genre à se confier. »

Griffoni et Brunetti se regardèrent, mais Elisabetta ne s'en aperçut pas car elle avait tourné son attention vers la fenêtre.

« Il y a une chose, commença-t-elle, puis elle s'arrêta brusquement.

— Quoi donc, Elisabetta ? s'enquit Brunetti.

— Eh bien, il vient d'une… famille très modeste. Sa mère était femme au foyer – elle a eu quatre enfants – et son père a travaillé chez COIN[1] jusqu'à sa fermeture, au rayon des chaussures, je crois. Ils viennent d'un milieu… »

Elle s'arrêta, sans doute par peur de dire quelque chose d'indélicat, mais Brunetti saisit ce qu'elle voulait dire.

« Comme Paola et moi », commenta-t-il d'un ton neutre, supposant qu'elle savait qu'il avait épousé quelqu'un

1. Chaîne italienne de grands magasins.

au-dessus de sa condition et espérant qu'elle comprendrait que cette situation n'était pas forcément synonyme d'échec. Il soutint son regard et déclara : « Cela peut marcher, Elisabetta. »

Elle laissa s'écouler un peu de temps avant de répliquer : « Cela a effectivement fonctionné. Jusqu'à présent. Je connais ma fille.

— Jusqu'à quel moment précis ? » s'informa Griffoni.

Cette question bloqua Elisabetta et Brunetti sut qu'elle ne dirait rien de plus. Il tourna la tête vers Griffoni, qui demeura concentrée sur son bloc-notes. Elle posa son stylo et croisa les mains.

Un silence de plomb s'installa. Les deux commissaires pouvaient entendre la respiration d'Elisabetta.

Au bout d'un moment, Brunetti envisagea comment annoncer à Elisabetta qu'ils ne pouvaient pas faire grand-chose pour elle. Griffoni, assise en face de lui, se raidit, lui lança un regard farouche l'intimant de garder le silence.

Elisabetta finit par soupirer profondément avant de déclarer : « J'ai peur qu'il ne soit en train de faire quelque chose de mal. »

4

Comme si Elisabetta et Griffoni étaient en train de chanter un *recitativo*, cette dernière en saisit les paroles sans manquer la moindre note.

« Qu'entendez-vous par "quelque chose de mal", signora ? demanda la commissaire avec le plus grand calme.

— Il ne lui parle plus de son travail. Il ne répond pas aux questions de Flora : quand elle lui demande ce qui ne va pas, il lui assure que tout va bien et lui reproche de le harceler. » Après un long silence, elle ajouta : « Ce pourrait être une femme. » Cette déclaration sembla l'avoir épuisée et elle se tut.

« Qu'est-ce qui vous le fait penser ? demanda Griffoni.

— Qu'est-ce que ce pourrait être d'autre ?

— Tu as dit que cela a commencé il y a environ deux mois ? intervint Brunetti.

— Cela correspond au moment où Flora s'est confiée à moi, mais elle a toujours été réservée, elle ne veut jamais parler d'elle ou d'Enrico. »

Elisabetta se tut, comme surprise d'entendre le nom de son gendre sur ses lèvres. Elle pressa ses deux mains sur les genoux et fixa ses ongles. Au bout d'un moment, elle poursuivit : « Lorsque son téléphone sonne, il change parfois de pièce pour aller répondre.

— Ce sont des choses qui arrivent, fut tout ce que Brunetti songea à dire.

— Mais Flora est ma fille», répliqua-t-elle, en suffoquant presque sur le dernier mot. Elle prit quelques profondes inspirations et enchaîna, d'une voix plus sobre : «Je ne veux pas être insistante ou intrusive ; il faut que j'attende qu'elle m'en dise davantage», puis elle plaqua sa main sur sa bouche, comme pour réprimer ces mots empreints de trahison. Elle croisa ensuite les mains qu'elle cacha entre ses genoux. Elle les regarda si longtemps que Brunetti eut peur qu'elle n'en ait terminé.

« Que t'a-t-elle dit, Elisabetta ? » demanda-t-il.

Griffoni se pencha en avant pour se rapprocher d'elle et ajouta à voix basse, comme si elle craignait d'être entendue par quelqu'un d'autre : « S'est-il passé quelque chose que votre fille ait trouvé étrange ? »

Elisabetta releva brusquement le menton et fixa Griffoni. « Qui vous a dit »..., commença-t-elle, mais elle s'abstint d'achever la phrase, sans doute parce qu'elle se rendit compte combien il était absurde d'imaginer que quelqu'un aurait déjà pu parler à Griffoni. Elle alla à la fenêtre et se tourna sur le côté, d'un air frôlant le défi.

Brunetti et Griffoni échangèrent un regard sans souffler mot. Un long moment s'écoula, puis la commissaire finit par dire : « Signora, je ne vous connais pas, et je ne connais ni votre fille ni votre gendre, mais j'ai souvent constaté qu'un petit incident suffit à révéler un grand problème. Ce peut être un mot, un geste, voire une remarque formulée par une personne extérieure, qui provient d'on ne sait où, mais qui éclaire soudain la situation. C'est comme si l'on insérait une tesselle dans une mosaïque : vous voyez la moitié d'un œil et tout à coup, vous vous apercevez qu'il y a tout un personnage dissimulé derrière un arbre. »

Le visage d'Elisabetta se durcit tandis qu'elle regardait dehors. Combien de fois Brunetti avait-il observé cette même tendance chez les personnes interrogées à s'éloigner de lui, à se placer en hauteur et près d'une issue. Cela leur permettait de se sentir davantage en sécurité et en mesure de contrôler la situation.

Comme si elle s'adressait aux éléments situés à l'extérieur, elle raconta : « Flora est venue me voir la semaine dernière. Elle me paraissait distraite et nerveuse, mais j'ai fait semblant de ne pas le remarquer et nous avons pris un café à la cuisine, comme à notre habitude. Nous étions assises à la table ; Flora ne cessait de sucrer son café – trois cuillerées, quatre... Elle semblait complètement ailleurs. Je lui ai retiré sa cuillère et lui ai donné mon café : je ne l'avais pas encore sucré. C'est comme cela qu'elle le boit en temps normal. Elle a bu le mien sans même se rendre compte de ce qu'elle venait de faire. Elle a fini par me parler du comportement d'Enrico. D'après lui, il s'agirait de problèmes au travail dont il ne souhaite pas parler. »

Brunetti s'aperçut soudain qu'il écoutait désormais l'histoire d'Elisabetta d'une autre oreille et la soupçonnait de moduler son discours. Cette histoire ressemblait aux prémices d'un *soap opera*. Quelle était l'étape suivante de l'intrigue ? Flora demande à Enrico qui a appelé ; il éclate en sanglots et lui avoue qu'il est tombé amoureux d'une autre femme et qu'il veut divorcer. N'est-ce pas le moment où Elisabetta se mettrait à pleurer aussi ?

« Je suis sérieuse, Guido », insista-t-elle, et elle poursuivit : « Flora a alors complètement perdu son calme et lui a répondu qu'elle ne le croyait pas, qu'il était en train d'inventer des sornettes pour cacher la vérité. Il s'est ensuite écarté de la table en heurtant la chaise. Il s'est levé et s'est penché, l'a saisie aux épaules et s'est rapproché de son visage. Elle était sous le choc, cela ne lui ressemblait pas. Enfin, il lui a dit que ce serait très dangereux pour eux si d'autres gens apprenaient ce qui était en train de se passer. »

Brunetti entendait le choc se réverbérer sur Elisabetta elle-même, au fur et à mesure de son récit.

Il était évident pour le commissaire qu'elle cherchait les mots appropriés. Il s'agissait là d'un secret de famille compromettant. Elle finit par dire, d'une voix si douce que ce pouvait être celle d'un enfant : « Il ne lui a pas dit un mot de plus, ni donné d'explication ni même présenté ses excuses pour son attitude envers elle. Il est sorti et n'est rentré qu'après minuit. »

Brunetti brisa le silence qui s'était installé dans la pièce en concluant : « C'est donc pour cette raison que tu es venue ici. »

Elle hocha la tête et revint timidement à son fauteuil.

« J'y ai réfléchi des jours entiers : tu es la seule personne que je connaisse qui puisse... », commença-t-elle, mais ne put achever sa phrase.

Brunetti regarda Griffoni qui continuait à prendre des notes dans son calepin, sans mot dire.

Avant que Brunetti ne songe à une réplique, Griffoni demanda à Elisabetta, en la regardant droit dans les yeux :

« Et ce sont les mots exacts de votre fille, signora ?

— Pardon ?

— Cette histoire de danger.

— Plus ou moins.

— Pouvez-vous essayer de vous souvenir précisément des propos de votre fille ? »

Elisabetta y réfléchit un instant. Elle inclina le menton un peu sur le côté et ferma les yeux. Brunetti remarqua qu'elle serrait les poings et les tapotait doucement sur ses jambes. Ses lèvres bougèrent, comme si elle se parlait à elle-même. Lorsqu'elle ouvrit les yeux, elle affirma : « Elle m'a bien dit que ce serait "dangereux" si les gens apprenaient ce qui était en train de se passer.

— Pour *eux deux* ? » s'enquit Griffoni, calmement, d'un ton presque désinvolte.

Elisabetta acquiesça.

« Merci », lui dit Griffoni avec un sourire. « Cela a dû être terrible pour votre fille », ajouta-t-elle d'une voix plus chaleureuse. Puis, comme si la pensée venait juste de lui traverser l'esprit, elle demanda : « Y avait-il déjà eu des problèmes entre eux auparavant ?

— Non, jamais. Je le saurais. Je l'aurais senti. »

Elle brossa nonchalamment la manche de sa veste et croisa les mains sur ses genoux. Puis, presque sur un ton d'excuse, elle ajouta : « S'il n'avait pas employé le mot "dangereux", je ne serais pas venue ici, croyez-moi. »

Brunetti attendit qu'elle développe son idée mais comme elle s'en abstint, il demanda, en laissant poindre son impatience : « Qu'attends-tu de nous au juste, Elisabetta ? »

Elle le regarda et rougit.

« Je ne sais pas vraiment, Guido. Quand j'en ai parlé à mon mari, il m'a rétorqué que ce n'étaient pas nos affaires, qu'un mari et sa femme devaient résoudre leurs problèmes entre eux. Qu'Enrico avait un travail très prenant et que Flora devait comprendre cet état de fait. »

À la façon dont son visage se crispa, Brunetti comprit qu'il n'était guère facile de s'opposer à Bruno del Balzo.

« Est-ce que le cabinet d'Enrico marche bien ? s'enquit Griffoni.

— Je pense que oui. Oui, tout à fait. Les amis de mon mari disent que mon gendre est très bon dans son métier. Ils se sont toujours bien entendus, Bruno et Enrico. » Puis d'une voix soudain sérieuse, Elisabetta ajouta : « Mon mari était un *imprenditore*[1]. Il est à la retraite, maintenant. Mais il continue à travailler. Il avait un certain nombre d'affaires ici, ainsi qu'à l'étranger. »

Les yeux de Griffoni s'emplirent d'une claire admiration.

« Donc votre époux et votre gendre s'entendent bien ? » reprit Brunetti.

Cette remarque incita Elisabetta à prendre le temps de réfléchir.

« Oui et non, finit-elle par admettre.

— Sur quels points ne sont-ils pas d'accord ? » s'enquit Griffoni qui ajouta, sur un ton déférent : « Si je puis vous le demander.

— Des broutilles.

— Pourriez-vous me donner un exemple, signora ?

— Bruno estime que Flora ne devrait plus travailler maintenant qu'elle a un mari.

— Que fait-elle ? » s'informa Brunetti.

— Elle est vétérinaire. Elle a une clinique à Murano, expliqua-t-elle.

— C'est une bonne chose pour elle », intervint Griffoni.

Elisabetta se tourna rapidement et Brunetti la vit observer Griffoni comme si elle remarquait sa présence à l'instant. Son regard était tout sauf clément.

1. Entrepreneur.

Donnant libre cours à son impatience, Brunetti déclara : « Elisabetta, tu nous as dit que ton gendre travaillait pour ton mari au début de sa carrière. Est-ce que tu te rappelles combien de temps ils ont travaillé ensemble ? » Face à son mutisme, il répéta : « Tu t'en souviens ? »

Griffoni restait immobile, sans doute déconcertée par la froideur de la question de Brunetti.

« Quelques mois, finit par répondre Elisabetta. Et c'était sur un seul projet. Une fois cette mission terminée, Enrico est retourné s'occuper de ses autres clients. »

Brunetti reprit la parole, mais d'un ton moins ferme, et il adopta un registre plus agréable. « Eh bien, parvenir à se consacrer à un client unique pendant un certain temps a dû être probablement une bonne expérience pour lui. »

Pour souligner la normalité de la situation, Griffoni répliqua : « Il vaut mieux ne pas s'enfermer dans un seul emploi au début de sa carrière », puis elle changea rapidement de sujet. « J'ai toujours pensé que ce doit être un magnifique métier, d'être vétérinaire.

— Vous aimez les animaux ? demanda Elisabetta.

— Oui, nous avons grandi avec eux : deux chiens et trois chats.

— Comment était-ce possible en appartement ? s'enquit Elisabetta, véritablement intéressée par la question.

— Oh, nous habitions dans une ferme, la ville la plus proche était à vingt kilomètres. » La voix de Griffoni s'enveloppa de la chaleur sirupeuse des souvenirs d'enfance.

« C'était le paradis. »

Brunetti savait peu de choses sur le passé de Griffoni, mais il savait qu'elle avait grandi dans le quartier espagnol de Naples, certainement pas dans une ferme, et encore moins au paradis.

« Elisabetta, dit-il en l'extrayant de l'idylle bucolique que Griffoni avait cherché à créer, pourrais-tu nous dire sur quel projet travaillaient Bruno et Enrico ?

— Il s'agissait d'une institution caritative à laquelle Bruno songeait depuis longtemps. Comme il était désormais à la retraite, il avait toute la liberté de s'y consacrer. »

La charité était une vertu que Brunetti avait rarement décelée chez les hommes d'affaires, mais il afficha un air curieux et attendit qu'elle s'étende davantage.

« Le hasard a fait que la société pour laquelle Enrico avait travaillé à Noale avait fondé deux autres institutions de même nature, poursuivit Elisabetta ; il avait donc déjà une certaine expérience dans le domaine.

— Quel était le cœur de cible de ce projet ? intervint Brunetti.

— Les soins médicaux. »

Comme ces informations ne le firent pas beaucoup avancer, Brunetti lui demanda : « Pourrais-tu m'en dire un peu plus, Elisabetta ? »

Il vit son visage se détendre à cette question qui lui épargnait l'obligation de continuer à révéler des détails sur la famille, mais sa nervosité la poussait à rester toute droite dans son fauteuil.

« Quand il était encore en activité, il y a des années de cela, commença-t-elle, Bruno a aidé un ami à créer une institution de charité au Brésil. Mais son ami est mort et la fondation a été si mal gérée par ses héritiers qu'elle a été dissoute. La situation était terriblement compliquée à cause des différences juridiques entre les deux pays. Ou du moins, c'est ce que me disait Bruno. Donc lorsqu'il a pris sa retraite et qu'il a décidé de consacrer son temps à aider les autres, il a demandé conseil au prêtre de notre paroisse. Don Marco a mis Bruno en contact avec un autre prêtre, qui était au séminaire avec lui et qui était alors missionnaire au Bélize, en qualité d'aumônier dans une petite clinique. Bruno est entré en contact avec cet homme et tout a commencé là-bas. Je pense que Bruno a toujours gardé à l'esprit que le projet de son ami s'est soldé par un échec à cause de sa mauvaise gestion. C'est pourquoi il a demandé à Enrico de concevoir l'institution dans les règles de l'art, afin qu'elle puisse atteindre les objectifs préfixés. »

Elle cessa de parler un instant et Griffoni demanda, avec une vive curiosité : « Quels étaient-ils, signora ?

— Bruno voulait construire un hôpital, répondit-elle fièrement, et avec un sourire. Ils ont créé cette institution de manière à pouvoir agrandir la petite clinique existante et en faire un hôpital ; mais quand ils ont commencé, Enrico et Bruno sont pratiquement devenus fous avec les formalités administratives, les autorisations et les certifications exigées par le gouvernement local et les autorités médicales. Même l'évêque de ce diocèse voulait s'assurer que cette initiative était légitime. Étonnamment, toutes les lourdeurs bureaucratiques venaient de l'Espagne. Du côté italien – si je me souviens bien de ce qu'ils disaient à l'époque –, c'était relativement facile. »

Voyant qu'ils la suivaient attentivement, Elisabetta ajouta : « Il a fallu des mois et des mois pour que tout soit réglé là-bas et que la construction puisse débuter. Mais il faut dire à leur décharge qu'une fois qu'ils ont commencé, les travaux ont avancé très rapidement.

— Est-ce le moment où votre gendre est parti ? » s'informa Brunetti.

Elisabetta se tut un instant, comme pour évaluer sa réponse. « Il est resté jusqu'à ce que les autorisations soient garanties et que le chantier puisse être lancé. Il faut savoir qu'Enrico n'était pas payé. Il a refusé dès le départ d'être rétribué pour un projet relatif à une institution caritative, même si son propre cabinet en était encore à ses débuts. Lorsqu'il s'est avéré que le processus serait plus complexe que prévu, ils sont tous deux tombés d'accord sur le fait qu'Enrico s'en aille une fois les autorisations obtenues et qu'il retourne travailler pour ses propres clients. »

Puis, avec une innocence qui surprit et ravit Brunetti, Elisabetta raconta : « Bruno a demandé à Enrico comment il pouvait le récompenser pour toute l'aide qu'il lui avait apportée. » Elle les regarda l'un après l'autre comme un enfant prêt à opérer un tour de magie et déclara : « Enrico a dit à Bruno de déterminer une somme et de la donner à la fondation comme première contribution. »

Leur silence dut l'interpeller et, l'effet de sortilège partiellement retombé, elle conclut banalement : « C'est ainsi que tout a commencé. »

Griffoni fut la première à réagir. Elle affirma doucement : « Vous devez être très fière de lui, signora. Des deux, d'ailleurs. »

Face à ces mots et à la sincérité de son sourire, Brunetti eut la certitude qu'elle avait fréquenté les écoles catholiques : ce n'est que dans ces établissements que les enfants pouvaient apprendre à si bien maîtriser la formule alchimique de la fausseté et de l'hypocrisie, capable de persuader même le plus sceptique des auditeurs.

Passant sans rémission à la duperie, Griffoni demanda, toujours subjuguée en présence d'autant de bonté : « Est-ce que votre mari est à même de gérer les questions financières tout seul, à présent ?

— Pas complètement, nuança-t-elle après un moment de réflexion. Mais il m'a expliqué qu'avant de partir, Enrico a élaboré un système informatique pour traiter les donations qui arrivent par virement bancaire et Bruno se sent capable à présent de l'utiliser lui-même. Je ne suis pas sûre de bien saisir comment ça marche, surtout maintenant qu'ils font tout en ligne. Mais ils ont dû créer un site.

— La situation s'est donc développée à ce point? demanda Griffoni avec une admiration non dissimulée.

— Oh oui! répondit Elisabetta. Heureusement, Bruno a embauché une secrétaire très compétente qui vient deux jours par semaine pour s'occuper de la correspondance et il a trouvé une volontaire, une fille qui vient plus ou moins une heure chaque matin. Elle doit ouvrir le courrier et tout enregistrer: les pièces de monnaie scotchées aux morceaux de carton, les timbres non oblitérés et les petits billets que les gens leur envoient. Une fois par semaine, elle dépose à la banque l'argent que les gens ont envoyé en espèces. Ils travaillent tous dans un de nos appartements situés dans le palais. Ce n'est qu'un deux-pièces, mais ils ont assez de place pour leurs activités. »

Surpris d'apprendre qu'il existait encore des gens qui envoyaient de l'argent par la poste, Brunetti demanda: « Il y a d'autres employés?

— Non, déclara fermement Elisabetta, puis elle rectifia immédiatement: Enfin, il y a une femme qui s'occupe de la publicité, mais je ne l'ai jamais rencontrée. Elle habite à Mestre et elle travaille essentiellement de chez elle », précisa-t-elle comme pour se justifier.

Brunetti n'avait plus de questions à l'esprit. Il ne voyait guère de liens pertinents entre l'institution caritative et le problème qu'Elisabetta leur avait exposé. Pire, il ne put ignorer plus longtemps la sensation que chacun des propos d'Elisabetta et que chacune de leurs questions sonnaient faux depuis le début. Elisabetta montrait peu d'intérêt pour l'organisation caritative de son mari et ne s'inquiétait que de la situation de sa fille.

Sous l'effet du stress, Brunetti ne l'ignorait pas, les gens disent souvent des choses qu'ils savent être fausses, ou se lancent dans des vérités hyperboliques. La description qu'Elisabetta avait faite du comportement de son gendre relevait quelque peu de cette catégorie.

Face au silence du commissaire, Elisabetta constata : « C'est étrange, Guido, mais en te racontant toute cette histoire, je m'aperçois tout à coup combien mes propos sont vagues et je suis probablement en train de réagir de façon excessive. Mais il n'y a personne d'autre à qui je puisse en parler. »

Elle leva les yeux, le sourire aux lèvres.

« Peut-être que Bruno a raison et que c'est un problème que Flora et Enrico doivent résoudre entre eux. »

Incapable de trouver une réplique adéquate à cette réflexion, Brunetti fit un signe de tête en direction de Griffoni et se leva.

5

Griffoni se leva un peu après lui et remercia la signora Foscarini d'être venue leur parler, sans évoquer la moindre action pouvant éventuellement résulter de sa visite à la questure. Brunetti décida de raccompagner Elisabetta jusqu'à la sortie. Tandis qu'ils descendaient l'escalier, il chercha quel argument invoquer pour lui faire accroire que les vieilles amitiés créaient des obligations et qu'elle avait eu raison de venir lui parler.

«Je vais me pencher sur la question», lui affirma-t-il.

Il ne trouva rien de mieux à lui dire, comme si cette promesse minimaliste pouvait suffire à les satisfaire tous deux.

Elle marqua une pause sur le dernier palier et soupira.

«Il n'est pas facile à saisir», déclara-t-elle sur un ton d'exaspération.

Brunetti avait emprunté la dernière volée de marches et, pensant qu'Elisabetta avait terminé son discours, il se tourna vers elle, un pied levé. «Je ne comprends pas ce que tu veux dire, Elisabetta.»

Cette dernière expliqua: «Je suis mariée à un grand enfant, Guido. Mais j'ignore tout des gens et de la manière dont ils se comportent aujourd'hui.» Il vit des larmes dans ses yeux et perçut sa souffrance dans sa voix. « J'ai vécu plus longtemps que toi et je ne sais rien.

— Allons, Elisabetta, *forza, coraggio* », lui dit-il par sympathie. Ses mots, cependant, semblèrent atteindre son âme et lui mettre du baume au cœur. Elle s'essuya les yeux avec sa manche, puis s'écarta de lui en disant : « Merci, Guido. Cette histoire me trotte dans la tête depuis un moment. Elle a eu raison de mes forces. »

Brunetti se remit à descendre l'escalier et envisagea de la reconduire vers le siège où il l'avait vue assise lors de son arrivée. Elle ralentit le pas à proximité de ce banc, s'arrêta et lui annonça, d'une voix ferme : « Je vais rentrer chez moi, Guido. Je ne suis pas habituée à ce genre de situation, tu sais. »

Elle ponctua ses propos d'un sourire qui rappela au commissaire, le temps d'un instant, la jeune femme qui avait habité au-dessus de chez eux, à Castello.

Il lui demanda son numéro de téléphone qu'il enregistra dans son portable, puis il la suivit jusqu'à la porte et la regarda partir. Elle sortit sans se retourner, prit à droite et disparut, si bien qu'il n'y avait dans son champ de vision que le pont et une partie du *campo* désormais vide, qui s'étendait de l'autre côté du canal.

Il se rendit dans le minuscule bureau de Griffoni, convaincu qu'elle l'aurait déjà regagné. Il y avait un certain temps qu'il n'était plus allé lui rendre visite dans son mouchoir de poche et il fut soulagé de voir la porte ouverte : signe incontestable qu'elle était là. La porte ouvrait vers l'intérieur, tant et si bien que Griffoni laissait souvent son fauteuil pour les visiteurs empiéter partiellement sur le couloir. De ce fait, elle ne fermait sa porte que lorsqu'elle partait l'après-midi et pour y parvenir, elle devait poser ce fauteuil sur son bureau.

Vu qu'elle avait juste à s'enfoncer dans son siège pour voir qui arrivait, il n'y avait plus besoin de frapper. Dispensé de cette formalité, Brunetti s'arrêta dans le couloir et lui demanda :

« Qu'est-ce que tu penses de cette histoire ? »

Elle se leva et déplaça son fauteuil sur la droite, pour lui permettre de se glisser devant elle et de prendre le second fauteuil placé contre le mur du fond.

Puis elle se rassit en remettant rapidement son siège sous son bureau. Elle finit par dire : « À mon avis, elle a eu beaucoup de chance dans sa vie.

— Pardon ?

— Elle a une fille et un gendre qui apparemment ont un niveau de vie tout à fait respectable ; son mari a fait une bonne carrière et il continue à travailler pour le bien d'autrui, sans le moindre risque de licenciement. »

Elle marqua une pause pour permettre à Brunetti de réagir, mais il choisit de garder le silence.

« Donc au premier nuage dans ce ciel paradisiaque, elle panique et vient te voir. Comme si tu avais le pouvoir d'y voir clair et de trouver une solution.

— C'est un regard sur les choses qui manque un peu d'empathie, tu ne crois pas, Claudia ?

— C'est un regard qui manque *grandement* d'empathie, je te l'accorde, mais c'est malheureusement ainsi que je vois les choses. » Sans lui laisser le temps de formuler une objection, elle poursuivit : « Je la trouve normale cette dispute entre jeunes époux, Guido. Et je le dis parce que c'est vrai, pas parce que je viens du Sud au sang chaud…

— Je suis d'accord avec toi sur le fait que ce soit normal, mais c'est l'ampleur des querelles de ménage qui fait la différence. »

Griffoni prit cette remarque en considération, puis demanda : « Ne crois-tu pas que la réaction de ton amie est un brin exagérée ? »

Elle ouvrit son calepin et commença à le feuilleter. Au bout d'un moment, elle s'arrêta, pointa ses notes et lut : « "L'a attrapée par les épaules et s'est rapproché de son visage." Ces propos sont inquiétants pour une mère, certes, mais est-ce suffisant pour mener une enquête ?

— Elle nous a dit que son avertissement avait fait peur à sa fille. Tu ne crois pas ce qu'elle nous a dit ?

— N'oublie pas que nous ne détenons pas le témoignage de la personne qui a vécu les faits, mais le récit rapporté de sa mère. »

Brunetti la connaissait suffisamment pour savoir qu'elle était en train d'échafauder tout un raisonnement et préféra garder le silence un certain temps, conscient que Griffoni souhaitait simplement dédramatiser cette histoire ou y porter un regard différent.

« Une personne peut tout à fait réagir de manière exagérée dès l'instant où un être cher lui semble en danger. »

Examinant la situation à travers le filtre que lui proposait Griffoni, Brunetti se rendit compte que la réaction d'Elisabetta avait été extrême. Mais les réactions des mères le sont souvent, songea-t-il.

Au souvenir de sa promesse de faire tout son possible, Brunetti suggéra : « C'est peut-être son travail qui le tracasse. Nous pourrions jeter un coup d'œil au projet qu'il a développé pour son beau-père. »

Il regarda sa montre et voyant l'heure qu'il était, il lui suggéra :

« Comme je dois rester à Trévise tout cet après-midi, nous pourrions peut-être en reparler demain ?

— Bonne idée, répondit Griffoni. Tu sais, j'ai toujours été d'avis que les gens qui veulent aider à sauver le monde sont probablement les dernières personnes à placer à la tête d'institutions caritatives.

— Des Pierrot la lune ? se risqua à dire Brunetti.

— Quelque chose de ce genre. C'est une faiblesse caractéristique.

— Pourquoi dis-tu cela ? laissa échapper Brunetti sous l'effet de la surprise.

— Parce que je suis napolitaine », affirma-t-elle.

6

Le lendemain matin, Brunetti arriva à la questure comme à son habitude, un peu après 9 heures. Le planton à l'entrée lui apprit que la commissaire Griffoni était là depuis vingt minutes environ et avait annoncé qu'elle serait dans son bureau.

Il s'arrêta dans le sien pour y laisser *Il Gazzettino* et lut ses e-mails, puis il monta voir Griffoni. Il trouva la porte ouverte et lorsqu'il regarda à l'intérieur, il dut admettre que la pièce lui semblait étrangement encore plus petite.

Griffoni leva les yeux et rapprocha son fauteuil de sa table pour le laisser passer derrière elle et prendre le fauteuil des visiteurs. Une fois assis, elle lui demanda, avec un sourire : « Où en étions-nous ?

— Que dirais-tu d'examiner sa vie privée ? Le problème pourrait se nicher là.

— La fameuse piste de l'Autre Femme ? demanda-t-elle avec ironie.

— Toujours en tête de liste. Mais avant de continuer, je crois que nous devrions nous demander si nous voulons vraiment nous coltiner cette histoire.

— Car elle ne vaut peut-être pas la peine que l'on s'en soucie ?

— Non, répondit-il instantanément. Je veux dire s'en occuper par amitié pour cette personne et pas en tant qu'affaire criminelle. Ou en tout cas, une situation qui ne porte nullement à le croire. »

Griffoni se leva et alla se placer sous le semblant de fenêtre. Elle était si petite et si haute que l'on ne pouvait s'empêcher de soupçonner les constructeurs d'avoir simplement fait un trou dans le mur pour leur permettre de respirer un peu d'air frais pendant les travaux, puis d'avoir décidé qu'il était plus facile de le transformer en fenêtre que de le reboucher. Elle fixa les lointains nuages.

Brunetti eut la sensation qu'elle les regarda longtemps – et avec une telle attention qu'on aurait même pu l'imaginer en train de les écouter – puis elle retourna à son fauteuil. Elle attendit un moment avant de prendre la parole et on aurait dit qu'elle réfléchissait tout haut : « C'est une vieille amie. Nous nous servons des contacts et du pouvoir de la police pour l'aider à résoudre un problème personnel. » Brunetti fut touché qu'elle emploie inconsciemment le pluriel. « Nous allons potentiellement gâcher, gaspiller, voire abuser du temps de la police et de son autorité… », assena-t-elle en achevant sa phrase.

Elle ne le quitta pas des yeux, guettant sa réaction.

« Tu penses au lieutenant Scarpa, *I presume* ? s'enquit Brunetti en anglais.

— Et pas seulement à lui, même s'il serait en haut de la liste. » Brunetti lui fit un large sourire et elle enchaîna : « Si, après sa brève conversation avec la signora, Scarpa apprenait que nous sommes en train de mener une enquête sur la famille d'un brillant homme d'affaires, qui est aussi à la tête d'une institution caritative, une des rares organisations à but non lucratif encore présentes en ville, je suppose que cela pourrait causer de gros problèmes. »

Elle pinça les lèvres en pensant au risque qu'ils encouraient.

« Tu es bien plus au fait que moi des dynamiques locales, Guido, donc tu es plus à même de trouver une manière de nous éviter tout ennui.

— Le nom même du lieutenant Scarpa est synonyme d'ennuis », répliqua Brunetti.

Était-ce le goût profond de Paola pour le théâtre d'Oscar Wilde qui l'incitait toujours à évoquer Scarpa comme une figure mineure de l'une de ses pièces et non pas comme la grise Némésis de la questure ?

« Vianello pourrait nous aider, suggéra-t-il.

— Comme souvent », répliqua Griffoni.

Interprétant cette remarque comme la preuve qu'elle souhaitait qu'il continue sur sa lancée, Brunetti lui dit qu'il allait descendre discuter avec l'ispettore.

Dans la salle des officiers, il aperçut Vianello à son bureau situé près du mur du fond, en train de lire à une bonne distance le journal ouvert sur sa table de travail. C'était la première fois que Brunetti remarquait ce détail. En s'approchant, Brunetti reconnut l'en-tête bleu de *Il Gazzettino*.

Il s'arrêta près de Vianello qui leva les yeux et lui dit, en désignant la première page : « Je suppose que tu es au courant de cette nouvelle ? »

Brunetti vit l'article et acquiesça.

En effet, quatre jeunes hommes – à peine sortis de l'enfance – souriaient sur la photo de l'article. Cette image avait fait le tour de la ville et ornait les *edicole*[1] ponctuant

1. Kiosque à journaux.

son chemin vers la questure. Ces quatre amis d'université étaient retournés à Venise à 3 heures du matin, après une fête dans un squat à Padoue, lorsque celui qui conduisait était rentré dans un platane au bord de la route à une vitesse de 160 kilomètres-heure, à cause d'un *colpo di sonno*[1].

Le médecin légiste avait décrété que la mort des quatre jeunes avait été provoquée par des traumatismes contondants, multiples et irrémédiables.

Le rapport de police, que Brunetti et Vianello avaient lu tous deux, mentionnait des détails que *Il Gazzettino* avait passés sous silence : aucun des jeunes gens ne portait la ceinture de sécurité et les analyses avaient révélé un niveau stupéfiant d'amphétamines dans le sang des quatre garçons.

« Mais pourquoi lui ont-ils laissé le volant ? » demanda Vianello.

Brunetti répondit : « Parce qu'ils étaient jeunes, fatigués et drogués, et qu'il a probablement insisté pour conduire. »

C'était généralement le cas.

« C'est le problème de Padoue », finit par statuer Vianello, même si tous deux savaient bien que Venise y viendrait tôt ou tard.

D'un accord réciproque, ils abandonnèrent le sujet de la drogue. Tous deux avaient des enfants adolescents que la drogue, à leur connaissance, n'attirait pas ; mais n'était-ce pas la conviction de tous les parents jusqu'à ce qu'ils découvrent la vérité ?

Brunetti prit une chaise et s'assit sur le côté du bureau de Vianello. Se souvenant du motif de sa venue, il lui demanda : « Est-ce que tu as déjà entendu parler d'un certain Bruno del Balzo ? »

---

1. Coup de fatigue.

Vianello détourna son regard et répéta doucement ce nom.

« Oui, mais je ne me souviens plus où, ni à quel moment », répondit-il.

L'ispettore fronça les sourcils. Il regarda l'officier penché sur un ordinateur à l'autre bout de la pièce, ainsi que deux autres hommes en uniforme debout devant une fenêtre, en pleine conversation.

« Pourquoi me poses-tu cette question ?

— J'ai parlé à sa femme, hier. C'est quelqu'un que j'ai connu, il y a très longtemps. Je les ai rencontrés ensemble une seule fois, autour d'un café. J'ai entendu parler de lui au fil des années, mais je serais incapable de te dire à quel propos. Tu sais comment c'est. » Puis il finit par aller droit au but : « Il paraît que leur gendre se comporte d'une manière bizarre.

— Guido, répliqua Vianello tout sourire, si on nous signalait tous les gens qui se comportent d'une manière bizarre… » L'ispettore s'arrêta là, en laissant le soin à Brunetti d'achever sa pensée comme bon lui semblait. « Pourquoi me poses-tu des questions au sujet de son beau-père ?

— Je ne sais pas trop, admit Brunetti.

— Qui est-ce, son gendre ?

— Enrico Fenzo. C'est un *ragioniere*, installé à son compte. Elle s'inquiète pour sa fille. » Brunetti s'efforça de clarifier la situation pour Vianello. « La femme qui m'a parlé, sa belle-mère, est une ancienne voisine à moi », lui dit-il, presque embarrassé de la nature viscéralement vénitienne de son explication. Ou typique de toute petite ville, quelle qu'elle soit.

Les gens laissent des traces dans la mémoire de ceux qui ont traversé leur vie : les amis de l'école, le médecin de famille, le curé de la paroisse, la première personne qu'ils ont embrassée, ou épousée. Chacun est témoin de l'attitude des autres et grandit en les observant se comporter bien ou mal, passer leur temps en bonne ou mauvaise compagnie, réussir ou échouer à l'école, dans leur vie professionnelle, ou encore en amour. Bien avant les datas informatiques, les voisins se chargeaient déjà de collecter les données personnelles des gens. À la différence que les voisins et les amis connaissaient la raison du divorce, des études inachevées, du déménagement dans un appartement plus petit, de la perte de l'emploi, alors que le monde numérique ne peut fournir que des rapports écrits. Les datas décryptent les documents ; les amis essaient de décrypter le cœur.

« Tout cela te semble ridicule, n'est-ce pas ? demanda Brunetti. J'ai dû la voir plus ou moins une douzaine de fois au fil du temps ; nous nous disions juste bonjour et nous nous donnions des nouvelles de nos familles respectives, mais dès qu'elle m'a demandé de l'aider, je n'ai pas pu refuser, ou du moins, c'est l'impression que j'ai eue.

— Pour quelle raison ?

— Parce que sa mère faisait preuve d'une gentillesse infinie envers ma mère. » L'empathie vint éclairer le visage de Vianello qui répliqua instantanément : « Il n'y a pas de meilleure motivation, à mon avis. »

C'était précisément l'encouragement dont Brunetti avait besoin.

« Je lui ai promis que je me renseignerais sur la situation », indiqua-t-il en cherchant à rester aussi évasif qu'avec son amie.

Brunetti lui rapporta le récit d'Elisabetta : le mariage de sa fille Flora, qui avait été heureux jusqu'à ce que son mari commence à rentrer du travail de sombre humeur pour des raisons inconnues. Brunetti ne proféra pas le moindre mot susceptible de suggérer une opinion ou d'éveiller un soupçon ; il répéta purement et simplement, avec une exactitude presque sténographique, ce qu'Elisabetta lui avait raconté sur le premier emploi d'Enrico et sur la fondation de l'institution caritative de son beau-père, avant de retourner se consacrer à son propre cabinet qui prenait de l'ampleur. Lorsque arriva le moment du récit où Enrico s'était mal comporté envers Flora, Brunetti réitéra les mots de ce dernier et Vianello lui coupa la parole pour lui demander : « De qui a-t-il peur ?

— Je n'en ai aucune idée. Apparemment, sa femme et sa belle-mère non plus.

— Mais il croit que sa femme et lui pourraient être en danger ?

— Il semblerait que oui, confirma Brunetti.

— Est-ce qu'il sait qu'elle l'a dit à sa mère ? Ou pire, est-ce qu'il saura que sa belle-mère est allée parler à la police ?

— Je l'ignore, répondit Brunetti par prudence.

— Tu l'as dit à Griffoni, et à moi aussi, nous sommes donc trois maintenant à être au courant, plus la belle-mère. » Vianello fit glisser le journal vers lui et enleva le dossier posé dessus, ce qui fit réapparaître sous leurs yeux les quatre visages leur souriant depuis le lieu improbable où la mort les avait emmenés avec elle. L'ispettore tapota juste en dessous de la ligne des photos et déclara : « Dès l'instant où pas mal de gens sont au courant d'une situation, tu peux être sûr qu'il en jaillira une histoire en un clin d'œil. »

Brunetti dut admettre que son ami avait raison, du moins en théorie.

« C'est pourquoi je veux trouver une manière subtile d'enquêter à son sujet, spécifia-t-il.

— Redis-moi de qui il s'agit, et je vais voir si je peux trouver des éléments sur ces personnes.

— Lui s'appelle Enrico Fenzo et sa femme Flora del Balzo. Il est comptable et elle est vétérinaire. Elle est la fille d'Elisabetta Foscarini et de Bruno del Balzo, qui habitent sur le campo San Giovanni e Paolo. »

Vianello nota leurs noms et adresses dans son calepin.

S'il comparait la curiosité suscitée par le gendre d'Elisabetta à une forme d'épidémie, Brunetti pouvait s'apercevoir qu'elle avait déjà commencé à se développer. Les questions de la police étaient souvent les premiers germes à partir desquels le foyer de l'infection se répandait de manière exponentielle en atteignant tout d'abord les personnes interrogées, puis en passant aux parents et aux amis auxquels ils en parlaient, qui la transmettaient à leur tour à leurs connaissances. Tôt ou tard, l'infection finirait par gagner une personne particulièrement à risque. Certains étaient terrassés par la maladie ; d'autres payaient pour trouver un traitement.

Vianello fit sortir Brunetti de sa rêverie en lui demandant : « Est-ce que tu as une idée de ce que pourraient être ces problèmes ?

— Aucune. »

Vianello resta tranquillement assis en hochant la tête à maintes reprises, comme s'il conversait avec lui-même, puis il interrompit ce dialogue intérieur pour lui demander :

« Ce n'est pas officiel, n'est-ce pas ?

— C'est une faveur pour une amie, qui ne devrait pas nous prendre trop de temps, précisa Brunetti en se rendant compte avec quelle désinvolture il avait supposé que Vianello eût envie d'apporter son aide. Je voudrais comprendre ce qui le dérange ou lui fait peur, le dire ensuite à sa belle-mère et les laisser résoudre la question en famille.

— Rien que ça.

— Oh, ça suffit, Lorenzo ! Je n'ai pas très envie de me lancer dans cette affaire, et avant que tu me le fasses remarquer, oui, je sais que je suis en train d'impliquer d'autres personnes, comme Claudia et toi.

— Et probablement la signorina Elettra », ajouta Vianello d'un ton affable.

Brunetti posa ses coudes sur le bureau et soupira.

« La situation nous a déjà échappé, n'est-ce pas ? »

Le regard de Vianello s'illumina, comme un taureau prêt à charger dans l'arène.

« Cela vaut mieux que d'être assis ici, à ressasser ce qu'il aurait fallu faire pour empêcher ces gosses d'être tués », rétorqua-t-il en hochant le menton vers le journal.

Brunetti acquiesça.

« D'accord, Lorenzo. Procédons ainsi : je vais tâcher de trouver tous les éléments possibles sur les clients de Fenzo et toi – mais sans y mêler la signorina Elettra –, vois un peu ce que tu peux dénicher à son sujet. »

7

Ne sachant comment poursuivre la conversation, Brunetti émit un bourdonnement, à l'instar des personnes âgées qui voudraient continuer à participer aux échanges, mais ignorent comment s'y prendre.

Vianello attendait. Brunetti cessa son bruit et lui demanda : « D'accord ? »

L'inspecteur prit un crayon et commença à dessiner de petits triangles dans la marge du bas de *Il Gazzettino*, de plus en plus petits et tous reliés par la même ligne. Lorsqu'il atteignit le côté droit de la page, il posa son crayon et, sans chercher à dissimuler son manque d'intérêt, il demanda : « Est-ce que nous incluons l'institution caritative qu'il a aidé à fonder ? »

Brunetti acquiesça. Vianello s'enfonça dans son fauteuil.

« Il doit y avoir des informations sur Internet sur leur processus de fondation, commença-t-il, et un bureau central où ces institutions sont enregistrées une fois qu'elles ont été approuvées par le bureau préposé à ces démarches. En outre, leurs dossiers financiers doivent bien être conservés quelque part, à l'échelle nationale, ou par la province concernée. » Il reprit son crayon et commença à remplir les espaces vides des triangles, en prenant bien soin de ne pas dépasser.

Les yeux toujours rivés sur le papier, Vianello continua : « Tu sais ce que c'est que d'essayer de régler quelque chose de simple… » Sa main cessa de bouger le temps de chercher les mots appropriés. « Comme installer ou supprimer une ligne fixe, ou encore brancher le gaz dans un nouvel appartement. » Après ces remarques, Vianello retourna à son dessin.

Brunetti attendit, même s'il savait pertinemment où ce raisonnement allait mener.

« J'essaie d'imaginer la difficulté que doit représenter la fondation d'une organisation sans but lucratif, en ligne qui plus est, et surtout si cette dernière opère dans un pays différent. Imagine le travail et la dépense que comporte ce genre d'initiative ! »

Brunetti s'apprêtait à formuler un commentaire, mais il y renonça, conscient de sa faible crédibilité en matière d'informatique.

Vianello sourit et retourna à ses triangles.

« Avant que tu ne te lances dans cette entreprise, laisse-moi jeter un coup d'œil sur Internet : les informations doivent y figurer à un endroit ou un autre. » Et d'une voix beaucoup plus chaleureuse, il insista : « Laisse-moi faire, Guido. Ce sera plus facile. »

Désarmé devant la gentillesse avec laquelle Vianello avait énoncé cette vérité, Brunetti ne put que faire un signe d'assentiment.

Vianello posa son crayon et se leva. Il se pencha sur le bureau en prenant appui sur ses paumes écartées.

« Je ne sais pas comment les parents vont le supporter, déclara-t-il, comme s'il répondait à une question. Ils n'avaient même pas vingt ans. »

Brunetti resta interdit. Un des officiers de l'autre côté de la pièce tapa l'homme à côté de lui sur l'épaule en riant : Brunetti ressentit ces deux bruits comme démesurément forts. Il passa derrière Vianello, posa sa main furtivement sur le bras de son ami et regagna son bureau.

Une fois à l'intérieur, il appela la loge à l'entrée.

« *Sì*, commissario ? répondit Pendolini.

— Est-ce que Pucetti est de service aujourd'hui ?

— Il fait partie de l'équipe du matin, dottore. Il est arrivé à 8 heures.

— Peux-tu le joindre et lui demander de monter dans mon bureau ?

— Bien sûr », confirma Pendolini en raccrochant.

La force de l'habitude conduisit Brunetti devant la fenêtre qu'il laissa ouverte quelques minutes, le temps de revenir à son bureau et d'allumer son ordinateur. Il s'apprêtait à s'y installer lorsque quelques papiers s'envolèrent.

« Signore ? » entendit-il à la porte.

Il leva les yeux et vit Pucetti en grand uniforme et muni de son revolver ; il ne lui manquait que son képi.

« Entre, Pucetti, et assieds-toi », lui dit Brunetti en se saisissant des dernières feuilles qu'il fit claquer sur son bureau.

Il se leva en s'aidant d'une main et alla s'asseoir derrière sa table de travail. Il remarqua que le jeune officier ne s'autorisa qu'à cet instant à s'approcher du fauteuil devant son bureau et à y prendre place. Ne voulant pas perdre davantage de temps avec une tâche qu'il regrettait déjà de devoir accomplir, Brunetti lui dit :

« J'ai un service à te demander, Pucetti.

— Oui, monsieur ?

— Il s'agit d'une situation qui n'a rien à voir avec les enquêtes que nous sommes en train de mener.

— Pas de problème, monsieur. Dès l'instant où ça me sort de la routine, ça me plaît !

— Je ne sais pas si cela te changera vraiment, le prévint Brunetti. À part le fait que tu ne seras pas en uniforme.

— S'agit-il donc d'une affaire personnelle, monsieur ? »

Pucetti ne put réprimer la curiosité dans sa voix, même si son visage restait calme.

Brunetti sourit. Ce n'était pas la première fois qu'il impliquait Pucetti dans une opération qui n'était pas une enquête… officielle.

« En fait, c'est en lien avec la questure, expliqua-t-il. J'ai discuté avec une personne qui a peur qu'une de ses connaissances ne soit en danger ; je lui ai dit que j'essaierais de voir si cette crainte est fondée.

— Très bien, dit Pucetti doucement. Que puis-je faire pour vous ? »

Brunetti vit un bloc-notes et un crayon apparaître comme par magie entre ses mains.

« Je m'intéresse en l'occurrence à deux personnes : Enrico Fenzo, un comptable, et Flora del Balzo, une vétérinaire qui exerce à Murano. Je voudrais que tu enquêtes sur eux au sein du voisinage. Je souhaiterais savoir si les gens ont remarqué un comportement étrange chez eux. S'ils montrent de l'inquiétude, une certaine préoccupation : ce genre de chose.

— Vous n'avez pas de requête plus précise, commissario ? Cela pourrait m'aider à poser les bonnes questions.

— Je ne suis pas sûr qu'il y *ait* de bonnes questions, Pucetti », répondit Brunetti avec un sourire. Face au silence persistant du jeune officier, il ajouta : « Imagine que ce soit une partie de pêche. Si je ne sais pas quel poisson tu cherches, comment puis-je te dire quel appât utiliser ? »

Pucetti leva les yeux, surpris, et sourit.

« Quand voudriez-vous que je commence, commissario ?

— Pourquoi pas cet après-midi ? Tu peux partir quelques heures plus tôt : préviens Pendolini que je t'ai envoyé en mission spéciale et d'enregistrer ta sortie à l'heure habituelle.

— N'est-ce pas contraire au règlement, monsieur ? » s'enquit Pucetti nerveusement.

Brunetti sourit de nouveau.

« C'est contre le règlement de la questure, effectivement. Mais Pendolini n'hésite pas non plus à fixer ses propres règles. »

Ce fut Pucetti qui sourit cette fois et il s'assit tout droit dans son fauteuil.

« Qu'est-ce que tu allais dire ? » demanda Brunetti d'un ton plaisant.

Il observa le visage de Pucetti qui réfléchissait à sa réponse. Dire la vérité et trop s'avancer ? Ne rien dire et donner l'apparence d'une obéissance servile ?

« Comme la signorina Elettra ? » s'enquit Pucetti.

Brunetti se mit à rire.

« Tu penses qu'elle établit son propre règlement ?

— Oui, monsieur, répondit instantanément le jeune officier.

— Est-ce que tu approuves cette pratique ?

— Ce n'est pas la question, monsieur », répondit timidement Pucetti. Puis il ajouta : « Le fait que nous tirions profit de ses initiatives complique la réponse, en tout cas pour ma part. »

Brunetti ne voulait pas discuter sur la question de savoir si la fin justifie les moyens, surtout avec un si jeune policier. Son opinion à ce sujet – il le savait – avait changé ces dernières années et il voyait d'un mauvais œil que l'on franchisse les limites permises. Peu de gens admettaient poursuivre des buts égoïstes ; la plupart étaient persuadés d'agir pour de nobles raisons, même si leur comportement était des plus immondes et leur objectif de la plus grande bassesse.

« Je vois », fit Brunetti.

Il tira quelques papiers vers lui, leur jeta un coup d'œil, puis il regarda de nouveau le jeune officier.

« Je ne pense pas qu'il y ait une loi, ni même un règlement, énonça-t-il, empêchant un officier de police en civil de s'arrêter dans un bar et d'engager une conversation avec les clients. »

Pucetti enchaîna aussitôt : « Ni d'entrer dans un bureau de tabac pour recharger sa Carta Venezia et demander si son ami Enrico Fenzo habite toujours dans le quartier.

— Effectivement », approuva Brunetti.

Pucetti souhaita une bonne journée au commissaire et partit ; Brunetti se demanda alors s'il y avait au moins une personne de confiance à la questure encore capable d'obéir au règlement.

Moins d'une heure plus tard, Vianello était de retour ; il frappa et entra sans en attendre l'autorisation. Il tenait quelques feuilles de papier et son expression trahissait sa curiosité.

Sans un mot, Vianello s'assit en face du commissaire en gardant fermement ses documents à la main.

« Je t'écoute, dit Brunetti, ignorant les papiers.

— J'ai trouvé les règles présidant à la fondation d'une Onlus», commença Vianello.

Lorsque Brunetti voulut prendre la parole, Vianello leva une main, la paume tendue vers Brunetti, tel un agent de la circulation lui ordonnant de s'arrêter.

«J'ai pensé que ce serait compliqué, comme toujours. Surtout pour une organisation à but non lucratif.

— Une autre façon de dire qu'ils ne paient pas d'impôts», renchérit Brunetti.

Vianello passa outre le commentaire et poursuivit: «Je ne savais pas à quoi correspondait cet acronyme, avoua-t-il. Il signifie littéralement "Ne faisant pas de profit et d'utilité sociale". C'est un concept datant des années soixante.» Il regarda longuement Brunetti avant de lui demander: «Quelle est la dernière fois où tu as entendu quelqu'un parler d'utilité sociale, en y croyant?

— Je l'entends souvent dans la bouche de mes enfants», affirma Brunetti, avec un sourire.

Cette réponse figea Vianello quelques instants.

«Oui, certes, mais est-ce que tu l'entends dans la bouche d'adultes?» s'enquit-il, en écartant d'emblée cette hypothèse.

Brunetti le contredit en déclarant: «Certains, oui.»

Cette affirmation incita Vianello à marquer une pause de réflexion puis, décidant apparemment de faire fi du commentaire de Brunetti, il revint à ses moutons.

«C'est facile d'en fonder une. N'importe qui peut le faire en quelques min… en un temps minimal.

— Ce qui signifie?

— Eh bien, je n'ai pas été véritablement au bout du processus, mais j'ai bien lu toutes les instructions, puis j'ai appelé un ami qui travaille à l'Ufficio delle

Entrate[1] à Udine et je lui ai demandé son avis, en tant que professionnel.

— Et qu'a-t-il dit ?

— Il a confirmé que c'était la vérité. On a énormément facilité la fondation des organisations de cette nature, ainsi que l'obtention du statut d'exonération d'impôts et après, hop, on peut aller sauver le monde !

— Ou le petit fragment que l'on en détient ?

— Si tu préfères !

— Qu'est-ce que tu as appris d'autre ? »

Vianello leva les papiers posés sur ses genoux. Il sortit ses lunettes de sa poche et les chaussa. Il examina le sommet de deux pages qu'il tourna vers Brunetti en expliquant : « Ce sont les formulaires nécessaires pour l'ouverture d'une Onlus. Dans le formulaire n° 1 – de une page seulement –, il faut fournir l'âge et la résidence de la personne qui souhaite ouvrir l'Onlus. Dans le formulaire n° 2 – également de une page –, il faut donner le nom et décrire le but et la fonction de l'Onlus et, de nouveau, préciser le nom de la personne qui va l'ouvrir. »

Brunetti reconnut les formulaires standards du gouvernement avec les espaces blancs pour les informations.

« Les formulaires 3 et 4, continua Vianello en poussant deux autres pages sur le bureau, expliquent comment remplir les formulaires précédents. »

Brunetti vit ces deux feuilles glisser jusqu'à lui ; elles lui semblèrent, de prime abord, similaires à un code informatique, puis les lettres devinrent lisibles une fois qu'il eut mis ses lunettes de lecture. Il marqua une pause, puis revint à la première page contenant les instructions. Il se rendit

1. L'administration fiscale italienne.

compte alors que, même si les expressions étaient compréhensibles séparément, l'ensemble des paragraphes ne l'était pas. C'étaient bel et bien des formulaires administratifs !

« Et voici le dernier – le formulaire 5 – servant aux autodéclarations, au lieu d'aller les faire remplir par un notaire. C'est assez simple : il suffit d'expliquer ce que fera l'organisation, qui sont les membres fondateurs et comment les fonds seront recueillis.

— C'est tout ce qu'il faut faire ? s'informa Brunetti, en désignant les quelques feuilles que Vianello tenait à la main.

— Apparemment, oui, répondit Vianello en remettant les documents en ordre. J'ai lu les instructions et j'ai l'impression que toute personne un tant soit peu familiarisée avec le langage bureaucratique peut facilement les comprendre et les remplir.

— Je suppose qu'il faut un avocat ou un notaire pour en lancer une, ou au moins en avoir un au sein du conseil d'administration ? »

Vianello fit non de la tête.

« Autre chose ? » renchérit Brunetti.

« J'ai trouvé son nom.

— Comment s'appelle-t-elle ?

— Belize nel cuore[1].

— Je suppose que c'est là sa mission : convier les gens à mettre Bélize dans leur cœur.

— Pardon ? demanda Vianello, confus.

— Pur et simple marketing, expliqua Brunetti en utilisant un mot devenu aussi universel que "taxi" ou "pyjama".

— Mais il s'agit d'une institution caritative, objecta Vianello.

1. Bélize dans le cœur.

— Justement ! » s’écria Brunetti.

Après un long moment de silence, Vianello surprit Brunetti en déclarant : « Un refuge pour les quatre pattes ; un joyeux abri pour les quadrupèdes ; un foyer pour nos meilleurs amis.

— Qu’est-ce que c’est ?

— Je viens de les inventer. Ce sont des noms de refuges pour chiens. Si les endroits qui sauvent les chiens peuvent avoir de tels noms, alors pourquoi ne pas les donner à ceux qui sauvent les gens ? Ils évoquent la même sensation de bonheur et de vertu. Ou peut-être est-ce pure vérité. Il faut profondément aimer l’humanité pour avoir envie de la sauver. »

8

Brunetti s'enfonça dans son fauteuil et croisa les jambes.

« Dis-m'en plus sur Belize nel cuore », demanda-t-il à Vianello, en prononçant ce nom comme si c'était l'expression la plus normale du monde.

L'inspecteur sortit son calepin et le feuilleta. « Son siège social se trouve ici : la fondation a été constituée il y a trois ans, par Bruno del Balzo. Les autres membres du conseil d'administration sont Luigino Guidone et Matteo Fullin. Tu les connais ?

— Pas Guidone, répondit Brunetti immédiatement. Mais j'ai rencontré Fullin. Impossible de me souvenir de quand c'était. Peut-être que ça me reviendra. »

Ni l'un ni l'autre ne parlèrent pendant un bon moment, puis Brunetti, supposant que les papiers sur son bureau étaient des copies pour lui, les tira dans sa direction.

« Merci, Lorenzo. » Il regarda la première page sans manifester un grand intérêt et lui annonça : « J'ai demandé à Pucetti d'aller dans le quartier de Fenzo et de poser une ou deux questions autour de lui.

— Il est très fort dans ce genre d'opération, observa-t-il en souriant. Il a un visage et des manières qui inspirent confiance. On ne dirait jamais que c'est un flic ! Pour qui se fera-t-il passer cette fois ? Pour un vieux camarade de classe qui jouait au foot avec lui ?

— Pucetti adoptera l'identité que son interlocuteur attend de lui, répondit Brunetti avec un grand sourire.

— Les petites mamies ne sont pas trop en sécurité en sa compagnie, lança Vianello pour souligner le talent de menteur du jeune officier.

— Les mamies ou leurs retraites ?

— Leurs retraites. Il les aurait en poche en cinq minutes, pour les envoyer aux élèves de la Calabre ou aux gens de l'Irpinia[1]. »

Le nom du second lieu surprit Brunetti, comme si le fantôme des événements advenus quarante ans plus tôt était venu traverser la pièce. Comment peut-on plaisanter sur de tels faits ? se demanda Brunetti. Avons-nous perdu le sens moral au point que la disparition des milliards de fonds alloués pour venir en aide aux victimes du tremblement de terre n'est plus perçu comme un crime ni même comme un scandale, mais est devenu une grotesque métonymie pour le monde habituel des affaires ?

Au souvenir de ces sinistres événements, Brunetti regarda son ami et se tritura les méninges pour changer de sujet.

Vianello le devança.

« Est-ce qu'il y a une date limite pour cette enquête ?

— Qu'est-ce que tu veux dire ? » demanda Brunetti, se rendant compte immédiatement du ton provocateur de sa réaction.

1. Région en Italie du Sud s'étendant autour d'Avellino, victime d'un très grave tremblement de terre en novembre 1980.

Vianello ne chercha absolument pas à dissimuler son impatience.

« Combien de temps nous accordons-nous avant de cesser d'enquêter sur ces gens, d'admettre que nous n'avons rien trouvé et de dire à ta copine de s'occuper de ses oignons ? »

Au fond, il n'avait pas tort. Dans une ville qui avait de bien plus grands problèmes à résoudre, Brunetti se servait des moyens de la police pour apaiser les doutes d'une amie.

« Donnons-nous quelques jours ? » proposa-t-il.

— D'accord, confirma Vianello après un moment de réflexion. Mais en cas de crime avéré, nous nous consacrons à la nouvelle affaire.

— Bien sûr », approuva Brunetti, qui songea qu'il était temps de rentrer déjeuner chez lui.

Le repas, un risotto au *radicchio di Treviso*[1] qu'il avait réclamé pendant plusieurs jours, le remplit à la fois de délectation et de satisfaction. Paola posa ensuite sur la table un grand plateau de fromage, en précisant qu'elle avait été retardée après son cours du matin et qu'elle n'avait pas eu le temps d'acheter autre chose en rentrant à la maison. Les effets prolongés du risotto facilitèrent le pardon collectif, d'autant plus que l'un des fromages était un gros morceau de gorgonzola, farci de couches onctueuses de mascarpone.

Brunetti laissa Paola et Raffi faire la vaisselle – c'était le tour hebdomadaire de son fils – et il alla lire au salon un moment avant de retourner travailler. L'*Espresso* de cette semaine-là présentait un article sur « l'anniversaire » du tremblement de terre, ce qui expliqua peut-être pourquoi

1. Salade rouge de Trévise.

Vianello y avait fait référence. Brunetti remarqua que la revue avait mis le mot entre guillemets. Sa lecture fut interrompue par l'arrivée de Chiara.

« Papa, est-ce que je peux te poser une question ?

— Hum ? fit-il en levant les yeux des photos, dont l'horreur n'avait pas changé quarante ans après.

— Quelle est la plus grande pièce de théâtre grecque, à ton avis ?

— Oh ! s'écria-t-il, alors qu'il s'attendait à ce qu'elle lui demande une avance sur son argent de poche. La plus grande pièce de théâtre grecque ?

— Oui. »

Après un instant de réflexion, il finit par répondre :

« C'est un peu comme si tu me demandais quel est mon plat préféré. Aujourd'hui, je te répondrais le *risotto alla trevigiana*[1], mais si tu me le demandais en juin, je ferais un choix différent. »

Elle s'approcha et s'affala à ses côtés. Il posa la revue sur la table devant lui et lui entoura les épaules de son bras.

« Je croyais que tu allais me demander dix euros, ce qui aurait été probablement bien plus facile, ajouta-t-il d'une voix circonspecte.

— Que de choisir une pièce de théâtre ?

— Que de me limiter à une seule », nuança-t-il. Il posa son bras sur le dossier du canapé et se tourna vers elle. « Comment en es-tu venue à me poser cette question ? s'enquit-il.

— Le prof a demandé à toute la classe de lui donner le titre de notre pièce préférée, puis il choisira une scène

1. Risotto à la manière de Trévise.

extraite de la pièce la plus citée, et nous approfondirons l'étude de cette scène.

— En grec ?

— Bien sûr. Tu ne les lisais pas en grec quand tu allais à l'école ?

— Non, je pense que notre professeur était convaincu que cela aurait été trop difficile pour nous. Et il avait raison : elles ne sont pas faciles. J'ai essayé depuis, mais je n'en saisis pas toutes les nuances. »

Elle sourit et posa sa main sur la joue de son père.

« Mais tu connais suffisamment la langue pour saisir la puissance du texte, n'est-ce pas ?

— Si on les lit attentivement, même en italien, on ne peut pas ne pas ressentir au moins partiellement leur force, répondit-il, presque gêné par cet aveu. Elle s'impose à toi.

— Tu le penses vraiment, n'est-ce pas, *Papi* ? »

C'était ainsi qu'elle l'appelait lors de leurs conversations les plus sérieuses et il jubilait aux sonorités de ce nom.

« Oui, tout à fait.

— Alors, quelle est ta pièce préférée ?

— Est-ce que je peux tricher et t'en donner trois ?

— Pour le prix d'une ? » plaisanta-t-elle.

Il rit, pour se conformer à la réaction qu'elle attendait de lui.

« Si tu m'y autorises, je dirais *L'Orestie*. »

Il avait relu les pièces juste un an plus tôt et il avait été impressionné par la modernité de leurs thématiques : le rôle et les droits de la femme, la source et l'objectif de la justice, la manière de punir les crimes.

« Et quelle est la scène la plus importante, à ton avis ? »

— Il y en a beaucoup, *stella mia*[1] », répondit-il, non pas parce qu'il la soupçonnait de vouloir obtenir une réponse toute prête de sa part, à refiler à son professeur, mais parce qu'elle voulait vraiment le savoir. « Il y a le discours d'ouverture de Clytemnestre lorsqu'elle souhaite la bienvenue à Agamemnon de retour à la maison ; ses répliques face à la vanité et la fierté ridicule de son époux ; sans oublier sa joute oratoire avec le chœur, ou son discours avec Cassandre. Ses mots ont leur importance. » Il se tut un moment, puis confessa à sa fille : « J'ai toujours aimé Clytemnestre et chaque fois que je lis la pièce, je l'aime un peu plus.

— Tu l'aimes ? » s'étonna Chiara.

Surpris par la rapidité avec laquelle fusa sa question, il marqua une pause et réfléchit un moment, puis lui expliqua d'une voix plus douce : « J'éprouve de l'admiration, du respect et de l'empathie pour elle. Tout est trop chez elle : elle est trop grande, trop sauvage. » Une mouette s'envola et atterrit sur le parapet de leur terrasse, et l'espace d'une minute, il craignit que ce ne fût Clytemnestre, venue écouter le jugement qu'il portait sur elle.

« Et elle m'a toujours fait peur, finit par avouer Brunetti.

— Pourquoi ? demanda Chiara, captivée.

— Parce qu'elle est beaucoup plus forte que moi. »

À son retour à la questure, Brunetti se sentit pris au piège : pendant deux jours, il avait évité de rendre le service que lui demandait un ami, un commissario affecté à Mestre. Il l'avait prié de lire une copie du rapport original d'arrestation établi par deux de ses officiers qui avaient été

1. Littéralement, « mon étoile » ; manière affectueuse de s'adresser aux enfants.

accusés, dans un second temps, d'avoir frappé le suspect qui cherchait à vendre de la drogue à proximité d'un collège. La requête du commissario Tamiello était informelle : il avait envoyé la copie par un coursier et son nom ne figurait pas sur le paquet. Mais il lui demanda ensuite de donner son opinion sur ce rapport et si, à son avis, les accusations portées contre le dealer devaient être poursuivies.

Le premier détail que nota Brunetti fut l'absence du sceau officiel de la questure, figurant toujours sur les rapports officiels, tout comme l'heure et la date, le nom des officiers ayant procédé à l'arrestation, la nature du crime et le nom de l'accusé. En l'absence de toutes ces informations, il ne lui restait à lire que le corps du rapport qui commençait par : « Nous avons décidé de vérifier si ce jeune Maghrébin qui rôdait devant le collège était là pour vendre de la drogue. » Ce document ne donnait pas d'autres éléments dans ses deux brèves pages qui n'alléguaient aucune autre raison expliquant pourquoi les officiers avaient arrêté et interrogé, puis fouillé, l'accusé. Il n'y avait pas non plus le moindre témoin pour vérifier à quelle distance de l'école se trouvait le dealer. « Le fait que l'on ait découvert sur lui plus de cent comprimés qui s'avérèrent être des amphétamines, du LSD et de la méthadone, ainsi que treize ampoules en plastique pleines de cocaïne et d'héroïne, ne valait plus rien, du fait de l'analyse biaisée dès l'ouverture du dossier. »

Il baissa la tête et la secoua tel un buvard absorbant l'encre utilisée pour rédiger ce rapport. Plutôt que de mettre son opinion par écrit, Brunetti consulta ses contacts téléphoniques et appuya sur la touche du numéro de *telefonino* de Tamiello ; ce dernier répondit en se présentant.

« *Ciao*, Pietro, dit Brunetti d'une voix chaleureuse. Je voulais t'appeler et prendre de tes nouvelles.

— Ah, ciao Luciano », répliqua Tamiello en utilisant volontairement un faux nom pour son interlocuteur. Ce choix interpella Brunetti. « Comment vas-tu ? » lui demanda son collègue.

Il s'ensuivit un échange de plaisanteries anodines, puis Tamiello demanda : « Est-ce que tu as vu sur Netflix le film dont je t'ai parlé ? »

Prenant le ton le plus mécontent possible, Brunetti répondit : « Ouais, je l'ai regardé, mais je ne l'ai pas beaucoup aimé. » Puis, comme si cette pensée venait juste de lui traverser l'esprit, il expliqua : « C'est peut-être à cause de la première scène. Du genre à gâcher toute l'histoire.

— Ah, fit Tamiello en étirant le son. C'est tout à fait mon avis. Mais j'ai vraiment trouvé certaines des scènes suivantes intéressantes.

— Inutile d'insister, Pietro. J'ai déjà vu d'autres films de ce style et aucun ne m'a plu après une scène initiale pareille. Franchement, pour moi, il n'y a plus rien à tirer du film, après un tel début. » Il s'accorda une pause de réflexion, dans l'attente de la réponse de son collègue, et se demanda comment continuer à formuler son opinion dans le langage de Cinecittà.

Brunetti finit par briser le silence prolongé de Tamiello en concluant d'un ton où il laissa nettement poindre sa sensation de saturation sur le sujet : « Un scénariste minable, à mon avis. Je ne conseillerais ce film à aucun de mes amis.

— Nous pouvons être en désaccord, répliqua l'autre commissario avec une jovialité teintée de gêne. Mais j'espère que tu regarderas quand même les films que je te recommanderai ?

— Tes désirs sont des ordres, Pietro », déclara Brunetti en riant, puis il lui dit au revoir.

Après avoir raccroché, Brunetti ne put s'empêcher de penser à ce qui se passait à Mestre. La fin des confinements et des couvre-feux et le retour à un semblant de vie normale avait – comme il le craignait – réouvert les vannes et permis aux drogues de recommencer à inonder la ville.

Toujours à l'écoute des fluctuations au sein du marché, les dealers avaient rapidement saisi les conséquences d'une année de stress continu et évalué les bénéfices juteux qu'ils pourraient en retirer. Avec la hausse du nombre des personnes contaminées s'intensifiait aussi le besoin de trouver dans la drogue la consolation nécessaire pour survivre à cette Vallée de l'Ombre de la Mort. Et lorsque les chiffres diminuaient, y avait-il meilleure façon de célébrer ce regain de vie qu'en prenant un peu de cette substance, ou beaucoup de cette autre ? Même maintenant, en cette situation plus calme, le stress, lui semblait-il, n'avait pas disparu, ni le désir de chercher du réconfort dans les narcotiques.

Le commissaire était né avant que l'usage de la drogue ne se répande en Italie et son sens du plaisir n'incluait donc pas cette pratique. Son immunisation résultait non seulement de son année de naissance, mais aussi de la pauvreté de sa famille. Il avait traversé toute sa jeunesse sans pouvoir s'en permettre l'achat et avait atteint l'âge adulte sans avoir ressenti le moindre intérêt pour ces substances. Au cours de sa vie professionnelle, Brunetti avait eu maintes fois l'occasion d'observer leurs effets sur la vie des gens, mais il avait peur que sa connaissance de la question et son propre rejet de la drogue ne suffisent pas à mettre ses enfants à l'abri de sa force de séduction.

Pour cesser de broyer du noir, Brunetti décida de commencer à procéder au partage équitable des tâches qu'il avait promis à Vianello et de jeter un coup d'œil sur les clients de Fenzo. Même s'ils ne s'étaient pas parlé depuis au moins un an, il avait toujours le numéro d'Ottavio Pini et il le composa.

« *Ciao* Ottavio, ici Guido. Je suis en ville, pour vous protéger, toi et tous les bons citoyens !

— Ah ! Cela fait plaisir d'entendre ta voix. Qu'est-ce que je peux faire pour toi ?

— Je ne pourrais pas t'appeler juste pour prendre de tes nouvelles ? s'enquit Brunetti, en veillant à jouer les ados vexés.

— Bien sûr. Et moi, je suis le président de la République. » Puis, le temps de laisser passer quelques battements de cœur, il rectifia : « Mais je ne le suis pas ! »

Brunetti décida d'interrompre cette joute oratoire avec Pini, un exercice qu'ils appréciaient tous deux autrefois. Mais il était plus difficile de plaisanter, désormais.

« D'accord, et je ne veux vraiment pas te faire perdre ton temps avec…

— Mon restaurant est fermé depuis deux semaines, intervint Pini, donc j'ai pléthore de temps à gaspiller.

— Je ne savais pas, Ottavio. »

C'était une période étrange et beaucoup de gens n'aimaient pas trop encore l'idée d'aller manger au restaurant au milieu d'étrangers. Mais un certain temps s'était écoulé : la situation s'était améliorée et il y avait sans doute suffisamment de touristes en ville pour garder la plupart des commerces ouverts. Qu'un restaurant aussi bon que celui d'Ottavio soit fermé paraissait invraisemblable.

Pini étant un vieil ami, Brunetti put se permettre de lui demander : « Que s'est-il passé ?

— Les embrouilles habituelles. Enfin, ce sont des embrouilles, mais ce n'est pas exactement habituel.

— Que veux-tu dire par là ? »

Pini mit un long moment avant de lui demander : « Tu connais le restaurant ? »

Brunetti répondit par un grognement.

« J'ai vingt et une tables à l'intérieur et cinq en terrasse. Cela m'a pris des années pour obtenir l'autorisation du *plateatico*[1], mais les tables à l'extérieur m'assurent au moins un tiers en plus de mes revenus journaliers pendant l'été, et même en ce moment, parce que les gens continuent à vouloir manger dehors. Mais tu ne dois pas avoir envie d'entendre ces jérémiades, Guido, conclut-il d'une voix épuisée.

— Je ferai semblant. Je t'écoute, dans tous les cas.

— Tu sais qu'il y a un autre restaurant de l'autre côté du *campo* ?

— Celui qui est près du magasin de masques ? précisa Brunetti.

— Doux Jésus, tout est toujours près d'un magasin de masques, dans cette ville ! » déplora Pini avec un certain écœurement dans la voix.

Brunetti s'abstint de tout commentaire.

« Quoi qu'il en soit, le propriétaire – cela fait juste un an qu'il est là – a fait une demande pour agrandir sa terrasse et vu la taille du *campo*, on lui a refusé la permission de mettre des tables à l'extérieur. Si bien qu'un jour où j'étais encore ouvert, il a appelé les *vigili urbani*[2] et à leur arrivée, il a sorti un mètre pliant de la poche de sa veste et a mesuré l'espace occupé par ma terrasse. »

---

1. Terme technique désignant la terrasse des cafés et des restaurants.

2. La police municipale.

Brunetti entendit la voix de Pini se nouer et son rythme s'accélérer.

« Les pieds arrière des chaises accolées à deux de mes tables empiétaient de dix centimètres sur l'espace public et une des tables dépassait de moitié la limite autorisée. » Pini prit quelques profondes inspirations et, après avoir recouvré le contrôle de sa voix, il poursuivit : « Il a fait venir un de ses serveurs pour qu'il le photographie en train de prendre ses mesures et il a demandé aux *vigili* de décliner leur identité. » Avant que Brunetti ne puisse émettre un commentaire, Pini enchaîna : « Comme ils étaient en uniforme, leurs noms étaient sur leurs vestes, de toute façon. » Il se tut.

« Que s'est-il passé ? reprit Brunetti.

— Une semaine plus tard, j'ai reçu une lettre de la commune disant qu'une plainte avait été déposée contre moi pour abus de l'espace public, qu'un dossier avait été ouvert et que je devais fermer le restaurant, le temps que l'enquête soit menée.

— Tu plaisantes, Ottavio ?

— Je ne demanderais que ça !

— Qu'est-ce que tu peux faire ?

— Trouver un bon avocat », répondit Pini d'un ton amer, mais il ajouta rapidement : « Oublie ce que je viens de te dire : le mien est en train de faire tout son possible ; il a demandé des faveurs, mais il n'y a rien à faire. Apparemment, il y a eu beaucoup de plaintes au moment où la ville a changé de règlement et a permis aux gens d'agrandir leur *plateatico* de cinquante pour cent. Du coup, beaucoup de gens se sont retrouvés avec la porte de chez eux bloquée par les tables. Comme il y a maintenant moins de touristes et donc plus vraiment besoin des espaces extérieurs, ils font tout un cirque en se préoccupant des droits des résidents… Résultat des courses, conclut Pini en éclatant de rire : tu te coltines une amende pour cinq centimètres et on ferme carrément ton local pour dix. Personne ne sait ce qui va se passer, et toutes les procédures traînent, déclara-t-il d'une voix soudain emplie de colère.

— Et tu dois fermer ?

— Et je dois fermer, confirma Pini avec une résignation inhabituelle chez lui. Ça passera, Guido. Personne n'est malade, "Plaie d'argent n'est point mortelle…" »

Brunetti se demanda s'il avait déjà entendu quelqu'un dire ce proverbe à Venise ; mais étrangement, Pini semblait sincère.

« Qu'est-ce que tu voulais savoir, Guido ? s'enquit-il, ravi apparemment de changer de sujet.

— C'est à propos de ton *ragioniere*.

— Enrico ? demanda Pini, incapable de cacher sa surprise. Tu es toujours commissaire, Guido ?

— Oui, pourquoi ?

— Parce qu'il n'est pas possible qu'un commissaire m'interroge au sujet d'Enrico. Il pourrait me poser des questions au sujet d'un client, de mon barbier, de ma femme, mais pas d'Enrico !

— Tu as une telle confiance en lui ?

— Plus qu'en mes clients ou en mon épouse ! Peut-être pas autant qu'en mon barbier.

— Il y a combien de temps qu'Enrico travaille pour toi ?

— Il serait plus exact de demander combien de temps j'ai travaillé grâce à lui.

— Qu'est-ce que tu veux dire ?

— Sans Enrico et ses talents de comptable, je serais sans doute dans les mains de la Guardia di Finanza, torturé dans leurs cellules !

— C'était grave comme situation ?

— Désespérée, oui ! J'avais engagé un cousin. Ma femme me l'avait déconseillé. Elle me l'avait déconseillé, répéta-t-il d'une voix grave. Mais je ne l'ai pas écoutée.

— Et alors ?

— Il arnaquait l'État et m'arnaquait aussi, comme chacun de ses clients, j'en suis sûr.

— Comment t'en es-tu aperçu ?

— J'ai reçu un coup de fil d'un ami qui travaille à la Guardia di Finanza qui m'a dit qu'ils avaient jeté un coup d'œil sur le dossier de mon *commercialista* et qu'il pouvait être sage d'envisager de le mettre à la porte. » Il marqua une pause puis dit, d'un ton réellement affectueux : « On était au catéchisme tous les deux, quand on avait douze ans. »

Brunetti supposa qu'il s'agissait vraisemblablement de l'employé de la Guardia, pas de son *commercialista*. Avant que Brunetti ne puisse s'en assurer, Pini poursuivit : « Mon ami m'a dit d'appeler Enrico, c'est ce que j'ai fait.

— Et donc ?

— Et il a probablement sauvé mon affaire. Il m'a montré certaines des manigances de l'autre comptable ; j'y pense parfois et j'en ai encore des sueurs froides.

— Pourquoi ça ?

— Je suis responsable de tous les documents qu'il leur a envoyés. Légalement responsable. »

Brunetti laissa s'écouler un certain temps avant de réitérer sa question : « Il y a combien de temps qu'il travaille pour toi ?

— Presque trois ans. Pourquoi t'intéresses-tu à lui ?

— Son nom a été mêlé à celui d'une autre personne et nous nous sommes posé des questions à son sujet.

— J'espère t'avoir convaincu.

— Largement, Ottavio. Merci et bonne chance pour ton *plateatico*. »

Pini ne put que soupirer ; Brunetti lui dit au revoir et raccrocha.

9

Brunetti alla à la fenêtre et regarda le jardin de la villa située de l'autre côté du canal. L'automne avait été particulièrement sec et la vigne qui avait élu domicile sur le mur en brique entourant la propriété rampait vers l'eau, désespérément en quête d'eau. Brunetti fut frappé par la ressemblance entre la vigne exposée quasiment toute la journée au soleil et le *Radeau de la Méduse*. Les corps affaiblis des humains, peints au premier plan, tendaient vers l'eau, telle la vigne sur le mur, alors que les personnages à l'arrière semblaient en proie à une vision : peut-être celle d'un bateau, d'un lambeau de terre, ou d'une énième vague déferlant rapidement sur eux et les vouant à l'anéantissement.

Comme la vigne semblait plus mal lotie encore que les hommes sur le radeau ! Pourtant, les récits de l'accident qui ont inspiré le tableau parlaient de déshydratation et d'inanition. À chaque fois que Brunetti avait eu l'occasion de contempler cette toile, il avait cherché, mais en vain, des signes de faim et de soif, et n'y avait détecté qu'un amas de torses musclés, ainsi que de bras et de jambes, s'élevant et s'agitant en une folle farandole. Mais les artistes, avait-il conclu depuis longtemps, étaient, à l'instar des hommes politiques, davantage intéressés par la représentation esthétique de la vérité que par la vérité elle-même.

Tandis que ces pensées traversaient son esprit, elles trébuchèrent à un moment donné contre un souvenir fugace, associé au nom de « Fullin ». Il s'enfonça dans son fauteuil et fixa les portes de l'*armadio*[1] où il empilait ses bottes, ses parapluies et ses imperméables, en espérant que la porte de sa mémoire serait plus facile à ouvrir que celle de son armoire. Il y avait des années qu'il n'avait plus entendu ce nom ; peut-être était-ce lors d'un dîner, ou d'une réunion quelconque. Il revoyait d'autres gens présents en la circonstance, aussi bien des hommes que des femmes, et on leur avait servi un montepulciano particulièrement corsé.

Ce détail œnologique lui fit revenir en mémoire le dîner en question et Brunetti se souvint de la scène avec une femme assise à sa gauche, exerçant un métier improbable. Qu'est-ce que c'était, déjà ? Un métier lié aux armes ? Au judo ? Il fixa les portes de son placard et attendit, pour ainsi dire, que cette femme lui apparaisse. Il savait qu'il lui suffisait d'attendre et de se concentrer sur ses battants…

L'escrime. Voilà ce que c'était ! Elle était monitrice d'escrime dans une université américaine, bien cotée, mais il avait oublié laquelle. Elle était venue à Venise – et il se rappela alors que le dîner avait eu lieu chez ses beaux-parents – pour rendre visite à sa famille et aller présenter ses respects à son vieux *maestro*, un homme dans les quatre-vingts ans qui enseignait encore ce sport, du côté de Sant'Alvise.

Il se remémora ce qu'elle lui avait raconté au sujet de son maître.

1. Armoire.

« D'abord, nous lui avons serré la main et dit "*Buon pomeriggio*[1], *Maestro*" puis nous nous sommes levés et avons attendu qu'il nous donne ses instructions et nous désigne notre partenaire pour cette séance. »

Il se souvint aussi comme elle changea de voix lorsqu'elle évoqua le *maestro* et de la déférence qu'elle lui portait à chaque phrase.

« Il fallait se taire. Si nous parlions, il nous tançait du regard et plus personne, garçons ou filles, n'osait souffler mot. Je me souviens d'ailleurs de deux garçons qui se sont mis à pleurer sous l'effet de ce regard. » Elle prit alors son verre et le tint un long moment. « C'était merveilleux : ses capacités, sa méthode d'enseignement. Il n'élevait jamais la voix, il souriait rarement. Il était... » Elle but une gorgée de son vin et posa le verre. « Il était féroce.

— Et l'êtes-vous ? » lui avait demandé Brunetti, avec un sourire.

Elle éclata de rire.

« Oui. Je terrifie mes étudiants ! »

Elle parla d'une voix si agréable et si chaleureuse que Brunetti eut du mal à la croire.

« Je suis intraitable avec eux, croyez-moi. Personne ne parle pendant mes cours et personne ne critique jamais un autre étudiant, même s'il vient d'une autre école. Respect, respect, respect. S'ils n'en sont pas capables, je ne les veux pas dans mes cours. »

Un homme d'un certain âge, aux larges épaules, qui était assis de l'autre côté de la table et n'avait quasiment rien dit de tout le dîner, ni porté le moindre intérêt aux convives près de lui – à l'exception d'une petite femme

1. Bon après-midi.

qui était manifestement son épouse – se leva soudain. Brunetti fut étonné par sa taille. Il mesurait presque deux mètres, selon l'estimation du commissaire, et se tenait au garde-à-vous. Le teint fortement hâlé, doté d'un large front et d'une crinière toute blanche, il semblait encore plus grand. Il se pencha pour prendre son couteau et sa fourchette et, avec la plus grande désinvolture, les glissa dans la poche de sa veste, comme si c'était un geste courant chez lui. D'une voix basse, perceptible au milieu du silence qui se fit parmi les convives témoins de la scène, il dit à la femme à sa gauche : « Je veux rentrer à la maison, Antonia. »

La femme aux cheveux blancs également, et coiffés en arrière, se leva à son tour : elle lui arrivait bien plus bas que les épaules.

« Mais certainement, Matteo, approuva-t-elle en posant sa main sur son bras. Il est très tard et il ne faut pas abuser de la gentillesse de nos hôtes, n'est-ce pas ? »

L'homme secoua la tête et elle posa sa main sur sa joue.

« Allons chercher nos manteaux, veux-tu ? »

Elle s'écarta de la table et le conduisit vers la porte, en gardant cette fois la main sur son avant-bras. La Contessa Falier, la belle-mère de Brunetti, était déjà sur le seuil, le visage éclairé d'un chaleureux sourire. Le conte était en train de parler à un domestique qui avait penché la tête pour mieux entendre les ordres de son maître.

Une fois que le domestique eut opiné du chef et s'en fut allé, le comte s'approcha d'eux trois et prit la main de l'homme dans les siennes en disant : « Mon bateau est juste en bas, Matteo ; il est entièrement à votre disposition pour vous ramener chez vous. »

Il leva la main droite pour le saluer indolemment, tel un officier envers un supérieur.

« Laissez-moi descendre avec vous. » Avant même que l'homme ou son épouse ne puissent objecter, la Contessa se tourna vers la femme en proposant : « Viens, Antonia. Allons chercher vos manteaux. Le temps est en train de tourner et vous serez bien contents de les avoir sur vous. »

Oh, comme cette réflexion était délicieusement anglaise ! Rien de mieux que la météo pour arrondir les angles en cas de tension ambiante. Ce commentaire sur la chute soudaine de la température permit à la Contessa de faire sortir le petit groupe de la pièce et en l'espace de quelques minutes, l'assistance se ressaisit et la conversation reprit.

Lorsque vint leur tour, un peu plus tard, de partir, alors que Brunetti et Paola se tenaient sur le seuil, près des Falier, le commissaire observa : « Vous avez été très aimables avec votre ami. »

Les parents de Paola échangèrent un regard et la Contessa précisa : « Ah, Matteo Fullin. Sa femme, Antonia, a été une des premières personnes que j'ai rencontrées lorsque j'ai déménagé à Venise et elle a toujours été très gentille envers moi. » Pendant un moment, Brunetti pensa qu'elle s'en tiendrait là, mais elle poursuivit :

« Orazio et moi cherchions à les inviter à un dîner en petit comité, de manière à ne pas contrarier Matteo. » Puis elle ajouta, avec un sourire : « Antonia enverra quelqu'un avec les couverts en argent demain. » Elle pinça les lèvres et précisa, d'un ton plus sérieux : « Ce n'est pas la première fois qu'il agit de la sorte.

— Tu m'en avais parlé quand on a diagnostiqué sa maladie, mais je ne savais pas qu'elle s'était aggravée à ce point. Je les ai croisés il y a quelques mois, et il semblait… »

La voix de Paola ne fut plus qu'un filet et Brunetti la regarda en train de rejouer mentalement la scène de leur rencontre. « Il n'a pas décroché mot », raconta-t-elle, de toute évidence surprise de ne pas s'en être étonnée à l'époque. « Antonia était la seule à parler. Je ne m'en suis absolument pas rendu compte », répéta-t-elle, puis elle ajouta, avec presque un brin de ressentiment dans la voix : « Antonia n'a rien dit sur la situation.

— C'est parce qu'il n'y a rien à dire, ma chérie », répliqua la Contessa après un moment d'hésitation.

Elle se hissa sur la pointe des pieds pour embrasser sa fille et attendit que Brunetti lui souhaite une bonne nuit. À l'époque, il avait été frappé par le fait que Paola ne se soit livrée à aucun commentaire sur le chemin de la maison. Il se souvint, aussi, que la Contessa avait raison : il faisait beaucoup plus froid et ils étaient bien contents d'être couverts.

Le souvenir du comportement de Fullin lui fit entrevoir différentes hypothèses. Il savait que certaines formes de démence étaient dites « galopantes », tandis que d'autres altéraient la mémoire, la dignité et la raison à un rythme beaucoup plus lent. Elles différaient en termes de rapidité, mais toutes deux aboutissaient au même inexorable néant.

L'annonce de la maladie de Fullin fut récente. Mais, en raison de son expérience avec sa mère, Brunetti savait qu'il y avait un long décalage entre l'apparition des premiers symptômes et l'établissement du diagnostic. Dans le cas de sa mère, les symptômes s'étaient tapis dans leurs existences des années entières avant que son frère Sergio ou lui-même ne les prennent au sérieux. À cause d'une ignorance délibérée, d'un sens stupide de protection, d'un amour aveugle. Mais à un moment donné, il avait été affecté à Livourne pour une mission de deux semaines, et à son retour à Venise, il avait remarqué le désordre dans la cuisine, les taches de nourriture sur ses vêtements et son ton maussade lorsqu'elle répondait à des questions.

Il chassa ces souvenirs de son esprit et commença à composer le numéro de la signorina Elettra, mais il s'arrêta dans son élan et songea qu'il serait plus opportun d'aller lui parler. En descendant l'escalier, il pensa aux pistes qui pourraient lui fournir des informations médicales sur Matteo Fullin, mais il n'en vit aucune, hormis les dossiers détenus par l'Ospedale Civile – à condition qu'il soit un de leurs patients.

La signorina Elettra avait les yeux rivés sur son bureau qui, de prime abord, lui sembla complètement vide, à l'exception de son ordinateur, tourné de dos. Comme la porte était entrouverte, il frappa plusieurs fois pour ne pas la surprendre.

Elle lui sourit et détourna lentement son attention de sa table de travail. Brunetti s'approcha, sa curiosité désormais en éveil et, parvenu plus près il aperçut, posé sur le bois foncé, un petit objet noir, de la moitié environ d'un bâtonnet de chewing-gum, mais plus épais.

Avant qu'il ne puisse articuler un mot, elle leva la main droite et posa son index sur la bouche. Il s'arrêta, interloqué.

La signorina Elettra désigna l'objet du doigt, puis elle le tapota à maintes reprises sous son bureau. Voyant qu'elle avait capté toute son attention, elle indiqua de nouveau l'objet noir, qu'elle finit par tenir entre ses doigts. Elle recula son fauteuil très calmement et se glissa sous le bureau. Brunetti s'immobilisa pour ne pas faire le moindre bruit.

Quelques secondes plus tard, elle réapparut en souriant et déclara : « Oh, commissario Brunetti, je crains de ne pas vous avoir entendu entrer. J'étais en train d'essayer de déplacer mon ordinateur un peu sur la gauche. Pourriez-vous m'aider ?

— Bien sûr, signorina », répondit Brunetti.

Il emprunta une de ces voix manifestement artificielles, caractéristiques des films étrangers où toute émotion est amplifiée, dans l'espoir de lui conférer un sceau d'authenticité.

Brunetti souleva l'ordinateur et le déplaça vers elle. « Un peu sur la gauche », lui ordonna-t-elle, puis : « Juste un peu sur la droite, si c'était possible. » Et finalement : « C'est parfait. Merci beaucoup. »

D'une voix empreinte d'un intérêt courtois, elle lui demanda : « Puis-je vous aider, commissario ?

— Oui », dit-il, en cherchant un argument. Voyant la porte de Patta ouverte, preuve certaine de son absence, il demanda : « Me serait-il possible de m'entretenir avec le vice-questeur ?

— Oh, je suis désolée. Il a appelé tout à l'heure pour prévenir qu'il n'arriverait pas avant la fin de l'après-midi. Il a évoqué un rendez-vous avec le *prefetto*[1]. Dois-je lui dire que vous souhaitez lui parler ?

— Non, ce n'est pas la peine », répondit Brunetti. Il gagna la corbeille à papier et y récupéra une enveloppe. « Il m'a informé que son tailleur avait fermé boutique et m'a demandé si je pouvais lui donner le nom et le numéro de téléphone de celui de mon beau-père. »

Il posa à plat le bout de papier froissé sur le bureau de la signorina et écrivit : *Besoin d'aide ?*

Lisant le message à l'envers, elle sourit, mais ne dit rien.

1. Préfet.

Brunetti reprit le morceau de papier et écrivit : *Matteo Fullin – informations médicales – atteint d'Alzheimer ?* Puis il ajouta : *Pour moi.*

Il fit glisser le papier vers elle puis, parlant clairement pour l'auditeur invisible de leurs échanges, il énonça : « Voici son nom et son numéro de téléphone. Il peut donner le nom de mon beau-père s'il lui demande une référence. »

Après avoir lu le message elle dit, d'un ton formel : « Merci, commissario. Je m'en occupe.

— Oh, un moment, répliqua Brunetti en tirant le papier vers lui. Permettez que j'ajoute son numéro de *telefonino*, au cas où. »

Il se pencha sur le papier et ajouta : *D'autres informations, aussi.*

La signorina Elettra posa un doigt manucuré sur le papier qu'elle tira vers elle et lut la nouvelle requête.

« Ah oui, dit-elle, c'est souvent plus important et parfois difficile à trouver si vous ne connaissez pas la personne et ses amis. » Puis, d'un ton énergique, elle annonça : « Je vais le poser sur le bureau du vice-questore, signore. »

Elle se leva et recula son fauteuil en faisant beaucoup de bruit.

Laissant le papier sur sa table, elle alla vers la porte du bureau de Patta et Brunetti regagna le sien. La première chose qu'il fit en arrivant fut de reculer son fauteuil et de se baisser sur ses mains et ses genoux à l'arrière de son bureau. Il colla sa tête dans l'ouverture entre les deux rangées de tiroirs et regarda soigneusement les panneaux en bois. Toujours pas satisfait, il s'assit dans son fauteuil et ouvrit chaque tiroir, les vida de leur contenu sur la table et les empila par terre, près de lui. Il les examina tour à tour, à la fois à l'intérieur et à l'extérieur, puis passa ses mains le long des lamelles en bois qui les maintenaient.

Il n'y avait rien, rien qui ressemblât en tout cas à l'appareil qu'il avait vu sur le bureau de sa collègue. Il remit les tiroirs en place et se rassit. Il scruta le pan de ciel visible depuis sa fenêtre, à la recherche d'une explication.

Brunetti en était certain : Patta n'hésiterait pas à mettre un appareil de surveillance dans son bureau, mais le vice-questeur n'oserait jamais en faire autant avec la signorina Elettra. Le supérieur hiérarchique de Brunetti avait passé ses années à Venise à faire deux choses : se plaindre d'être loin de Palerme, « la plus belle ville du monde », et flatter, charmer et tromper ses plus hauts gradés en leur faisant croire qu'il était un officier de police avisé et un chef inspirant pour les hommes et les femmes de son équipe.

En réalité, Patta n'avait jamais été un mentor ni un chef charismatique, mais il avait eu la chance de trouver une secrétaire tout de suite après sa prise de poste de vice-questeur et le bon sens de reconnaître les compétences de cette dernière. Il serait exagéré de dire que la signorina Elettra gérait les choses et ce serait même vexant pour elle, car cela suggérerait qu'elle aurait laissé pointer son pouvoir. Or ce n'était pas le cas, à l'instar du suricate alpha qui ne laisse pas deviner sa stratégie lorsqu'il s'emploie à débusquer un cobra.

Ayant exclu l'hypothèse que Patta soit responsable de l'installation de l'appareil, Brunetti le fit passer de la catégorie de bourreau à celle de victime et rebattit les cartes. Il était bien plus facile d'accéder au bureau de la signorina Elettra qu'à celui de Patta ; donc toute personne souhaitant savoir ce que Patta faisait à titre professionnel le placerait dans le bureau de sa secrétaire.

À moins, bien sûr, qu'elle ne fût la cible visée, ce qui suggérerait que la personne qui l'avait placé sous son bureau à elle voulait connaître l'ampleur de son influence sur Patta. Ou, bien plus intéressant encore, que la personne en question souhaitait connaître l'étendue de ses compétences en matière de quête d'informations auxquelles elle n'avait pas accès légalement.

Brunetti reporta son attention sur le fragment de ciel que laissait percevoir sa fenêtre. Découvrir les méthodes de sa collègue signifiait découvrir qu'elle commettait, et réitérait, des actions criminelles. Mais elle était hors de danger car la découverte de ses méthodes illégales devait passer elle-même par des méthodes illégales. Donc – si la signorina Elettra était véritablement la cible – la personne devait davantage s'intéresser, pour des raisons personnelles, au contenu de ses découvertes qu'aux moyens de l'entraver dans ses investigations.

Brunetti se sentit envahi par une soudaine envie de café, mais il résista et se jura de ne pas bouger tant qu'il n'aurait pas trouvé une explication plausible.

Pour quelle autre raison une personne voulait-elle savoir à qui parlait la signorina Elettra et ce qu'elle disait à ses interlocuteurs ? C'est un jeu d'enfant que d'intercepter les conversations téléphoniques : tout individu capable d'installer ce type d'appareil aurait pu le faire avec plus encore de facilité. Mais une grande partie des recherches de la signorina Elettra étaient menées à la suite des conversations qu'elle tenait, dans son bureau, avec le vice-questeur.

À aucun moment de son raisonnement Brunetti n'envisagea la possibilité que l'ordinateur de sa collègue ait été piraté. Les pirates de l'informatique parvenaient à entrer dans le Pentagone et à déambuler au milieu de ses dossiers ;

à consulter les rapports financiers de l'Union européenne et de la Banque mondiale voire, à sa connaissance, les fichiers du Vatican relatifs au comportement criminel de ses prélats.

Mais ils n'avaient pas accès à l'ordinateur posé sur le bureau de la signorina Elettra.

« Peut-être en ont-ils après moi », dit Brunetti tout haut, satisfait d'avoir conclu son analyse. Il se leva et descendit au bar du coin prendre un café.

10

La découverte de l'appareil installé dans le bureau de la signorina Elettra ne l'avait pas trop perturbé, finalement, car Brunetti savait que les Italiens étaient méfiants jusqu'à la moelle. Existait-il un mot pour désigner cette attitude ? *Dietrologia*[1] : l'étude des rouages de chaque événement. Il était parfaitement enclin à voir ce dispositif d'écoute comme une énième manifestation de ce désir de découvrir la Vérité Vraie.

Il suffisait que les bulletins d'information ou l'explication officielle de tout événement soient énoncés pour les auditeurs, ou publiés pour les lecteurs, pour ouvrir la porte aux spéculations : qu'était-il *réellement* arrivé et qu'est-ce que ces faits signifiaient *vraiment* ? Brunetti soupçonna que cette méfiance viscérale fût la conséquence inéluctable de siècles d'une foi religieuse solide, n'ayant jamais fait l'objet de la moindre réflexion ni remise en question – cette foi qui avait dominé en Italie jusqu'au siècle précédent. Jusqu'à ce qu'elle perde ce pouvoir.

Les gens qui croyaient en Dieu, en le pape et à l'Immaculée Conception étaient pertinemment conscients que quelque chose leur échappait, mais ils n'avaient rien d'autre

1. De *dietro*, « derrière », et *logia*, « science ».

à se mettre sous la dent. Pas facile de trouver un ersatz de Dieu. Le boom économique avait apporté la prospérité, mais l'histoire avait prouvé que la prospérité n'était pas éternelle ; il y avait de nouveaux partis politiques, mais personne n'ignorait qu'ils étaient recyclés et guère neufs ; il y avait le *wellness*, le pilates, le yoga, de nouveaux cultes, mais les bénéfices semblaient dérisoires par rapport au temps et à l'argent investis. Dieu avait su remplir tellement d'espace avec si peu d'efforts.

Il se demanda qui pouvait être suffisamment intéressé par les conversations de la signorina Elettra pour prendre le risque d'aller placer cet appareil sous sa table de travail. Peu de gens avaient l'habitude de consulter la signorina Elettra dans son bureau, la plupart de ses échanges professionnels se faisaient par téléphone ou par e-mail. Brunetti songea que, dans le passé, rares étaient les mortels qui s'étaient arrêtés bavarder avec la Sibylle.

Le commissaire, qui dépendait des talents de sa collègue, lui avait toujours énoncé directement les faveurs qu'il lui demandait et qui étaient clairement illicites. Au fil des ans, les compétences de la signorina avaient gagné en sophistication et en ampleur ; son cercle de contacts et de collègues s'était élargi et incluait maintenant des individus qui travaillaient dans différentes agences, bibliothèques, ministères d'État et archives. Brunetti n'avait jamais su leurs véritables noms, mais il appréciait leurs capacités et s'était même attaché à un certain nombre d'entre eux.

Au premier chef, un ancien Monsignore, défroqué et destitué par le Vatican quelques années plus tôt, chassé sans autre forme de procès et avec interdiction de réinvestir son bureau. La signorina Elettra, habituellement discrète sur ses sources, se limita à révéler à Brunetti que cette prohibition n'avait en aucune façon embarrassé l'ancien Monsignore qui continuait à porter sur la poitrine un crucifix en bois, réalisé par un artisan de Trastevere[1] expressément pour lui : c'était sa clef USB, qu'il gardait toujours cachée dans le creux gauche du croisillon et dont le mécanisme d'ouverture était le clou fiché dans la main droite du Christ.

Brunetti se reconcentra sur le problème et décida de se renseigner sur Fenzo auprès d'une autre personne et, si rien n'en jaillissait, il contacterait Elisabetta pour lui dire qu'il n'avait trouvé aucun élément pouvant confirmer ses soupçons au sujet de son gendre.

Il songea aux gens qui lui avaient été indiqués, prit une feuille de papier et commença à écrire leurs noms au hasard sur la page. Il disposa Elisabetta en haut à droite, son mari en bas à gauche, ainsi que sa fille, son gendre, Pini et les deux membres du conseil d'administration, Fullin et Guidone. La perspective de consulter l'opticien dans la Barbaria de le Tole s'était révélé une impasse : le magasin vendait maintenant des masques. Il observa la liste des noms et s'employa à tracer une ligne les reliant deux par deux d'une manière pertinente.

Selon son analyse, les seules lignes évidentes reliaient Bruno del Balzo à Fullin et Guidone. Il ne trouva pas de numéro de téléphone fixe au nom de ce dernier, qui ne figurait pas non plus dans la liste des numéros de *telefonino* que possédait la police.

Après avoir vérifié les dossiers nationaux, Brunetti découvrit que Guidone n'avait jamais été arrêté, qu'il ne possédait pas de maison et n'avait jamais signé non plus de

1. Quartier bohème de Rome, situé sur la rive droite du Tibre.

contrat de location. Il n'avait jamais fréquenté la moindre université et n'avait pas fait son service militaire.

Brunetti sortit son téléphone et appela sa belle-mère. La Contessa répondit par un « Comme c'est gentil de ta part d'appeler, Guido. En quoi puis-je t'aider ?

— Je t'appelle pour te demander une faveur, répondit Brunetti.

— Et moi qui pensais que Paola et toi aviez décidé de divorcer et que tu m'appelais pour que je sois la première à le savoir !

— Bingo, répliqua-t-il en éclatant de rire.

— Je t'écoute, dit-elle.

— Je voudrais que tu me présentes à une de tes amies. »

La comtesse fit suivre cette requête d'une longue pause.

« Puis-je faire un saut chez vous en rentrant à la maison et venir t'expliquer ? demanda-t-il. C'est compliqué.

— Bien sûr. Voudrais-tu rester dîner ?

— Merci, Donatella, mais nous sommes déjà pris ce soir et ta fille demandera le divorce si je l'appelle avec si peu de préavis pour lui annoncer une sortie.

— Est-ce que 16 h 30 te convient ? proposa la Contessa en riant à son tour. J'ai un autre rendez-vous dans l'après-midi.

— Bien, à plus tard », dit Brunetti en raccrochant.

Il arriva à l'heure. La Contessa, vêtue d'un épais pullover gris en laine et d'un pantalon noir, portait un collier de perles. Elle l'attendait à la porte de la pièce que tout le monde appelait « la Sala dei Giochi » même si cela faisait plus d'un siècle qu'elle n'avait pas accueilli une seule partie de jeu de hasard. D'après la légende familiale, l'arrière-grand-père du comte avait la passion du jeu, à l'instar, si l'on en croit la légende, de tous les aristocrates vénitiens. Les bijoux, les bagues en or, voire les *palazzi* étaient gagnés ou perdus en retournant une simple carte, ou sur un coup de dé. Chaque famille noble a son histoire pour expliquer la dilapidation de sa fortune, mais l'imprévoyance ou la stupidité ne figurent jamais dans la liste.

La famille Falier, au contraire, s'enorgueillissait de la victoire triomphale de leur ancêtre au jeu de la *trappola* pratiqué, expliquait-on toujours, dans cette pièce. Jusqu'à la fin d'une des parties, la Sala dei Giochi, tout comme le reste de l'édifice, avait appartenu au dernier héritier de la famille Pisani, aujourd'hui éteinte. À la suite du calcul des scores, sa propriété fut cédée à la famille Falier, propriétaire de terrains au nord de la ville et d'un *palazzo* nettement plus petit, qui de surcroît ne se trouvait pas sur le Grand Canal.

Trois mois plus tard, Giambattista Falier s'installait avec sa famille dans un grand *palazzo*, avec vue sur le Grand Canal ; il avait en effet réussi à persuader le comte Pisani d'accepter son petit palais, pour compenser la perte de sa maison de famille. Cette proposition faisait désormais partie de la mythologie de la ville et était souvent citée pour illustrer à la fois la largesse des familles inscrites dans le Livre d'Or et la grâce avec laquelle elles consolaient parfois les victimes de revers de fortune.

La Contessa était dans son salon de lecture où elle recevait ses amis proches. Elle s'était fait couper les cheveux depuis leur dernière rencontre : ils étaient maintenant aussi courts que ceux d'un garçon et d'une blancheur surprenante. Elle rejoignit Brunetti à la porte et retourna à son fauteuil avec lui, comme si elle craignait qu'il ne se perde. Brunetti s'installa dans le fauteuil qu'il occupait à chacune de ses visites et fut ravi d'apercevoir sur le plateau la cafetière en argent et deux petites tasses avec leurs soucoupes.

Elle prit sa place habituelle en se tenant bien droite, même s'il y avait deux coussins contre le dossier de son fauteuil. Elle leur servit à chacun un café et fit glisser le sucre vers lui.

Il but son café rapidement et posa sa tasse, alors qu'elle ne prenait que la première gorgée du sien.

« Alors, qui aimerais-tu rencontrer ? » lui demanda-t-elle.

Brunetti n'avait jamais envisagé de ne pas lui dire la vérité. Il avait passé sa carrière à fournir des semi-vérités, à dissimuler et à induire les gens en erreur et, en guise de prophylaxie, il s'était promis, bien des années auparavant, qu'il ne mentirait jamais à personne de sa famille.

« Ton amie Antonia.

— La femme de Matteo ? »

Face à son expression, Brunetti expliqua : « Je fais des recherches sur une histoire dans laquelle son mari pourrait être impliqué. »

Son visage changea et trahit son âge un instant, surtout aux coins de la bouche où se creusèrent ses rides.

« Je ne pense pas que Matteo ait… encore de l'intérêt pour quoi que ce soit, Guido.

— C'est bien ce que je pensais, approuva Brunetti. Je l'ai vu ici, lors d'un dîner il y a quelque temps, et il ne semblait pas contrôler son…

— Esprit ? suggéra-t-elle.

— Non, par exactement. J'avais l'impression qu'il n'était surtout plus capable de contrôler ses pulsions. J'ai observé ce comportement chez ma mère. Nous avons mis un certain temps avant de comprendre comment la canaliser. Mais le temps a eu raison d'elle et il était devenu impossible de l'arrêter. Une fois qu'elle s'était mis quelque chose en tête…

— Je ne l'ai jamais connue, intervint la Contessa, en passant sous silence le fait que les parents de Brunetti étaient arrivés en retard au mariage de leur fils, s'étaient assis dans les derniers rangs, puis avaient disparu après la cérémonie. « Vu ce que tu m'as toujours dit à son propos, je crois que nous nous serions bien aimées. »

La Contessa surprenait souvent Brunetti, comme en cet instant précis. Il chercha un moment une réponse diplomatique et finit par dire : « Mais je ne suis pas sûr qu'elle aurait pu t'aimer, Donatella. »

Cette fois, ce fut la Contessa qui fut surprise et son visage se crispa.

« Pardon ?

— Non, ce n'est pas ce que tu crois. C'est juste qu'elle avait peur de tout ceci », dit-il en désignant de la main les livres, les tableaux, le tapis près de la table basse.

— Nous aurions pu nous rencontrer ailleurs…, rétorqua la Contessa, sur un ton défensif.

— Je ne suis pas sûr qu'il y ait un lieu où elle aurait été à son aise avec toi, Donatella », répliqua-t-il avec un sourire pour l'apaiser. Puis, pour éviter de la blesser de nouveau, il ajouta : « Même si je soupçonne que si vous aviez été du même… milieu, vous vous seriez bien aimées. Vous avez toutes les deux le même sens de la gentillesse. »

La Contessa l'observa longuement, d'un regard ferme, avant de lui demander : « Dis-m'en davantage sur cette affaire dans laquelle Matteo est impliqué. Ou était impliqué. »

Brunetti s'enfonça dans son fauteuil.

« Il y a trois ans, il est devenu membre du comité de direction d'une institution caritative située dans le Bélize. Mais enregistrée ici et gérée depuis Venise. »

La Contessa hocha lentement la tête en signe de compréhension, même si son expression laissait entendre une certaine forme d'étonnement.

« Je n'ai trouvé aucune information sur l'autre membre du comité de direction, dont je n'avais jamais entendu parler : Luigino Guidone. »

Elle secoua la tête pour lui faire savoir quc ce nom ne lui disait rien non plus.

« Ne disposes-tu pas de moyens professionnels pour procéder à cette enquête ? demanda-t-elle.

— Si, répondit Brunetti.

— Alors pourquoi ne demandes-tu pas à la signorina Elettra de s'en occuper ?

— Parce que les éléments qu'elle me fournit habituellement sont des informations factuelles : des chiffres, la possession cachée de sociétés et de propriétés, des dossiers criminels. L'institution existe et je sais qui en est responsable, et je sais aussi que le signore Fullin a signé les papiers établissant… »

Il s'arrêta brusquement lorsqu'il la vit lever la main.

« Le *vice-amiral* Fullin, Guido, spécifia-t-elle, sur un ton frôlant le reproche. On ne t'a pas précisé son grade lorsqu'on te l'a présenté ? »

Brunetti chercha à se remémorer le dîner ; il se souvint alors qu'il était arrivé en retard et qu'il s'était glissé à sa place juste au moment où le repas commençait, sans avoir eu le temps de se présenter auprès des convives, dont les Fullin.

« Non, on ne m'a donné que son nom, répondit-il.

— Matteo est un vieil ami de la famille. De celle-ci, les Falier, pas de ma famille de Florence, explicita-t-elle rapidement.

— Et quel est votre lien avec lui ?

— Après la guerre, Orazio et lui sont allés au même *liceo* pendant deux ans, puis Matteo a été transféré à l'Académie navale et il a passé sa vie dans la marine. Au moment de la retraite, il était vice-amiral et il était encore responsable de la Brigade de San Marco, constituée de plongeurs et de commandos. Il avait autant de cran qu'eux tous réunis. Tu aurais dû le voir, il y a trente ans en arrière : il aurait pu me plaquer sur ton dos et nous balancer tous les deux de l'autre côté de la pièce ! »

Brunetti s'amusa à imaginer la scène un moment, puis demanda : « Veux-tu dire qu'il était violent ?

— *Santo cielo*[1], Guido ! répondit-elle en riant. Au contraire. Antonia m'a dit un jour qu'elle ne l'avait jamais entendu hausser la voix. Naturellement, au travail, il était différent », nuança-t-elle. Un sourire apparut sur son visage ; elle se pencha plus près de Brunetti pour lui dire : « Un peu comme toi, mon cher.

— Quand a-t-il pris sa retraite ?

— Oh, il y a au moins quinze ans. Ils vivaient à Rome à l'époque, mais ils venaient nous rendre visite car ils avaient toujours gardé leur appartement ici », ajouta-t-elle d'une voix plus douce.

Puis, d'un ton brusque, elle lui demanda : « Pourquoi veux-tu lui parler, Guido ? »

Il ne vit aucune raison de lui faire des cachotteries.

1. Au nom du ciel.

«Je veux demander à sa femme si, à son avis, il était encore capable de comprendre ce qu'il était en train de signer. Seulement quelqu'un de très proche de lui peut me le certifier», expliqua-t-il.

Ne pas mentionner le fait que la signorina Elettra était en train de consulter le dossier médical de Fullin ne compte pas comme mensonge, songea Brunetti.

«Et pour ce faire, tu veux te servir de mon amitié avec sa femme ?

— Il ne s'agit en aucun cas d'une trahison, Donatella. S'il n'était pas en état de comprendre ce qu'il était en train de signer, cela l'exonère de toute responsabilité vis-à-vis de la qualité de la gestion de cette institution.»

Vianello lui avait montré les statuts de Belize nel cuore ; il savait donc que les membres du comité d'administration n'étaient pas légalement responsables des activités d'une organisation sans but lucratif, indépendamment de leur aptitude au moment de la signature des papiers. Mais Venise était une ville où la réputation avait une importance immodérée : si elle ne portait pas préjudice, et à plus forte raison, à un homme dont l'esprit était atteint, elle pouvait parfaitement nuire à sa femme et à ses enfants.

«C'est ce que je veux élucider, conclut-il.

— Pourquoi ?» s'enquit-elle.

Brunetti leva les deux mains en signe de reddition.

«Je ne saurais pas te le dire exactement. Je n'ai pas encore assez d'informations sur cette organisation.» Il lui laissa la possibilité de poser des questions, mais elle s'en abstint. Il remarqua, cependant, qu'elle avait pris appui contre les coussins derrière elle.

«Lorsque j'ai appris que l'un des membres du comité de direction était un homme que j'avais rencontré une année plus tôt et dont l'état m'avait frappé par… sa gravité, j'ai décidé de me pencher davantage sur son cas.

— Est-ce là ton tour d'esprit, Guido ? demanda-t-elle avec un sourire.

— De me méfier de l'apparence des choses ?

— Tu pourrais l'exprimer ainsi », répondit-elle, en continuant à sourire.

Il accorda un peu de réflexion à la question de la Contessa et finit par admettre : « Je suppose que oui. Effectivement. »

Un paisible silence s'installa entre eux ; Brunetti se tourna un peu sur le côté pour observer un portrait qu'il avait toujours admiré : il représentait une femme considérée comme une ancêtre de Paola, dont elle tenait ses cheveux blonds. Il y avait dans la salle à manger le portrait d'une autre ancêtre encore, figurant cette fois le nez de Paola. Il avait toujours trouvé extrêmement étrange de percevoir des petits fragments de sa femme disséminés ici et là, à travers le *palazzo*.

« Et si Matteo n'était pas pleinement en possession de ses moyens à la signature de l'acte, que feras-tu ? » Face à l'hésitation de Brunetti, la Contessa ajouta : « Il me faut bien expliquer à Antonia pourquoi tu souhaites leur parler.

— Je veux savoir si quelqu'un lui a demandé de signer un document qu'il n'était pas en état de comprendre.

— C'est donc cette personne qui t'importe, en l'occurrence ? »

Brunetti acquiesça.

« Et ensuite ?

— Ensuite, j'essaierai de savoir pourquoi elle a demandé au vice-amiral d'entrer dans le comité de direction. » Puis le commissaire déclara au bout d'un long moment, d'un ton dénué de la moindre émotion mais empreint de conviction : « On ne fait pas ça à des gens vulnérables.

— Je vois », fit la Contessa en s'écartant des coussins pour se lever. Brunetti s'apprêta à se lever à son tour, mais elle le bloqua d'un signe de la main. « Non, Guido. Reste ici. Je change juste de pièce pour aller téléphoner à Antonia. »

Elle posa la main sur le dossier de la chaise du commissaire, comme pour assurer son équilibre, et elle sortit du salon.

11

Brunetti n'avait rien à lire sur lui, pas même *Il Gazzettino* ; il se leva donc et alla regarder le portrait de l'ancêtre présumée de Paola. Il n'en était pas sûr, mais elle était probablement vénitienne, comme on le lui avait toujours dit : il l'inféra de la coupe sévère de son bustier et de son collier en or filigrané à un seul brin, sans oublier, bien sûr, sa blondeur. À l'école, on lui avait dit que les femmes vénitiennes se mettaient du jus de citron sur les cheveux et passaient des heures entières, l'été, assises au soleil, pour les faire blondir, mais il avait toujours eu du mal à le croire.

Ne devaient-elles pas, même les plus fortunées d'entre elles, s'occuper de leur maison ? Et où se procuraient-elles tous ces citrons ? Il s'approcha du portrait pour mieux l'examiner. Comment les femmes prenaient-elles soin de leurs cheveux pendant les années glorieuses de la Serenissima ? Même le simple fait de les laver devait être une corvée : il leur fallait transporter l'eau à l'endroit de la toilette, sans compter qu'il fallait la chauffer, car pendant la majeure partie de l'année, elles n'auraient pas pris le risque d'utiliser de l'eau froide. Même aujourd'hui, les gens paniquaient à l'idée d'être exposés au froid ou au vent.

Combien de fois, lorsque les trains avaient encore des fenêtres au lieu de la climatisation, on lui avait dit de fermer la vitre pour éviter *una corrente d'aria*, un courant d'air pouvant être aussi potentiellement mortel qu'une arme laissée dans les mains d'un enfant.

Ses réflexions furent vite interrompues par le retour de la Contessa ; le sourire qu'elle lui adressa lui fit espérer que son amie Antonia avait accepté de lui parler.

« Elle a demandé quand nous voulions aller la voir ; je lui ai suggéré demain après-midi, autour de 16 heures. Est-ce que cela te convient, Guido ?

— Oui, bien sûr. Merci d'avoir organisé ce rendez-vous. » Puis il ajouta, ne sachant trop comment formuler sa question : « Crois-tu qu'elle se soit sentie obligée de te demander de venir aussi ?

— Non, pas obligée. C'est parce qu'elle ne te connaît pas très bien. Ah, une chose, Guido : elle voulait savoir si un homme de ta famille a fait la guerre.

— Comment ?

— Je ne sais pas pourquoi, mais elle a dit que si l'un d'entre eux a reçu des médailles, tu devrais les porter sur le revers de ta veste. Elle m'a expliqué que son mari réagit parfois favorablement à leur vue.

— C'est... étrange.

— Pas plus étrange que d'autres de ses lubies maintenant, Guido, répliqua-t-elle, sans chercher à dissimuler sa tristesse.

— Serait-ce pour cacher le fait que je sois policier ? » demanda-t-il, pour essayer d'alléger l'ambiance.

Au bout d'un moment, la Contessa répondit : « Probablement pas. Les gens de sa classe sont enclins à faire confiance aux autorités qui les maintiennent au pouvoir et aux travailleurs qui assurent leur sécurité.

— As-tu relu les lettres de Rosa Luxemburg, Donatella ? » demanda Brunetti.

Elle partit de son rire clair et frais, un son qui le ravit car être considéré comme intelligent ou amusant par cette femme avait, pour Brunetti, la valeur d'un bijou précieux.

« Non, mon cher. Pas récemment. En outre, elles sont très sérieuses et truffées de nobles réflexions sur les contradictions internes du capitalisme, et je suis trop vieille pour apprécier ce genre de lecture. » Elle lui lança un regard taquin – ce même regard que lui lançait parfois sa propre fille –, et elle assena : « Et trop riche. »

Cette fois, ce fut Brunetti qui éclata de rire.

Le lendemain, il rencontra la Contessa devant le palais Albrizzi, pas très loin de chez lui, à 15 h 55. Elle vit la médaille accrochée au revers de sa veste et fit un signe d'assentiment.

« Qu'est-ce qu'elle récompensait ? s'informa-t-elle.

— Mon père ne me l'a jamais dit. Tout cela n'était que pure imposture, à ses yeux. »

Elle lui toucha le bras de sa main gantée de mitaines et nota : « Comme pour beaucoup d'entre nous », puis elle appuya le pouce de l'autre main sur la sonnette. Une voix d'homme prononça un *Sì* ? interrogatif et elle répondit : « Falier ».

La porte s'ouvrit brusquement et Brunetti poussa les épais battants de bois pour leur permettre d'entrer dans l'énorme vestibule. Les bords des carreaux blancs et rouges du pavement avaient été érodés par des siècles d'*acqua alta* mais brillaient néanmoins dans la lumière filtrant dans cet espace. Le lourd tissu du *felze*[1] qui recouvrait autrefois le sommet de la gondole de la dernière Contessa Albrizzi était appuyé contre le mur de gauche et il était encore possible d'identifier le blason de la famille, gravé dans la vitre.

La Contessa s'arrêta et observa une énorme lanterne en métal et en verre suspendue à une poutre du plafond.

« Orazio soutient que c'est le fanal de la galéasse d'Angelo Emo, le dernier amiral de la République. Sais-tu si c'est vrai ?

— C'est ce qu'on m'a toujours dit, confirma Brunetti.

— Ah, les dires vénitiens ! » répliqua-t-elle avec un sourire. Brunetti rit à la réflexion de la Contessa qui le conduisit à l'ascenseur. Elle appuya sur le bouton du troisième étage ; ils se regardèrent, aussi méditatifs l'un que l'autre.

« Cela m'émeut sincèrement de revoir à la fois Antonia et ma très chère amie Emanuela, qui habite au quatrième étage. »

Avant que Brunetti ne puisse réagir, le petit ascenseur s'ébranla brièvement, s'éleva un peu, puis s'arrêta avant de prendre un nouvel élan et d'effectuer une autre embardée. Ces mouvements le firent songer aux documentaires animaliers sur les bernaches du Canada, cherchant à prendre leur envol depuis un lac aux eaux cristallines : l'ascenseur bougea doucement et, avec un sérieux d'empereur, il s'éleva jusqu'au troisième étage et s'arrêta.

1. Terme dérivé du mot vénitien signifiant « fougère », car la couverture des cabines des gondoles était autrefois en branchages de fougère.

Brunetti ouvrit une des portes en bois et la tint le temps que la Contessa pousse la seconde et pénètre sur le petit palier. Brunetti la suivit.

Un magnifique jeune homme au teint très clair et aux cheveux bruns coupés court, vêtu d'un jean et d'un pull léger, ouvrit la porte située directement devant l'ascenseur. Il reconnut la Contessa et inclina la tête respectueusement.

« *Buongiorno Contessa.* »

Il recula et, d'un geste gracieux, la fit passer devant. Puis il se tourna vers Brunetti et hocha la tête.

« Girolomo Fullin. »

Il marqua une pause et Brunetti se présenta en se limitant à son nom.

« Je vous en prie, signore », lui dit-il, et il invita Brunetti à entrer dans l'appartement.

La première chose que remarqua le commissaire fut la température. Ici, dans l'entrée, elle était très agréable, très douce ; il entendit la Contessa soupirer, avec une note de soulagement : « Ah Girolomo, avez-vous mis le chauffage pour moi ?

— Je me suis souvenu de votre réaction lors de votre dernière visite », répondit le jeune homme avec un sourire. Il ferma doucement la porte de l'appartement, comme pour emprisonner davantage de chaleur à l'intérieur.

« Lorsque tu m'as prêté un pullover ? demanda-t-elle en riant à ce souvenir.

— Et nous n'étions qu'en septembre ! Qu'est-ce que ce doit être pour vous en hiver ?

— Par chance, il y a quelques années, Paola a décidé d'arrêter de skier et elle a entreposé tout l'habillement et tous les équipements chez nous ! Probablement dans l'attente que Chiara grandisse suffisamment pour pouvoir les utiliser.

— Qu'allez-vous en faire jusque-là ? s'enquit le jeune homme.

— Je les porte, mon cher ! En hiver, je mets toujours au moins deux de ses pulls. Et encore, à la maison. Les chaussettes en laine sont un délice ! » déclara-t-elle en souriant à cette pensée.

Brunetti connaissait cette femme depuis des décennies, mais il ne s'était jamais rendu compte à quel point elle détestait le froid.

Le jeune homme sourit à son tour et annonça : « Nonna[1] est dans le petit salon », et il précisa, d'une voix tranquille : « Avec Nonno[2]. » Puis, peut-être parce que la Contessa était une vieille amie de la famille, il indiqua : « Il a été très calme ces derniers jours, Dieu merci, et il semble être redevenu lui-même. »

La Contessa se permit de demander, au nom de leur longue amitié : « S'est-il produit un événement particulier ? »

Le jeune homme regarda par terre, comme s'il souhaitait pouvoir ravaler ses derniers mots, mais il croisa ensuite le regard de la Contessa et expliqua :

« La semaine dernière, un vieil ami de la marine, le capitano Pederiva, est venu lui rendre visite ; ils ont longtemps servi ensemble dans les années quatre-vingt-dix. Nonno a reconnu le capitaine à son entrée et a prononcé quelques mots. Je pensais donc qu'il allait bien et que je pouvais les laisser seuls quelques minutes, le temps d'aller chercher Nonna. »

Brunetti vit les tensions s'accumuler sur le visage du jeune homme au fur et à mesure qu'il se remémorait la scène.

---

1. Grand-mère.
2. Grand-père.

« À peine trois minutes plus tard, j'ai entendu un bruit de chute et Nonno crier.

— Que s'est-il passé ? demanda la Contessa, croisant soudain les mains de peur.

— Je ne sais pas. Lorsque je suis revenu, Nonno était debout devant le capitaine ; il agitait des bouts de papier en l'air en faisant de drôles de bruits, comme s'il voulait parler mais ne savait plus comment faire. »

Girolomo marqua une pause et la Contessa et Brunetti gardèrent le silence. Brunetti avait bien ce son en tête : il l'avait entendu chez sa mère puis à la clinique où elle avait vécu de longues années : une voix sans mots, sans cible, primaire, débordant de rage.

« Des bouts de papier ? répéta la Contessa.

— Oui, confirma Girolomo. Comme Nonno les avait jetés par terre, j'ai pensé qu'ils l'avaient contrarié ; je les ai donc ramassés et enfouis dans ma poche, pour les mettre hors de sa vue. »

Arrivés devant une porte, Girolomo pivota vers Brunetti et, détournant son regard puis le reportant rapidement sur lui, il dit : « Excusez-moi, signor Brunetti, mais pourrions-nous attendre tous deux ici pendant quelques minutes ? Ma grand-mère a dit qu'elle voudrait rester un peu seule avec la Contessa. Ce sont de vieilles amies. »

Brunetti acquiesça avec un sourire, puis recula de quelques pas pour ne pas être vu des personnes présentes dans la pièce. Girolomo ouvrit la porte et laissa la Contessa le précéder. Il referma doucement la porte derrière elle.

Le jeune homme alla prendre un des fauteuils en bois adossés contre le mur du couloir et fit signe à Brunetti de venir s'y installer, puis il en tourna un pour lui faire face et s'assit.

Avec la grâce et l'aisance caractéristiques de sa classe, Girolomo déclara : « Je remercie chaque jour le ciel pour votre belle-mère ! Je pense que c'est sa loyauté qui aide ma grand-mère à continuer.

— Je suis navré de votre situation, répliqua Brunetti, le plus sincèrement du monde.

— C'est très étrange, nota Girolomo au bout d'un long moment.

— Quoi donc ? demanda Brunetti en pensant à sa mère et en sachant que, effectivement, c'était étrange.

— Il y a des moments où il est presque comme autrefois. Par le passé, Nonno m'a raconté de nombreux épisodes de sa vie en mer et ce qui me frappait à chaque fois, c'était l'isolement. Il a été vice-amiral quelques années avant de prendre sa retraite et, dans la marine, cela revient pratiquement à être un dieu, ou un demi-dieu. Personne n'ose vous parler, à moins que vous ne l'y conviiez. Personne n'ose rien dire de personnel. Quelquefois, il restait en mer pendant des mois entiers. » Il se pencha en avant et enfouit sa tête dans les mains. « Vous imaginez, rester des mois sans pouvoir échanger avec quelqu'un ?

— Que faisait-il pour gérer cette situation ? »

Girolomo sourit et se redressa, sans jamais effleurer le dossier de la chaise.

« Il lisait des livres sur la mer, surtout des romans. Il lisait en italien, donc il n'en avait pas autant à sa disposition qu'un lecteur anglais, mais il lisait ceux qui avaient été traduits.

— Quels auteurs lisait-il ?

— Les classiques : Conrad, Dana, Melville, Forester. Il adorait les livres de Hornblower. Mais son écrivain préféré était celui qu'il appelait tout le temps Padreek Obreen, dit le jeune homme en éclatant de rire. Qu'est-ce qu'il aimait ce Padreek Obreen !

— Qui ? demanda Brunetti, interloqué.

— Patrick O'Brian. C'était l'écrivain favori de Nonno : il a écrit sur la flotte de l'amiral Nelson et sur les guerres avec la France. Il n'y en avait que sept de traduits quand il a commencé à les lire, mais il les a tous lus plusieurs fois et il attendait patiemment chaque nouvelle traduction. Il me disait toujours que le signor Obreen comprenait la mer, le vent et les marins, et ce que signifiait être en mer, être un officier et accomplir son devoir. Et qu'il savait ce qu'étaient la loyauté et l'importance de tenir ses engagements.

— Je n'ai pas lu ses écrits, avoua Brunetti, mais j'ai entendu parler de lui.

— On a sorti un film sur lui, il y a une quinzaine d'années : plein de batailles navales, de canons et d'hommes avec des épées. Nous avons le DVD et Nonno le regarde au moins une fois par mois. »

Il était évident pour Brunetti que le jeune homme était fier de ce fait, et s'en réjouissait même.

« Et il me demande de les lui lire, toujours et encore.

— Et vous le faites ?

— Bien sûr, répondit Girolomo, déconcerté par cette question. Il est heureux d'entendre ces récits.

— Est-ce qu'il les comprend ? osa demander Brunetti.

— Je pense qu'il les comprend encore, que la magie opère sur lui malgré tout », finit par répondre Girolomo, après un moment de réflexion. Il s'enfonça dans son fauteuil, ferma les paupières et appuya la tête contre son haut dossier. « Je pense qu'une partie de son esprit est encore ici avec nous. » Il tourna la tête vers Brunetti. « Pensez-vous que ce soit possible, que son esprit puisse vraiment aller et venir ?

— Ramené par la magie du signor Obreen ? s'enquit Brunetti.

— Oui.

— Bien sûr, approuva Brunetti. La magie ne s'explique pas. »

La porte de la pièce au fond du couloir s'ouvrit et la Contessa sortit dans le corridor. « Vous pouvez entrer maintenant, messieurs. Nous avons suffisamment papoté, je crois. »

Les deux hommes se levèrent, bien plus à l'aise désormais l'un vis-à-vis de l'autre, et rejoignirent la Contessa. Brunetti s'arrêta sur le seuil de la pièce.

« Puis-je vous offrir un thé, Contessa ? demanda Girolomo.

— Oh, comme c'est gentil de me le proposer, Girolomo. Peut-être lorsque nous aurons terminé de discuter. » Elle se tourna vers Brunetti, sachant combien il détestait le thé, et demanda : « Tu te joindras à nous, n'est-ce pas, Guido ?

— Mais certainement. »

Dès le tout début de sa relation avec Paola, lorsqu'il était encore un chien errant, jappant à ses talons, Brunetti avait été sensible à l'élégance de sa famille, tant par leurs mots que par leurs actes.

Jusqu'à leur rencontre, il n'avait jamais entendu personne employer aussi fréquemment le subjonctif ou le conditionnel. « Je pense que ce serait mieux si… » « Vous pourriez mieux l'apprécier s'il fallait… » Heureusement, depuis son enfance, Brunetti était enchanté par la beauté de la langue italienne et par la splendeur de sa grammaire. Il l'avait étudiée, il l'avait assimilée, mais ne l'avait pas pratiquée à la maison, car sa famille parlait *veneziano*.

Les premiers temps, se retrouver avec Paola ou avec sa famille revenait pour lui à boire une coupe de champagne qui ne se vidait jamais. Ils étaient originaires du Nord, mais à l'instar des gens du Sud, ils employaient le *passato remoto*[1] et l'utilisaient correctement. Et chez Brunetti, les hommes n'avaient pas coutume non plus de se lever chaque fois qu'une femme entrait dans la pièce.

Girolomo passa derrière la Contessa et ouvrit entièrement la porte pour permettre aux deux invités d'entrer dans le salon, puis il se retira en silence, en refermant derrière lui.

1. Le passé simple.

12

La signora Fullin, que Brunetti n'aperçut qu'à cet instant, était plus maigre que la dernière fois où il l'avait vue et semblait épuisée. Elle fit un signe de tête à Brunetti et reporta son attention sur son mari qui resta aussi distant et immobile qu'au cours du dîner. Vu l'intérêt qu'il portait aux personnes présentes dans la pièce, il aurait très bien pu se trouver sur le pont de son bateau où il aurait sans doute été bien plus heureux, songea Brunetti.

Le vice-amiral avait encore une chevelure épaisse, et un corps encore droit et puissant. Son visage, cependant, était vide de toute expression et il regardait fixement devant lui, comme s'il avait complètement perdu l'espoir d'être libéré un jour de ce qui avait pris possession de lui. Il leva les yeux à leur arrivée, mais ne sembla pas les remarquer.

Tandis que les femmes discutaient entre elles, le vice-amiral vint embrasser la Contessa comme si elle entrait pour la première fois de la journée chez lui.

« Comme cela me fait plaisir de te revoir, Matteo. Et en si bonne forme ! »

Il hocha la tête, mais sans souffler mot. La comtesse demeura impassible et posa la main sur le dossier du fauteuil situé en face de son amie Antonia.

Brunetti attendit qu'elle prît place, puis il se présenta à leur hôtesse en s'inclinant ; il se tourna ensuite vers son mari avec la même révérence, à laquelle le vieil homme répondit par un signe de tête et un sourire discret. Brunetti ne sut que dire à cette austère figure, et lorsqu'il s'assit, les yeux du vice-amiral se posèrent alors sur sa poitrine.

Le regard de Brunetti fut attiré par un buffet en noyer foncé, situé à sa droite et recouvert d'une kyrielle de photos en noir et blanc, serties dans des cadres en argent. Elles présentaient toutes des hommes en uniforme militaire blanc ; l'un portait même un casque blanc avec des plumes d'aigrette. Était-ce en Abyssinie ? se demanda Brunetti. Certaines photographies, vu les barbes et les moustaches, devaient dater de la Première Guerre mondiale ; d'autres de la guerre où son père avait combattu, une guerre où peu de soldats portaient ce genre d'ornement. Il regarda de nouveau la photo avec un homme décoré de plusieurs rangées de médailles ; il feignit de lui enlever la moustache avec le doigt, et il reconnut ainsi le visage de Matteo Fullin, plus jeune.

La voix de la Contessa le ramena dans la pièce.

« Je te suis très reconnaissante d'avoir trouvé le temps de nous parler, Antonia. »

Elle s'exprima avec le ton chaleureux que Brunetti lui avait toujours vu réserver à la famille et aux amis les plus proches.

Antonia tapota la main droite de la Contessa en souriant. « Je ne suis pas sûre d'avoir compris tout ce que tu m'as dit, Donatella, mais je suis ravie de pouvoir te venir en aide. »

Cédant à son élan d'amitié – et sans le moindre égard pour les gestes barrières –, elle saisit spontanément la main de son amie dans les siennes et ferma les yeux un moment, puis elle jeta un regard furtif à son mari qui contemplait la scène d'un air serein, mais confus.

« Je ne suis pas sûre d'avoir compris moi-même, Antonia. Peut-être que mon gendre pourra te l'expliquer plus clairement, répliqua la Contessa.

— Donatella m'a dit que cette question concerne mon mari », enchaîna la signora Fullin.

Brunetti cessa d'observer l'homme qui, tout en regardant tour à tour les deux interlocutrices, était resté sans réaction et tourna son attention vers son épouse. « Merci d'avoir accepté de nous parler, signora. C'est très aimable à vous et je tâcherai d'être le plus rapide possible. »

Le vice-amiral se pencha soudain en avant dans son fauteuil ; il tendit un doigt et le posa sur la médaille que Brunetti avait accrochée sur sa poitrine : une simple croix grecque en cuivre, suspendue à un ruban bleu. Brunetti se pencha aussi en avant, en espérant peut-être lui en faciliter la vue, mais la simple pression du doigt du vice-amiral l'écarta de lui inexorablement, en le plaquant contre le dossier de son fauteuil. Le visage du vieil homme s'adoucit et il sourit.

« C'est celle de mon père, expliqua Brunetti. Il me l'a donnée. »

Fullin retira sa main de la médaille et pointa cette fois son doigt vers sa propre poitrine, qui avait commencé à se gonfler et semblait s'être élargie. Il fit glisser son doigt jusqu'à l'endroit où se seraient trouvées ses décorations, s'il avait été en uniforme.

« Marine », énonça-t-il distinctement. Puis il s'adressa directement à Brunetti : « Honneur. »

Lorsqu'il leva les yeux vers le visage du vieil homme, le marin avait abandonné le navire et n'avait laissé derrière lui que des épaves.

Comme si cet épisode lui avait échappé, la signora Fullin lui demanda : « Qu'aimeriez-vous savoir, dottore Brunetti ? »

D'une voix douce mais claire, Brunetti commença : « Il y a quelques années, votre mari a signé des papiers qui en ont fait un membre du comité de direction d'une fondation caritative qui a été établie ici, en ville. » Il marqua une pause pour lui laisser le temps de réagir.

Son visage était attentif, mais elle ne donna aucun indice révélant qu'elle fût au courant de cette situation.

Brunetti poursuivit : « L'objectif de cette institution était de construire un hôpital au Bélize.

— Au Bélize, répéta la femme, d'un ton neutre. N'est-ce pas en Afrique ? »

Cette question réduisit l'espoir de Brunetti de sortir de cette pièce avec des informations utiles et il éprouva une certaine honte de s'apercevoir qu'il en était presque reconnaissant.

« Non, signora, c'est en Amérique centrale, entre le Mexique et le Guatemala. »

Elle secoua la tête.

« Je ne me souviens pas que Matteo m'ait parlé à ce sujet. »

Brunetti crut qu'elle allait demander à son mari, devenu une statue silencieuse, s'il se rappelait avoir signé ce document, mais elle reporta son regard sur Brunetti et lui demanda : « Quand avez-vous dit que cela s'est passé ?

— On m'a dit que cela fait trois ans, signora. »

Elle regarda la Contessa, qui hocha la tête. Encouragée par ce geste, elle proposa : « Je vais demander à Girolomo de vérifier les agendas de Matteo », et elle ajouta tristement : « Il en tenait encore, à l'époque. » Le temps d'un instant, Brunetti crut qu'elle allait se mettre à pleurer, mais en fait elle se tourna vers son mari et lui dit : « C'est plus facile, n'est-ce pas Matteo, maintenant que tu es dispensé de cette pénible obligation de faire semblant ? »

Brunetti se demanda si elle parlait à son mari, ou à elle-même.

« C'est vrai, signore. Il vaut mieux accepter le cours des choses et ne pas feindre que tout soit normal. Ou que rien ne le soit. »

Elle posa une main sur celle de son mari et la tint en continuant : « Matteo a fait mine pendant un long moment que tout allait bien, qu'il n'y avait aucun problème. Mais… je savais, et notre fille aussi. Ainsi que Girolomo. » Au prénom de son petit-fils, elle sourit brièvement et Brunetti remarqua la finesse de ses traits et la douceur de sa peau.

« Nous avons gaspillé tellement de temps, en faisant croire que tout allait bien. Une ou deux fois par mois, peut-être, c'est comme s'il revenait nous rendre visite pendant quelques jours. Il répond aux questions, me dit ce qu'il voudrait pour le dîner. Nous allons aussi nous promener et il salue les gens que nous connaissons. Et puis… et puis, c'est fini, parfois en plein milieu d'une phrase. D'un coup. Et il n'est plus là. »

Elle se leva brusquement et dit : « Je vais demander à Girolomo de jeter un coup d'œil. » Puis elle expliqua, avec un sourire : « Comme *tout* est dans l'ordinateur, je ne saurais pas comment le trouver. Quel mois était-ce, disiez-vous ?

— Mars, signora.

— Et qui lui a demandé de rejoindre cette organisation ?

— Bruno del Balzo. »

De but en blanc, Fullin lança sa jambe droite en avant, comme s'il était soudain saisi de crampes, et il heurta de biais le tibia de la Contessa. Elle déplaça brusquement ses jambes sur le côté pour esquiver le coup suivant, mais Fullin avait déjà ramené ses deux pieds l'un contre l'autre.

« Matteo, Matteo, reste tranquille. Nous avons des invités », l'enjoignit-elle d'une voix qu'elle voulait gentille et aimante, mais Brunetti y détecta un sentiment étouffé de panique, et de peur.

Fullin cligna des yeux à maintes reprises, sans laisser aucunement entendre qu'il avait compris ses mots.

« J'en ai juste pour une minute, mon chéri », le rassura-t-elle en se penchant pour l'embrasser sur la tête.

Elle gagna la porte et quitta la pièce tandis qu'il la suivait du regard.

Brunetti était aussi silencieux que le vice-amiral ; la Contessa, remarqua-t-il, frottait légèrement de ses doigts la housse en brocart de son fauteuil. Il prit conscience qu'il était intimidé par le silence de l'autre homme et par la sensation que, en dépit de sa présence physique, il était ailleurs.

Que se passait-il pour ces individus, lors de ces moments d'absence ? Allaient-ils quelque part ? Qu'entendaient-ils, ou que voyaient-ils ? Et sa mère ? Vers la fin, lorsqu'ils lui rendaient visite, elle proférait des injures à son endroit, ou à l'égard de Sergio ; sous l'emprise de ce souvenir, il resta assis, sans bouger, terrifié à l'idée que cet homme ne se mette aussi à pousser des cris.

Il se contracta au bruit de pas dans le couloir ; la Contessa regarda vers la porte, mais ces bruits s'éloignèrent et diminuèrent ; ils demeurèrent alors seuls avec l'homme plongé dans son mutisme, submergés par la sensation de colère étouffée dont son coup de pied avait enveloppé la pièce.

Brunetti chercha, par tous les moyens, à se distraire de ces pensées, mais il était hanté par cet officier assis en face de lui, susceptible de s'élancer contre l'un d'entre eux.

Au grincement de la poignée de la porte, il se leva d'un bond. C'était la signora Fullin, suivie de près par son petit-fils qui tenait une feuille de papier à la main. Elle jeta un coup d'œil furtif et nerveux dans la pièce, comme si elle redoutait qu'il se soit produit un incident pendant son absence, qu'ils chercheraient à lui cacher. Son mari se leva rapidement aussi, lui fit un signe de tête et sourit, puis attendit qu'elle prenne place dans son fauteuil avant de se rasseoir.

« Girolomo a examiné les écritures du mois de mars, et le 16, mon mari avait un rendez-vous avec un ami, la personne que vous avez évoquée. Il vous en a fait une photocopie. »

Le jeune homme s'approcha et tendit la feuille au commissaire.

Brunetti le remercia et reconnut le format standard des pages des agendas d'affaires. Le carré correspondant au 16 mars mentionnait : *Bruno : 13 heures. Signer les papiers. Déjeuner.*

« Ce n'est pas grand-chose, mais cela peut suffire, je pense », dit Brunetti à Girolomo qui lui indiqua qu'il pouvait garder le papier. Brunetti le plia et le glissa dans sa poche.

« Puis-je vous offrir un thé, à présent ? » leur proposa la signora Fullin du bout des lèvres, en maquillant de politesse sa réticence.

La Contessa se plaça à côté de son amie.

« C'est très aimable à toi, Antonia, mais je crois qu'il vaut mieux que nous partions. Probablement que Matteo a envie d'être seul avec toi. »

Brunetti se leva à son tour, suivi du vice-amiral qui lui tendit la main. Brunetti – au diable les règles de bienséance – la saisit et se rendit compte de sa force d'autrefois, bien que sa poigne fût douce.

« *Piacere*, dit le vice-amiral avant de se rasseoir.

— *Grazie, vice-ammiraglio*[1] », répliqua Brunetti.

Le jeune homme rejoignit discrètement son grand-père. Il enleva le mouchoir de la poche poitrine de son costume, essuya la salive qui s'était accumulée sur sa lèvre inférieure et remit soigneusement le mouchoir dans sa poche. Il s'installa dans le fauteuil qu'avait occupé Brunetti, en face de son grand-père.

« Je vais rester avec Nonno, si tu veux raccompagner tes invités, Nonna », proposa Girolomo à sa grand-mère. Le jeune homme faisait montre d'une telle aisance dans tous ses gestes que Brunetti se demanda si une certaine forme de grâce sociale était un trait héréditaire se transmettant de génération en génération. Ou allait-elle de pair avec la possession de somptueux fauteuils recouverts de soie comme ceux du petit salon de réception ?

Brunetti gagna la porte et la tint pour les deux femmes ; la Contessa prit son amie par le bras et elles s'y dirigèrent ensemble. Une fois qu'ils l'eurent franchie, Brunetti dit à leur hôtesse : « Signora Fullin, je voudrais vous poser une question un peu délicate. »

Toutes deux se figèrent. La Contessa prit la parole la première.

---

1. Merci, monsieur le vice-amiral.

« Guido, peut-être en avons-nous posé suffisamment pour aujourd'hui. »

Il aurait pu s'arrêter ici, mettre définitivement un terme à cette affaire, reconduire la Contessa chez elle et se rendre à la questure pour appeler Elisabetta et lui annoncer qu'il n'avait rien trouvé d'étrange dans les affaires ou les fréquentations de son gendre, mais il insista :

« Il s'agit d'un seul point, Donatella.

— Un point sensible ? demanda cette dernière en se rapprochant légèrement de son amie, d'un geste éloquent.

— Oui.

— Merci, Donatella, dit la signora Fullin à la Contessa. Mais je crois avoir dépassé le point où les mots peuvent me heurter. » Elle regarda le commissaire et lui dit : « Que voudriez-vous savoir, signor Brunetti ?

— Vous avez vu la date sur le papier que votre petit-fils m'a donné, n'est-ce pas, signora ? »

Elle fit un signe d'assentiment.

« Lorsque votre mari a signé ce document, il y a trois ans, était-il capable d'en comprendre la lecture ou toute explication qu'on aurait pu lui en donner ? »

Son visage demeura impassible ; elle baissa les yeux sur son bras, et, de sa main libre, se saisit d'un fil blanc dépassant d'une des boutonnières sur la manche de son pull. Elle en attrapa l'extrémité et tira dessus ; le bouton se décrocha et tomba par terre.

Il fut facile pour Brunetti de le repérer sur le sol en bois foncé. Il se pencha pour le ramasser et le déposa dans sa main tendue. Elle le remercia et le garda au creux de sa paume.

« Peut-être. Mais peut-être pas. Nous faisions encore semblant à l'époque et il pouvait encore faire croire aux gens qu'il comprenait ce qu'ils lui disaient et ce qu'il faisait.» Après une longue pause, elle demanda brusquement: «Est-ce votre seule question?»

Brunetti opina du chef, incapable de parler.

«J'ignore ce que peut valoir cet élément, ajouta la signora Fullin, mais Bruno est un des rares amis qui soit resté fidèle à Matteo et qui continue à venir lui rendre visite. Les autres, poursuivit-elle d'une voix nouée, ont cessé pour la plupart.»

Ni Brunetti ni la Contessa ne soufflèrent mot, dans l'attente que la signora Fullin retrouve son aplomb.

«Et il nous parle comme il l'a toujours fait, reprit-elle, après avoir recouvré le contrôle. Il pose des questions à Matteo sur son époque dans la marine, il s'intéresse aux études de Girolomo.» Son ton s'était allégé devant cette preuve d'humanité. «Et je dois dire que Matteo est souvent en mesure de suivre la conversation; il y participe même, parfois.» Elle sourit et ajouta, presque amusée: «Bruno va jusqu'à apporter des papiers quelquefois et demande à mon mari de les signer, exactement comme Matteo le faisait dans le passé.

— Des papiers? s'enquit Brunetti.

— Oh, répliqua la signora Fullin en levant la main, comme pour en minimiser l'importance. Ce sont simplement des blancs-seings, mais je pense qu'ils donnent l'impression à Matteo de se sentir à nouveau quelqu'un d'important, qui signe des documents, qui prend des décisions.»

Sa voix se brisa sur ce dernier mot, mais elle parvint à retenir ses sanglots.

Elle embrassa alors la Contessa sur la joue et sourit à Brunetti.

Elle referma la porte derrière eux et l'ascenseur sembla respecter ce grave moment en les descendant sagement au rez-de-chaussée.

Ils ne s'attardèrent pas sur le petit *campo* et tournèrent immédiatement dans la direction de San Silvestro, où la Contessa pouvait prendre le numéro 1 pour rentrer chez elle, tandis que Brunetti pourrait tranquillement continuer à pied jusqu'à la questure en passant par le Rialto. Ni l'un ni l'autre n'eurent la moindre hésitation devant telle *calle* ou tel pont : seuls les albatros peuvent battre les Vénitiens en matière de navigation mécanique.

Une fois arrivés à l'*imbarcadero*, Brunetti regarda le panneau et vit qu'ils avaient quatre minutes d'attente. Ils restèrent sur la plate-forme extérieure où il n'y avait personne.

« Qu'est-ce que tu vas faire ? » demanda la Contessa.

Même s'il savait qu'il ne couperait pas à cette question, il n'avait pas préparé de réponse le temps du trajet.

« J'avais presque espéré qu'elle me dise qu'il avait compris ce qu'il signait, car un homme honorable ne signerait jamais un document échappant à sa compréhension.

— Mais ce n'est pas une question d'honneur, n'est-ce pas ? s'enquit-elle.

— Effectivement. C'est davantage une question de lucidité. Les gens ne perdent pas leurs moyens du jour au lendemain : ils vont et viennent, perdent le contrôle et le recouvrent par moments.

— Et donc ? »

Avant de pouvoir trouver une réponse, ses pensées furent interrompues par le rugissement soudain du moteur du vaporetto qui fit marche arrière de manière à s'approcher lentement de l'*imbarcadero*.

Aussi surprise que lui, la Contessa sortit sa carte de transport de la poche de son manteau et l'appuya contre le capteur, puis elle franchit les portes battantes. Elle se tourna pour lui dire quelque chose, mais le marin fit glisser la barrière métallique pour laisser descendre quelques passagers, ce qui couvrit la voix de la Contessa.

« Comment ?! » lui cria Brunetti.

Elle se tourna vers lui mais le capitaine fit vrombir le moteur et Brunetti n'entendit rien d'autre que ce bruit, tandis qu'il observait le mouvement de ses lèvres.

Il lui dit au revoir en agitant la main et elle fit de même, en s'écartant de la rambarde. Le marin referma la barrière et le vaporetto s'éloigna laborieusement du quai. Elle resta debout sur le pont, où le vent faisait virevolter son foulard contre sa joue. Le bateau gagna le milieu du canal et une fois que le commissaire l'eut perdue de vue parmi les passagers restés à l'extérieur, il se dirigea vers le Rialto.

13

Une fois arrivé à la questure, Brunetti alla parler à la signorina Elettra. Il s'arrêta sur le seuil de son bureau, regarda à l'intérieur et fut surpris par la vision qui s'offrit à lui : il eut la sensation de replonger dans les contes de fées emplis de sirènes, de poissons géants et de toutes sortes de merveilles marines car il vit scintiller une forme dans la lumière. La signorina Elettra avait dû entendre sa respiration car elle leva soudainement les yeux et sourit à sa vue. Elle était, ou plutôt, sa veste était couverte des épaules à la taille d'innombrables rangées de petites écailles d'argent.

Brunetti porta un doigt à ses lèvres en désignant le bas de son bureau où elle avait trouvé l'appareil d'écoute. « Oh, plus besoin de s'inquiéter, commissario : on s'en est occupé. »

Brunetti eut la sensation que même les affirmations les plus claires de sa collègue appelaient des interrogations.

« Cela signifie-t-il qu'il a disparu ? s'informa-t-il.

— Comme on le dit dans les films d'espionnage, dottore, il a été rendu "inopérant".

— Que s'est-il passé ?

— Ce ne pouvait mieux finir. » Elle recula son fauteuil et croisa les jambes. « J'avais perdu le contact ces derniers mois avec mon ami Giorgio et je me suis dit que ce serait une bonne occasion de renouveler notre… collaboration.

— Celui qui travaille pour la Telecom ? demanda Brunetti, en se remémorant certains des exploits de cybercriminalité que ce Giorgio avait favorisés au fil des ans.

— Ah non. Plus maintenant.

— A-t-il changé d'emploi ?

— Il est devenu consultant. En médias et communication.

— Où donc ?

— À San Marco.

— La basilique ?

— Non, non, dans le *sestiere*[1], précisa-t-elle en riant. Il vient d'ouvrir sa propre entreprise, au-dessus du magasin Gucci. Il dispose de trois pièces et il a même une secrétaire.

— Il ne vous a pas proposé ce poste ? » demanda Brunetti, avec humour.

De l'avis du commissaire, elle était bien meilleure comme collaboratrice que comme secrétaire.

« Oh que si ! répliqua-t-elle sur un ton que Brunetti ressentit comme étrangement nostalgique.

— Mais ?

— Mais je déteste tellement ce coin de Venise, répondit-elle avec une moue de dégoût. Avec tous les touristes qui vont revenir en masse, ce quartier redeviendra impossible à fréquenter. »

Bien que tout à fait d'accord avec elle, Brunetti suggéra :

« N'auriez-vous pas pu trouver un arrangement, de manière à travailler depuis chez vous ?

1. Une des six circonscriptions composant la ville de Venise.

— Mais *j'ai* un emploi, commissario », finit-elle par rétorquer.

Ne sachant que répondre, Brunetti se limita à dire : « Bien sûr. » Puis, revenant à Giorgio, qui n'était plus celui de la Telecom, il demanda : « Que lui avez-vous dit ?

— Je l'ai appelé et lui ai décrit le problème. Je n'avais pas plus tôt fini qu'il a éclaté de rire et m'a affirmé qu'il s'en occuperait et que pour lui, c'était là du travail d'amateur, pour ne pas dire de béotien. »

Sans laisser le temps au commissaire d'exprimer sa satisfaction, elle enchaîna, d'un ton sévère : « Je savais tout cela. Il était évident que c'était une installation archaïque. Mais ce qu'il m'importait de savoir, c'était où je pouvais me procurer une arme de contre-attaque, pour résoudre le problème.

— Quelle sorte d'arme ?

— Une arme capable d'envoyer une sorte de… disons, de "rayon mortel". Selon Giorgio, les militaires en raffolent.

— Comment est-ce que cela fonctionne ? s'informa Brunetti, décidant de passer outre ce commentaire.

— Il faut l'installer près de l'appareil censé vous écouter et lorsque vous l'activez, l'arme émet un rayon qui commence par perturber l'instrument en question, puis le détruit. Et ce, d'une manière impossible à détecter. En faisant croire à une sorte de court-circuit lambda. Et plus intéressant encore, il supprime toutes les données de géolocalisation relatives aux informations envoyées.

— Est-ce que Giorgio avait un tel appareil à portée de la main ?

— Ah, commissario Brunetti, vous prenez vraiment plaisir à vous moquer de mes initiatives », déclara-t-elle en riant doucement.

Brunetti ne put cacher sa surprise. « C'est bien la dernière chose, signorina, que je me permettrais. Votre aide est pour moi une lumière brillante dans un monde tristement cruel. »

Son visage s'illumina.

« C'est ce que disait souvent ma grand-mère.

— La mienne aussi, répliqua-t-il, mais rarement à mon sujet. » Il marqua une pause et ajouta : « Et Giorgio ?, curieux d'entendre le reste de l'histoire.

— Un jeune homme, vraisemblablement un militaire, qui fut immédiatement escorté à mon bureau, est arrivé ici l'après-midi même et m'a dit qu'il avait été envoyé par un ami pour venir réparer quelque chose pour moi.

— Et alors ?

— Il m'a dit qu'il ne pouvait rien me procurer directement, mais que si je sortais du bureau un quart d'heure, il ferait le nécessaire.

— Et vous êtes-vous exécutée ? »

Elle opina du chef.

« Je suis descendue prendre un café chez Sergio et à mon retour, le jeune homme était debout à la fenêtre, en train d'admirer la vue, les mains derrière le dos et sa serviette posée sur mon bureau. Fermée.

— Il avait accompli sa mission ?

— Oui, et il semblait très satisfait du résultat. Il m'a remerciée de lui avoir fait confiance et m'a dit qu'avant de… régler son sort à cet appareil, il avait vérifié les coordonnées de l'endroit auquel il transmettait les données.

— Ah ? » soupira Brunetti, sa curiosité soudainement aiguisée.

Elle enleva une mèche de cheveux de son front et il remarqua alors que son vernis à ongles était de la même couleur que les écailles de sa veste.

« Et où partaient-elles ?

— Étonnamment, expliqua-t-elle d'une voix tout à coup sérieuse, quelque part, au sein de cet édifice. »

Brunetti resta interdit. Voilà que la police écoutait la police ! Il leva les sourcils en guise de question et elle répondit par un haussement d'épaules si délicat qu'il fit à peine trembler les écailles de sa tenue.

« Il m'a dit aussi qu'il avait laissé l'appareil où il l'avait trouvé, continua-t-elle, en désignant le dessous du bureau. Donc cela passera pour une simple… mort soudaine et inexplicable, ajouta-t-elle avec un sourire discret.

— Et Giorgio ? L'avez-vous remercié ?

— Je lui ai envoyé trois douzaines de roses pour fêter l'ouverture de son bureau.

— C'était très généreux de votre part, observa Brunetti.

— Très généreux de la part de la questure, surtout.

— Ah ! » s'écria Brunetti, incapable de trouver une meilleure réponse, puis il dit, songeant qu'il était temps de revenir à un sujet plus aisé à contrôler : « J'aurais une petite mission pour vous. »

Il lui fallut un certain temps pour en expliquer la teneur. Même si Brunetti lui avait déjà demandé de consulter les dossiers médicaux de Fullin, il n'avait pas eu l'occasion de lui révéler pourquoi il souhaitait les examiner. Il y remédia alors en lui racontant la visite d'Elisabetta et l'histoire qu'elle lui avait rapportée.

En s'entendant résumer ce récit, il eut la sensation d'en entendre un nouveau, plus banal. Combien de fois avait-il vu amour et argent faire mauvais ménage ? Fenzo avait-il décelé des éléments dans les comptes de son beau-père qui lui avaient déplu ? Ou bien del Balzo avait-il décliné une proposition hardie, censée arrondir ses fins de mois ? Ou encore, del Balzo pouvait tout simplement s'être lassé de ce jeune homme n'ayant de cesse de lui dire comment gérer son affaire.

Brunetti expliqua que l'Onlus avait un comité de direction de trois membres : del Balzo, Matteo Fullin et Luigino Guidone ; sans lui mentionner sa piètre tentative de trouver ce Guidone.

Elle écouta attentivement et prit quelques notes. Lorsqu'il eut terminé son explication, il dit : « Je voudrais que vous vous renseigniez au sujet de cette Onlus. » Puis, comme une cerise sur le gâteau, il précisa : « Elle s'appelle Belize nel cuore. »

La signorina ne put s'empêcher d'émettre un soupir. Elle le fixa, sans déguiser son étonnement, et répéta ce nom comme on répéterait les derniers mots d'une prière, puis elle demanda : « Le Bélize en Amérique centrale ?

— Oui, confirma Brunetti.

— Y a-t-il un aspect de la question qui vous intéresse tout particulièrement ?

— On m'a dit que c'est une institution caritative d'orientation médicale, qui travaille conjointement avec un hôpital du Bélize.

— C'est tout ?

— Oui.

— Avez-vous des renseignements au sujet de l'hôpital ? Sa taille ? Sa gestion ? Son nom ? » s'enquit-elle.

Désemparé face à ces questions, Brunetti ne put que hausser les épaules.

Elle leva la tête et déclara, avec un sourire :

« Ah, commissario, quelles délices vous me procurez parfois. »

Il la connaissait assez bien pour savoir qu'elle disait la vérité.

« Des délices ?

— Oui.

— Parce qu'on vous demande de partir…

— … en chasse. »

14

Le temps passa et la nature vint s'immiscer dans la vie des Vénitiens et surtout, dans celle des policiers. Après deux jours de pluies torrentielles et de marées anormalement hautes, les sirènes sonnèrent à 2 h 30 du matin, annonçant l'arrivée de l'*acqua alta*. La mise en service des barrières antimarées du MOSE[1] avait été différée en raison de problèmes techniques non spécifiés, et lorsqu'elles finirent par fonctionner, la ville était déjà inondée. Puis le retard avec lequel on les abaissa bloqua l'eau dans la cité pendant d'autres heures encore, ce qui aggrava les dégâts. La nuit suivante, il se reproduisit le même phénomène météorologique : pluie, lune, inondation. Un nouvel élément, cependant, fit son apparition : des bandes de mineurs, surnommées depuis « baby gangs », profitèrent du chaos régnant cette nuit-là pour dévaliser les magasins, les pharmacies et les restaurants qui avaient fermé ou cessé leur activité à cause de la *pandemia* et raflèrent ce que les propriétaires avaient laissé en partant. Si des passants les interrogeaient, ils leur expliquaient, en parlant en vénitien,

1. Acronyme de Modulo Sperimentale Elettromeccanico (module expérimental électromécanique), jouant sur le nom de Mosè, signifiant Moïse en italien.

qu'ils aidaient leur père ou leur oncle à sauver de l'eau leurs marchandises, et qu'ils pouvaient aller leur parler directement, s'ils préféraient.

Occupés eux-mêmes à préserver ce qu'ils pouvaient dans leurs propres commerces, peu insistaient sur la question et leur laissaient ainsi tout loisir de voler ou de détruire comme bon leur plaisait.

La troisième nuit, la police alertée patrouilla les rues et arrêta au moins six groupes différents, tous composés de mineurs. La police dut se contenter d'appeler les parents impliqués, de leur expliquer les faits et de leur demander de venir chercher leurs enfants.

Mais ce processus s'avéra fastidieux : certains parents furent difficiles à localiser et durent être convoqués à plusieurs reprises ; d'autres déclarèrent qu'ils ne viendraient pas avant d'avoir appelé leur avocat ; d'autres encore ne se présentèrent qu'après de nombreuses heures et, dans certains cas, le jour suivant la garde à vue. Cette dernière catégorie souhaitait que leur absence donne une bonne leçon à leurs fils.

Lorsque les jeunes arrivèrent à la questure, il fallut les installer quelque part : le plus grand nombre fut emmené dans les salles d'interrogatoire. Certains furent conduits aux différents postes de carabinieri disséminés dans la ville et placés dans des cellules de détention. Un enfant de dix ans fut ramené chez lui par deux policiers en uniforme qui s'arrangèrent pour faire le plus de vacarme possible en arrivant : ils appuyèrent à fond sur la sonnette, et lorsqu'ils obtinrent enfin une réponse, ils crièrent dans l'interphone que c'était la police et que leur fils avait été arrêté.

Dans la plupart des cas, les jeunes se donnaient des airs d'enfants privilégiés et invulnérables, fort conscients de ne pas courir grand risque. Beaucoup d'entre eux portaient des tennis Adidas ou Nike, des jeans qui avaient été stratégiquement déchirés ou troués, et des vestes et des sweats à capuche. Se croyant uniques, ils passaient leur vie à se copier ou à copier des jeunes qu'ils avaient vus en photo ou dans la rue. Mais ils ne se contentaient pas de suivre la mode : ils calquaient aussi leur comportement sur celui d'autrui en faisant fi des conséquences sur les autres.

Les policiers, au grand soulagement de Brunetti, les traitaient généralement avec indulgence. Bien des officiers avaient seulement quelques années de plus qu'eux et d'autres avaient des fils du même âge.

Mais ces opérations prenaient du temps : il fallait des heures interminables avant de trouver un endroit où les installer afin de contrôler leur identité, de contacter les parents, d'enregistrer leurs délits et les circonstances de leur arrestation, alors que la police savait pertinemment le peu de bénéfice qu'elle tirerait, le cas échéant, de toute cette procédure.

Après la fin de l'*acqua alta*, des jeunes pillèrent des magasins sans surveillance, sans savoir que faire du produit de leurs larcins, simplement parce qu'ils n'avaient rien d'autre sous la main pour s'amuser. Mais un de ces groupes finit par aller trop loin : trois d'entre eux attaquèrent un homme dans la rue pour lui voler son *telefonino*. L'agression fut filmée par deux caméras de surveillance et la victime était un touriste. À l'instar des animaux dont l'habitat est menacé, les touristes étaient devenus une espèce protégée à Venise et Patta décida de se présenter comme leur fervent défenseur.

Le vice-questeur chargea Vianello d'organiser des rondes de nuit contre les baby gangs. Comme le travail de jour de l'ispettore s'était transformé en travail de nuit, il n'avait plus le temps d'enquêter sur le signor Fenzo.

Griffoni, de son côté, fut convoquée à Milan pour témoigner dans le procès d'un homme accusé d'avoir tué sa femme. Le magistrat qui lui avait adressé cette requête la prévint qu'il lui faudrait probablement rester plusieurs jours sur place. Avant de partir, Griffoni assura à Brunetti, à qui Patta avait confié les missions de la commissaire, qu'il n'y avait rien d'urgent à régler. Elle le pria toutefois de parcourir une série de communications ministérielles.

Brunetti et la signorina Elettra se retrouvèrent ainsi avec peu de temps à leur disposition, d'autant plus que le vice-questeur avait demandé à sa secrétaire de se charger d'une affaire qu'elle qualifia d'« inutile mais prenante ». Néanmoins, elle certifia à Brunetti qu'avant la fin de la semaine, elle reprendrait en main l'investigation sur le vice-amiral Fullin et Belize nel cuore.

Vu que la signorina Elettra était occupée et que ses deux officiers préférés n'étaient plus disponibles, Brunetti se sentit viscéralement seul à la questure, une sensation qu'il n'avait plus éprouvée depuis des années.

Deux autres jours s'écoulèrent. Lorsque Elisabetta appela le deuxième jour pour lui demander s'il avait des nouvelles, Brunetti temporisa. Le troisième jour, alors qu'il venait de s'installer à son bureau – où il s'était mis à feuilleter les documents ministériels de Griffoni –, son *telefonino* sonna. Il vit que c'était Pucetti.

« Commissario, nous sommes sur… »

Sa voix disparut, comme si des interférences électriques étaient venues perturber la ligne. Brunetti s'approcha de la fenêtre, espérant que cette position puisse améliorer la connexion.

« Pucetti ? dit-il. Pucetti, est-ce que tu m'entends ?

— *Sì*, signore, répondit le jeune homme. Nous sommes dans une clinique, à la suite du coup de fil d'un docteur qui a appelé pour signaler une effraction.

— Qu'est-ce qui ne va pas ?

— Il y a du sang, commissario. Par terre. » Le policier prit une profonde inspiration. « Il y en a partout, précisa-t-il avec une voix d'enfant.

— Pucetti, y a-t-il quelqu'un avec toi ? s'informa Brunetti.

— Alvise. Mais il est dehors. Ça lui a donné la nausée.

— Personne d'autre ?

— La dottoressa.

— Passe-lui ton portable », lui ordonna-t-il.

Pucetti hésita un moment avant de répondre :

« Elle est dehors aussi, signore.

— Pucetti, calme-toi et explique-moi ce qui s'est passé.

— Elle m'a dit, s'efforça-t-il de raconter, qu'elle a appelé pour signaler l'intrusion et qu'à la vue du sang, en ouvrant la porte, elle a eu peur d'entrer, mais qu'après elle s'y est obligée pour aller voir ce qui était arrivé.

— Quand était-ce ?

— Il n'y a pas longtemps, moins d'une heure. C'est le lieutenant Scarpa qui a réceptionné l'appel et qui a décidé de dépêcher immédiatement deux hommes. Comme Alvise et moi étions en bas, il a dit à Foa de nous y emmener. »

Pucetti marqua une autre longue pause, pendant laquelle Brunetti pouvait l'entendre haleter et, en fond sonore, des chiens aboyer.

« Où es-tu ? lui demanda Brunetti.

— Sur le campiello Turella. C'est juste avant d'arriver sur le campo Santo Stefano. Il y a un jardin après. »

Brunetti ne comprenait pas de quel endroit il s'agissait : il n'y avait pas de campiello Turella près du campo Santo Stefano.

« Pucetti, où es-tu ? Concentre-toi. Où es-tu ?

— À Murano, commissario. Je ne vous l'ai pas dit ?

— Non, mais ce n'est pas grave. Qu'as-tu vu en entrant ?

— La porte était ouverte et la vétérinaire était dehors, sur le campiello, appuyée contre le mur. Elle avait un chien dans les bras, un de ces petits terriers blancs, très vifs. Au début, j'ai cru qu'il était mort, tellement il était calme ; il avait la tête en sang et les oreilles couvertes de pansements. Et puis j'ai vu du sang sur sa veste.

— Qu'est-ce que tu as fait ? demanda Brunetti, rendu confus par cette histoire qui n'avait aucun sens.

— Elle nous a expliqué que les oreilles saignent beaucoup, et puis nous sommes entrés, raconta-t-il en soupirant. Le bureau était sens dessus dessous : l'ordinateur avait été balancé par terre, les câbles étaient arrachés. Une armoire vitrée avait été renversée et il y avait des débris de verre partout. Comme nous entendions aboyer et grogner dans la pièce d'à côté, Alvise a proposé d'aller voir. Puis-je vous dire quelque chose, commissario ? demanda-t-il d'une voix normale, après un instant de pause.

— Bien sûr, Pucetti. Je t'écoute.

— J'avais tellement peur que j'ai sorti mon revolver et Alvise en a fait autant. Nous sommes entrés dans cette pièce, mais le bruit ne provenait que d'un seul chien, une masse énorme ressemblant à un rottweiler qui aboyait comme un malade et se tapait contre la cage. Un seul chien, capable de faire tout ce bruit.

— Qu'est-ce que tu as vu d'autre ?

— Deux lapins et un chat, mais le chat avait sauté au sommet du meuble à tiroirs, d'où sortait une partie des bruits. C'étaient des lapins gris. J'en avais un comme ça quand on était petits. »

Quelqu'un avait donc blessé un animal et saccagé le bureau. Le premier réflexe de Brunetti fut de se demander si c'était là une escalade perpétrée par l'un des baby gangs restants.

« Est-ce que tu as vu autre chose ?

— Je n'ai pas regardé, signore. Je vous ai appelé. »

Brunetti écarta le téléphone de son oreille un moment et se souvint d'avoir vu la deuxième vedette amarrée devant la questure lors de son arrivée. Il sortit et gagna l'escalier rapidement.

«Je serai là dans vingt minutes.

— Que faisons-nous en attendant, monsieur ?

— Ne répondez à aucune question. Appelle Foa et dis-lui d'aller sur le campo Santo Stefano avec le médecin : il y a un bar à l'angle. Donne-lui à boire quelque chose de chaud, mais pas de café.

— Oui, monsieur. Je vais le lui dire.

— Et reste dehors.

— Mais les animaux, monsieur ?

— Ils sont sains et saufs maintenant. Ferme la porte, Pucetti. Ne laisse entrer personne. N'oublie pas, c'est une scène de crime.

— Oui, monsieur. Je comprends. Mais si les gens demandent ce qui se passe ?

— Dans ce cas, dis-leur qu'il y a eu un cambriolage », suggéra Brunetti en raccrochant.

Il sortit sur le quai où Grandesso, un Buranello au teint mat entré depuis peu dans la police, était en train d'essuyer la rosée du matin sur la vedette. Brunetti ne l'aimait pas comme capitaine – il ne l'aimait pas trop non plus comme personne – à cause de son arrogance à la barre : il se servait tout le temps de la sirène pour écarter les bateaux sur son passage, sans jamais reconnaître la politesse des autres pilotes.

«Je dois aller à Murano, Grandesso. Le plus vite possible.

— Où, monsieur ? demanda-t-il en enfouissant le chiffon dans la cavité sous le tableau de bord.

— Au campiello Turella, répondit Brunetti en montant à bord et en commençant à lui expliquer où c'était.

— Je connais cet endroit, monsieur», le coupa Grandesso en démarrant et en faisant un demi-tour serré. Ils empruntèrent le rio Santa Giustina, sortirent dans la *laguna* et il fonça, toutes sirènes dehors, vers l'île. À l'approche du Faro[1], Brunetti pria Grandesso d'éteindre la sirène.

Le pilote amarra le bateau désormais silencieux derrière l'autre vedette de la police, en laissant les lumières clignoter. Brunetti jeta un coup d'œil à sa montre et vit qu'ils avaient mis moins d'un quart d'heure pour arriver.

« Reste ici », ordonna Brunetti.

Il grimpa sur le quai et gagna le *campiello*. Au bout de la petite place, il aperçut Pucetti et Alvise montant la garde de chaque côté de la porte. S'ils s'étaient annoncés avec tambour et trompettes, ils auraient moins attiré l'attention. De l'autre côté du *campiello*, il nota deux fenêtres ouvertes, malgré la température : une au premier étage et

1. Nom d'un des arrêts de Murano, à cause de la présence d'un phare.

une au second. Une femme, penchée à la fenêtre du bas, se tenait sur le rebord en prenant fermement appui sur les coudes. À l'autre fenêtre, une autre femme n'était visible qu'à partir des épaules : elle devait avoir tiré une chaise pour observer la scène.

Les ignorant toutes deux, Brunetti s'approcha de ses officiers. Alvise le salua, de manière fort théâtrale, et Pucetti leva une main en disant : « Bonjour, commissario. »

Brunetti leur dit bonjour rapidement, puis il demanda à Pucetti : « Où est la médecin ?

— Elle va rentrer du bar, monsieur », répondit Pucetti qui ajouta, avec soulagement : Elle a appelé un ami qui va venir chercher son chien. Comme les gens la fixaient à cause du sang, Foa est retourné au bateau lui chercher une de nos vestes.

— Cela ne risque pas d'attirer les regards ? s'inquiéta Brunetti.

— Vous n'avez pas vu le sang, monsieur. Croyez-moi, la veste, c'est mieux. »

Brunetti avait à peine fini de parler qu'il vit surgir, dans la courbe menant vers le canal, Foa en uniforme et une femme vêtue d'une veste bleue épaisse, trop grande pour elle, avec POLIZIA imprimé dessus en grandes lettres blanches. Elle portait quelque chose qu'il put identifier comme un chien, à son approche, probablement un jack russell, enveloppé dans une serviette, la tête protégée par une collerette en plastique blanc. Lui-même de couleur blanche et de petite taille, il se lovait dans ses bras où il semblait drogué ou endormi. Il avait quelques taches marron sur la tête, partiellement striées et maculées de sang. Ses oreilles, couvertes d'un nombre impressionnant de pansements, étaient à l'origine des saignements.

Brunetti dirigea son regard vers le docteur, une jeune femme élancée – les vétérinaires commençaient-ils aussi à ressembler à des adolescents ? se demanda Brunetti, avec des cheveux foncés coupés court, un nez prononcé et des yeux rougis. Elle dépassait Foa en taille et sa minceur accentuait encore plus sa stature.

Avant que l'un ou l'autre ne prononce le moindre mot, le chien bougea nerveusement dans ses bras. Elle lui dit, en baissant les yeux sur lui : « Tout va bien, Bruce. Ne t'inquiète pas. Giulia va venir pour toi. » Le chien se calma au son de sa voix.

Elle regarda Brunetti qui saisit l'occasion pour se présenter : « Je suis Guido Brunetti, *commissario di polizia.* » Mais ne pouvant restreindre sa curiosité, il s'informa : « Bruce ? Comme Bruce Springsteen ?

— Non, Bruce comme Bruce Fogle. C'est mon héros ! » Au vu de la confusion de Brunetti, elle précisa : « C'est un vétérinaire, pas un chanteur. » Courte pause. « C'est *le* vétérinaire. »

Le chien fut visiblement réceptif au ton de la femme car il commença à lécher sa main. Brunetti remarqua que ses mains étaient propres, mais la veste bleue n'arrivait pas à couvrir une large bande rouge sur la manchette de son chemisier et une autre sur le devant.

« Une amie va venir le récupérer et le garder jusqu'à ce soir, annonça-t-elle en tapotant le dos du chien. Il y a des choses que je dois aller chercher pour elle dans mon bureau. »

Il en fut soulagé car il était préférable qu'elle n'ait pas le fardeau du chien au moment de leur entretien. Brunetti s'écarta de son chemin et la suivit à la porte de la clinique. Alvise les salua tous deux ; Pucetti se limita à un timide hochement de tête.

Lorsqu'ils entrèrent dans la salle d'attente silencieuse, une féroce tempête d'aboiements se déchaîna dans l'autre pièce ; profonde, constante, menaçante. La dottoressa entra dans la seconde pièce ; Brunetti resta derrière. Les aboiements cessèrent instantanément et Brunetti l'entendit dire : « Ça suffit, Zucca ! Couchée ! »

Dans le silence qui s'ensuivit, Brunetti entendit quelques grattements, puis un bruit sourd. Un tiroir s'ouvrit et se ferma, puis un autre. Elle fut de retour après quelques minutes à peine, avec en main un sac de commissions en papier.

« Zucca est une amie de Bruce. Comme elle devait rester ici cette nuit, j'ai laissé Bruce avec elle parce qu'elle a peur quand elle est toute seule. » Elle regarda de nouveau à l'intérieur de la collerette et plaisanta : « On ne peut pas dire que tu sois une bonne baby-sitter, n'est-ce pas ? »

Elle pencha la tête vers l'autre pièce en disant :

« Zucca est très grande et très douce, mais aussi très bête.

— Que s'est-il passé ? s'informa Brunetti.

— La personne qui est entrée a dû amener de la pâtée pour chien, pour les faire taire. Ils sont du genre à aboyer tout leur saoul si quelqu'un vient.

— Et donc ?

— Donc la personne en a lancé dans la cage. Pour les garder tranquilles.

— Et puis ?

— Et ils ont dû commencer à se battre pour la nourriture. » Face à l'expression de Brunetti, elle précisa : « Les amis, c'est bien, mais manger, c'est mieux. » Après un moment de réflexion, elle ajouta : « Ils sont comme nous, après tout. »

« Flora ? Flora ? » appela une femme dans l'embrasure de la porte.

Brunetti sortit et fit signe aux policiers de reculer et à la visiteuse d'avancer. Elle avait à peu près l'âge de la dottoressa del Balzo, mais était plus petite et plus ronde. Bruce jappa de joie à sa vue et le transfert du chien et du sac fut réglé en un clin d'œil. Suivirent quelques moments consacrés aux instructions auxquelles Brunetti ne prêta pas attention, puis Giulia et Bruce se dirigèrent vers le passage couvert. Une fois celui-ci atteint, Giulia s'arrêta assez longtemps pour que Bruce puisse aboyer de tout son cœur, puis ils disparurent.

Se tournant vers le commissaire, la dottoressa del Balzo lui demanda de but en blanc :

« Quelle peut être la raison de tels agissements ? » comme si la police connaissait des voies spéciales permettant de pénétrer l'esprit des criminels.

Brunetti s'était posé la même question lorsqu'il avait parlé à Pucetti, mais après mûre réflexion, il envisagea d'y répondre différemment, face à une Flora del Balzo, vétérinaire à Murano.

« Je n'ai aucune réponse, dottoressa, et je n'en aurai pas tant que je n'en saurai pas plus, déclara-t-il.

— Qu'avez-vous besoin de savoir de plus ? répliqua-t-elle sèchement, comme si Brunetti était un fieffé abruti. Il faut être fou pour se comporter ainsi. »

Le commissaire crut qu'elle allait pleurer, mais elle secoua la tête et lui demanda :

« Vous qui êtes un commissaire, avez-vous déjà vu une chose pareille ? »

Elle avait raison : Brunetti avait vu effectivement des choses pareilles. Mais ces affaires concernaient des gens, pas des animaux.

Ignorant sa question, Brunetti se tourna vers Pucetti et lui demanda :

« Est-ce que tu as appelé la brigade criminelle ?

— Oui, monsieur. Aussitôt après notre coup de fil.

— Bien. Est-ce que la porte se ferme automatiquement lorsque vous sortez ? » demanda-t-il ensuite à la dottoressa del Balzo.

Elle mit un certain temps à se ressaisir face à la banalité de la question, puis elle répondit que oui.

« Avez-vous les clefs, dottoressa ? » s'enquit-il alors.

Elle s'apprêta à mettre sa main dans la poche de la veste qu'elle avait sur elle, mais elle fut déstabilisée par ses étranges rabats et elle regarda sa main droite, comme face à une trahison. Elle fouilla alors dans la poche de son pantalon et en sortit un trousseau de clefs. Elle en sélectionna une du lot qu'elle passa à Brunetti.

Il la remercia et demanda à Foa d'accompagner la dottoressa à la vedette et d'attendre : il la rejoindrait dans quelques minutes.

Avant que Foa puisse tourner en direction du canal, elle demanda : « Puis-je entrer de nouveau ? »

Brunetti répondit alors : « Il vaudrait mieux que vous n'y retourniez pas, dottoressa.

— Il y a un chat à l'intérieur, assena-t-elle, sans la moindre once de compromis dans la voix.

— Il y en a un gris au sommet du meuble à tiroirs, dottoressa », intervint Pucetti.

Pucetti attendit que Brunetti prenne la parole, mais comme il s'en abstint, l'officier déclara : « Ne vous inquiétez pas, dottoressa. Nous prendrons soin de lui. » Face à son regard interrogatif, il expliqua : « J'ai toujours eu des chats, depuis que je suis petit. Avez-vous des cages de secours à l'intérieur ?

— Il y en a dans l'armoire de la salle d'attente, expliqua-t-elle.

— Comment s'appelle-t-il ?

— Tigre, et il était censé rentrer chez lui aujourd'hui.

— C'est bien ce qui se passera, dottoressa. Nous le prendrons avec nous. Je vous le promets. »

Brunetti l'observa en train de prendre cette offre en considération : il la vit se détendre et sut qu'elle l'accepterait.

Pucetti dut avoir la même réaction car il lui demanda : « Dites-moi où il vit et nous nous arrangerons pour l'amener chez lui.

— Ils habitent dans la *calle* qui commence au palazzo Boldù, à droite en sortant, répondit-elle après un moment d'hésitation. Leur nom sur la sonnette est Silbermann. » Puis, comme saisie d'un dernier brin d'incertitude, elle demanda : « Puis-je les appeler pour les prévenir qu'il rentre à la maison aujourd'hui ? »

Pucetti échangea un regard avec Foa qui sourit à la vétérinaire et déclara : « Non seulement qu'il rentre, mais qu'il rentre chez lui dans une vedette de la police. »

15

La dottoressa del Balzo n'opposa qu'une piètre résistance à la proposition de Brunetti de rentrer en vedette avec Foa et de l'attendre dans le bateau. Une fois que tous deux eurent disparu sous le passage couvert, Brunetti dit à Pucetti d'empêcher les gens d'entrer, puis il alla ouvrir la porte. Il entendit le chien aboyer dans la pièce de derrière et il jeta un coup d'œil circulaire. Les premières choses qu'il nota furent l'armoire renversée et l'ordinateur qui avait été lancé par terre et était donc désormais hors d'usage.

Évitant de poser ses pieds sur les espaces encombrés de papiers ou de verre, ou tachés de sang, Brunetti se dirigea vers la porte derrière le bureau et l'ouvrit d'un coup de coude. Le bruit redoubla et gagna en férocité. Le sol de cette pièce était recouvert de sang : pas étonnant que Pucetti ait eu une réaction aussi forte.

L'énorme chien avait cessé d'aboyer et observait Brunetti.

« Tout va bien, Zucca. Je suis ici pour voir comment tu vas. Tout va bien se passer », lui dit-il de la voix qu'il employait avec ses enfants lorsqu'ils étaient beaucoup plus jeunes.

Le commissaire fit un pas en avant et posa son pied sur quelque chose de doux. Il baissa les yeux et crut voir d'abord une peau de banane, mais les bananes ne sont pas grises, ni couvertes de fourrure.

« *Oh Gesù !* » s'écria-t-il, et le terrible aboiement reprit.

Brunetti l'ignora car il voulait en avoir le cœur net. Il regarda de nouveau et vit alors une oreille de lapin en plastique.

Lorsqu'il entendit la sirène plus distinctement, il se rendit sur le *campiello*. Les premiers intervenants sur la scène de crime, placée sous la houlette de son chef Bocchese, ne tardèrent pas à arriver. Brunetti salua les deux officiers par leur prénom lorsqu'ils posèrent leurs mallettes.

Bocchese s'approcha de Brunetti et le salua.

« Y a-t-il un endroit où nous puissions nous changer ? s'informa-t-il.

— Je ne crois pas que ce sera nécessaire. Il y a juste un chien de blessé. »

Bocchese, qui lui sembla plus petit que la dernière fois qu'il l'avait vu, se tourna vers ses hommes et leur dit : « Vous avez entendu le commissario. »

Un des techniciens ouvrit une grande mallette et en sortit des paires de surchaussures en plastique et des gants qu'il tendit aux différents membres de l'équipe.

Brunetti se demanda si les autres se rendaient compte aussi à quel point les combinaisons intégrales de protection étaient devenues familières dans les photos et les vidéos des dernières années à cause de la pandémie. « Je t'écoute, dit Bocchese, en interrompant ses pensées.

— Cette clinique vétérinaire a subi une effraction cette nuit, expliqua Brunetti, avec du vandalisme et peut-être des vols.

— Quoi ?! s'exclama Bocchese. Nous sommes venus à trois pour ça ?

— Il pourrait y avoir d'autres éléments impliqués, répliqua Brunetti.

— C'est fou», rétorqua le plus grand des officiers.

Brunetti se tourna vers Bocchese pour lui rendre les deux paquets en plastique.

«Je suis déjà allé à l'intérieur. Est-ce qu'il faut que je m'embête à les mettre ?

— C'est le règlement, Guido, donc enfile-les, s'il te plaît. »

Brunetti s'exécuta. Bocchese était déjà à la porte, avec ses hommes derrière lui. Pucetti était en train de parler au grand, mais il s'arrêta sur le seuil et recula d'un pas pour les laisser entrer. Brunetti les suivit à l'intérieur.

« Prenez des photos », leur intima Bocchese.

Lorsqu'il vit les traces de sang, il prit une profonde inspiration et dit, très doucement :

« Était-ce vraiment nécessaire, franchement ? » comme s'il faisait des reproches à un enfant.

Les techniciens commencèrent à pulvériser les objets qui avaient dû être touchés : le cadavre de l'ordinateur, la surface du bureau, les dossiers. Lorsqu'ils passèrent dans l'autre pièce, le chien partit d'un nouvel aboiement, encore plus empreint de panique.

Brunetti resta dans la salle d'attente, regrettant déjà d'être entré précédemment sans précaution, car il avait peut-être compliqué le futur travail de prélèvement de ses collègues.

Après avoir photographié la deuxième pièce un certain nombre de fois et pris des empreintes sur les surfaces et les objets, les deux techniciens rejoignirent Bocchese. Le chien se calma immédiatement et Brunetti put alors entendre les hommes chuchoter, ainsi que le frémissement des flacons pulvérisateurs et les bruits de pas.

Brunetti alla à la fenêtre et regarda le *campo*. Il vit Pucetti et Alvise en train de parler aux gens qui venaient les questionner et fut ravi de la posture détendue des deux officiers, de leur aisance dans ces conversations et des hochements de tête amicaux dont ils agrémentaient leurs propos.

Il s'aperçut que les voix, derrière lui, s'intensifiaient en volume. Il entendit un grattement sur le sol, une voix d'homme énoncer quelques brèves remarques, doucement, comme s'il exhortait un collègue à lui prêter main-forte. Il s'ensuivit quelques pas lourds, et lorsque Brunetti se tourna pour voir ce qui se passait, il vit un des hommes tenant un chat dans ses mains gantées. Le chat poussa sa tête à maintes reprises contre la manchette de la veste de l'agent. Finalement, il parvint à se blottir à l'intérieur et cessa de se tortiller.

Brunetti alla ouvrir l'armoire située de l'autre côté du bureau où il trouva trois petites cages en métal ; il prit celle du haut et en força l'ouverture. Il la remit au technicien qui la posa sur le bureau et comme si cette pratique lui était familière, il remonta ensuite sa manche et posa le chat avec douceur au fond de la cage. Le chat se mit en boule et mit une patte sur sa tête.

« Je pense que nous avons fini, déclara Bocchese.

— Voilà une opération rondement menée, constata Brunetti. Quinze minutes au maximum.

— Nous avons affaire à des *animaux*, signore, observa l'autre technicien, sans la moindre empathie dans la voix.

— Eux aussi sont vulnérables et sans défense », protesta Brunetti.

Ce n'est qu'un moment plus tard qu'il se rendit compte à quel point son discours faisait écho à celui de sa fille Chiara.

Bocchese émit un bruit et ouvrit la bouche, prêt à parler, mais avant de pouvoir prononcer le moindre mot, le technicien s'empara de la cage et demanda à Brunetti : « Votre collègue a dit qu'il était censé ramener ce chaton chez lui. Dois-je lui donner la cage ?

— Oui et dites-lui de le faire reconduire par l'autre pilote, Grandesso. C'est Foa qui me raccompagnera, ainsi que la dottoressa. » Brunetti constata qu'il n'avait pas pris en compte Alvise, un oubli qui était monnaie courante. « Dites-lui de prendre Alvise avec eux également, d'accord ?

— Oui, monsieur », confirma le technicien.

Il fit un hochement de tête à Bocchese et il sortit, la cage à la main.

Ainsi Bocchese et Brunetti se retrouvèrent-ils seuls, avec leurs derniers mots tourbillonnant dans l'esprit du commissaire.

« Qu'est-ce que tu en penses ? demanda Bocchese de son ton habituel.

— Je dirais que la personne a agi seule. Sinon, il y aurait eu plus de dégâts. »

Bocchese observa une dernière fois les objets lancés par terre, le sang et les dossiers pêle-mêle.

« Peut-être bien », se limita-t-il à répliquer, puis il ajouta : « Je vais ramener mes gars, mais comme cette affaire sera classée comme un cas de vandalisme, elle n'attirera pas beaucoup d'attention. Je n'ai jamais rencontré un cas analogue. Peut-être parce que nous ne nous attendons pas à ce que l'on traite ainsi les animaux. » Il marqua une pause et réfléchit à sa remarque : « Mon Dieu, est-ce que cela signifie que nous nous y attendons pour les humains ? »

Il détourna son regard de Brunetti, considéra ces derniers propos puis il dit au revoir au commissaire et sortit sur le *campiello* pour rassembler ses hommes et rentrer à la questure.

Brunetti attendit qu'ils soient tous partis, puis il ferma la porte à clef. Au moment où il appuyait sur la poignée pour s'assurer qu'elle était fermée correctement, quelqu'un l'appela de l'édifice d'en face :

« Signore ? Signore ? »

Brunetti mit les clefs dans sa poche et chercha du regard si la personne se trouvait au premier étage, mais la fenêtre était fermée et il n'y avait personne.

La femme au deuxième étage, cependant, était encore assise à la sienne.

« Signore, cria-t-elle une troisième fois. Pourriez-vous me dire ce qui se passe ? »

C'était une femme d'un certain âge, courtoise, qui semblait plus inquiète que curieuse.

« Il y a eu un délit d'effraction, signora », expliqua-t-il.

Elle saurait bientôt tout à ce sujet. Les voisinages sont poreux : les mots ont vite fait de les traverser.

« Est-ce que les animaux vont bien ? demanda-t-elle, incapable de dissimuler sa crainte.

— Il faut attendre pour voir, temporisa-t-il, ne voulant pas lui mentir, mais pas non plus lui raconter les faits.

— Êtes-vous de la police ? s'enquit-elle.

— Oui.

— Puis-je vous parler un instant ? demanda-t-elle poliment.

— Bien sûr, mais pas maintenant. Je dois m'entretenir avec la dottoressa.»

Elle fit un signe d'assentiment, comme si elle lui en accordait la permission.

«Puis-je venir vous parler à un autre moment, signora?

— Quand?

— Cet après-midi?» proposa-t-il, puis il ajouta, par politesse: «Si c'est possible pour vous.

— Je serai là, sonnez à Galvani.»

Elle ferma la fenêtre sur ces mots et disparut.

Lorsque Brunetti arriva à la vedette de la police, Foa était en train de nettoyer le tableau de bord. Il devait avoir entendu Brunetti approcher car il rangea le chiffon et passa sur le côté du bateau. Mais comme c'était à présent marée haute, Brunetti n'eut pas besoin d'aide pour monter à bord.

Il descendit les marches vers la cabine où il vit la dottoressa del Balzo assise sur le dernier siège sur la droite, en train de regarder au loin. Pour ne pas la surprendre, Brunetti tapa à la fenêtre et attendit qu'elle se tourne et le reconnaisse avant d'ouvrir la porte. Il apprécia la chaleur de la cabine.

Il entendit des bruits de pas et quelque chose tournicoter au-dessus de lui, puis le moteur vrombit lorsqu'ils s'écartèrent de la *riva*. Il prit place au milieu de la rangée de sièges opposée.

Elle portait encore la veste de la police et Brunetti se demanda si elle l'enlèverait une fois arrivée dans son bureau. Mais au fond, quelle importance?

«Dottoressa, commença-t-il en observant son visage, si vous êtes d'accord, nous pouvons aller à la questure maintenant et y discuter tant que les éléments sont encore frais dans votre mémoire. »

Il lui parla de nouveau en vénitien, pas en italien. Il avait constaté, au fil des années, l'effet calmant que produisait cette langue, surtout sur les femmes.

« Je n'y vois aucun inconvénient, mais je ne crois pas que parler servira à grand-chose. Vous avez bien vu ce qui s'est passé. Quelqu'un est entré par effraction et a saccagé ma clinique. Sans compter qu'un animal a été blessé. »

Il fut frappé par la ressemblance de sa voix avec celle d'Elisabetta : elles avaient le même timbre et s'exprimaient avec le même rythme ondoyant du dialecte de Vénétie, celui qui était si marqué dans la bouche de sa mère. Sa gorge se noua et elle dit, d'une voix tremblotante : « Mon chien... »

Une trace rouge apparut brusquement sur sa manche lorsqu'elle battit son cœur de la main.

Brunetti fit un signe d'assentiment, puis il la regarda en lui disant : « Je voudrais vous parler pour trouver un motif potentiel à ces faits. »

Ils étaient déjà entrés dans la *laguna* et Foa, de sa propre initiative, maintenait une vitesse modérée, afin qu'ils n'aient aucune difficulté à s'entendre.

Elle dévia son regard et l'orienta sur le cimetière qui approchait lentement sur la gauche. Brunetti examina son visage, à la recherche d'autres traits communs avec Elisabetta, mais il n'en trouva pas, ou très peu.

« Vous voulez dire pour quelle raison quelqu'un a pu se comporter ainsi ? demanda-t-elle. Mais parce qu'il est fou ! répondit-elle avec certitude.

— Et s'il ne l'est pas ? s'enquit-il, la confortant dans l'idée que c'était un homme.

— Pas fou ? » demanda-t-elle, comme si cette hypothèse dépassait son entendement.

Brunetti ne dit rien.

Il la vit saisir ensuite ce qu'il voulait dire et envisager cette possibilité : ses yeux s'agrandirent et sa bouche s'ouvrit suffisamment pour qu'il puisse apercevoir la séquence blanche de ses dents. Elle secoua la tête lentement, en un geste exprimant davantage d'incrédulité que de négation.

« Ce n'est pas poss... », commença-t-elle, mais sa voix ne fut pas à même d'achever la phrase.

Elle se détourna de lui – ou peut-être de ses mots – et elle regarda, par les fenêtres arrière, les montagnes se dessinant au loin.

« Si ce n'est pas un acte de folie, qu'est-ce qui peut l'avoir dicté ? »

Cette fois, ce fut Brunetti qui secoua la tête.

« Comme je vous l'ai dit, dottoressa, je ne sais rien, à part ce que j'ai vu dans votre bureau et je ne sais comment l'expliquer ; je ne vois pas non plus pourquoi quelqu'un voudrait vous attaquer.

— *Je* n'ai pas été attaquée », intervint-elle.

Brunetti s'appuya contre les dossiers rembourrés.

« Alors pouvez-vous me dire à qui appartient le cabinet et qui s'occupe des animaux ?

— À moi, bien sûr », répondit-elle, d'un ton indigné. Comme Brunetti ne répliqua pas, elle demanda instamment : « À quoi pensez-vous, commissario ?

— Le but de cette effraction n'était peut-être pas de faire peur aux animaux ou à leurs maîtres, dottoressa », déclara-t-il. Puis il se tut et attendit.

Elle finit alors par demander : « Mais de me faire peur à moi ? »

Brunetti eut la sensation qu'elle s'efforçait de paraître hardie ou révoltée, mais sa voix devenue rauque trahit sa crainte.

« Qu'est-ce qui vous donne le droit de faire une telle affirmation ? demanda-t-elle instamment, comme pour se donner du courage.

— Je n'ai pas dit cela, signora. J'ai émis une hypothèse. »

Essayant de jouer de nouveau la carte de l'indignation, et dans l'espoir d'y parvenir cette fois, elle demanda : « Pourquoi quelqu'un aurait-il fait une chose pareille ?

— C'est l'explication que j'attends de vous, signora », répondit Brunetti. Puis, laissant poindre volontairement un brin d'impatience et de lassitude dans sa voix, il poursuivit : « Cela nous épargnerait bien du temps. Et à vous aussi, dottoressa. Vous ne serez plus ennuyée par mes questions ou dérangée par la police si vous m'en dites un peu plus sur votre vie.

— Je ne sais pas ce que vous voulez dire. »

Brunetti songea à Elisabetta. Elle était un tantinet snob, mais étant l'enfant de gens bons et généreux, tout portait à croire qu'elle fût aussi une mère bonne et généreuse.

Brunetti fixa Flora.

« Je connais votre mère. Elle m'a fait part, récemment, de son inquiétude pour vous et votre mari. Elle m'a dit qu'il vous avait avertie que vous étiez tous deux en danger. »

À chacun des propos du commissaire, le visage de Flora rougissait de plus en plus, mais il ne pouvait cerner si c'était dû à sa colère contre sa mère ou à sa crainte que l'avertissement de son mari ne se concrétise.

« Elle n'avait pas le droit de vous parler », rétorqua la dottoressa del Balzo, mais Brunetti eut l'impression qu'elle se forçait à paraître fâchée.

« Je ne suis pas certain que les mères pensent en termes de droit », énonça Brunetti.

Avant qu'elle ne puisse répliquer, Brunetti entendit un bruit de tonnerre s'approcher soudainement ; la vedette fit une embardée sur la droite, reprit brusquement de la vitesse, puis vira sur la gauche. Ayant perdu son équilibre, Brunetti s'efforça de se remettre droit et regarda la dottoressa del Balzo qui avait réussi à rester à sa place.

La sirène sonna longtemps, ce qui exhorta Brunetti à se précipiter vers la porte et sur le pont. À quelques mètres à peine devant eux, il vit une énorme vedette blanche foncer au loin.

« Prenez une photo ! » cria Foa.

Brunetti sortit son portable et fit une série de photos de la poupe du bateau, qui capturèrent en lettres rouges le nom *Gigolo*.

« Que s'est-il passé ? demanda-t-il à Foa.

— Je l'ai entendu arriver et lorsque j'ai regardé en arrière, j'ai vu à quel point il me suivait de près. Je l'ai donc esquivé. Deux fois. » Puis il ajouta, après coup, « Cet abruti. » Il sortit le téléphone du bateau et composa un numéro. Une voix d'homme répondit, auquel Foa expliqua : « *Ciao* Lucio. C'est Sebastiano. Je suis vers les Fondamente Nuove. Il y a un fou, au volant d'une Riva Bravo blanche. Il m'est arrivé dessus si vite que je n'ai même pas eu le temps de m'en apercevoir ; je l'ai évité, du coup je ne sais pas s'il voulait m'emboutir ou me faire engloutir par une vague. » Foa cessa de parler et écouta son interlocuteur. « Environ douze mètres. Le nom à l'arrière est *Gigolo.* »

Brunetti ne parvint pas à comprendre les mots suivants, auxquels Foa répliqua :

« Je pense qu'il essayait de me faire peur. Mais j'ai une photo, enchaîna Foa face au silence de son correspondant. Il se dirige vers l'Arsenale. Peux-tu envoyer quelques bateaux pour l'arrêter ? »

L'homme parla un moment, puis Foa lui expliqua : « Il se pourrait qu'il aille à la Certosa[1], si c'est là que se trouve son anneau d'amarrage. Ou à San Giorgio, bien que le bateau risque d'être trop grand pour ce port. » Il s'ensuivit une autre interruption, après laquelle Foa enchaîna : « Non, c'est impossible pour lui. C'est un grand bateau, avec deux moteurs. »

Foa se tourna vers Brunetti pour lui parler, mais l'homme au téléphone poursuivit son discours qui échappa au pilote.

« Répète, s'il te plaît », l'enjoignit-il et à la fin de la conversation, Foa lui dit : « Merci. Bien sûr », et il raccrocha.

« Il a dit qu'il va envoyer trois bateaux. Ils voudraient vos photos. Même si je doute qu'il y ait beaucoup de bateaux dénommés *Gigolo*. Vous avez le numéro de la Capitaneria ? »

Brunetti opina du chef, trouva le numéro dans son téléphone et envoya les photos.

« Allons-nous à la questure, signore ? demanda Foa en ralentissant.

1. Île située au nord-est de Venise, à moins de 250 mètres de San Pietro di Castello.

— Oui, c'est le mieux», confirma Brunetti. Puis, en songeant à la dottoressa del Balzo, il dit: «J'espère que cet incident ne l'a pas trop perturbée.

— Est-ce qu'elle vit à Murano?

— Non. En ville. Mais elle travaille à Murano.

— Alors il y a peu de chance qu'elle l'ait été, signore», déclara Foa au moment où ils prenaient le rio Santa Giustina.

— Pourquoi?

— Le canal qui dessert l'aéroport passe près de cette île, donc elle a dû voir des tonnes de bateaux passer à toute vitesse.»

Brunetti prit cette sage réflexion en considération un moment, puis redescendit dans la cabine.

16

La vedette glissa le long du quai situé face à la questure et Brunetti attendit que Foa ait amarré avant de se lever. Il ouvrit alors une des deux portes battantes, la tint ouverte pour la dottoressa del Balzo, grimpa sur le quai, puis il l'aida à monter sur la *riva*.

« C'est au troisième étage », lui dit lorsqu'ils entrèrent dans la questure, en lui indiquant l'escalier. J'en ai pour un instant. »

Il revint vers le planton et lui dit à voix basse : « Va voir si une des femmes officiers aurait une tenue de rechange – pas un uniforme de la police – à prêter à la dottoressa del Balzo.

— Et si jamais elles en ont une ?

— Fais-la monter dans mon bureau. »

Munaro salua Brunetti qui rejoignit la dottoressa del Balzo. Une fois entrés dans son bureau, Brunetti lui demanda : « Puis-je vous offrir quelque chose à boire ? »

Elle s'était installée dans l'un des fauteuils et se tourna vers lui à ces mots.

« C'est la première fois que j'entre dans une questure, lui répondit-elle au bout d'un moment, sans répondre à son offre, mais malgré tout ce que j'ai pu voir à la télévision, je ne me serais jamais attendue à ce qu'un commissario me propose un verre. »

Elle accompagna cette réflexion d'un sourire, et la glace était enfin brisée.

Brunetti ne prit pas place derrière son bureau ; il s'approcha de l'autre fauteuil et le tourna face à elle.

« Nous gardons la violence pour plus tard, se risqua-t-il à dire, avec l'espoir que l'absurdité de la remarque la calmerait.

— J'en suis fort soulagée.

— Cependant, il me faut votre numéro de téléphone. Et celui de votre mari, si vous voulez bien me les donner. »

Elle acquiesça après un instant de réflexion. Il les nota dans son calepin puis, en réponse à l'aisance avec laquelle elle avait accepté sa plaisanterie sur la violence, il le ferma et le lança sur son bureau.

Brunetti avait décidé de ne pas enregistrer leur conversation pour lui faciliter la situation et il la pria seulement de lui expliquer de manière plus circonstanciée l'état de la clinique ce matin-là et les raisons de la crainte de sa mère au sujet de son mari.

Avant qu'il ne puisse en dire davantage, on frappa à la porte et il dit : « *Avanti !*[1] », espérant que ce soit une des femmes officiers.

Son vœu fut exaucé : c'était Campi, une de leurs dernières recrues, une jeune femme qui sortait tout juste de l'école et qui, d'après ce qu'on lui avait dit, était pleinement confiante envers le monde et désirait ardemment le rendre meilleur. Brunetti, qui n'était pas un être spécialement voué à la prière, espéra qu'elle avance dans sa carrière en conservant cet état d'esprit.

---

1. Entrez !

« Ah, officier Campi ! » s'exclama Brunetti en se levant.

Il vit qu'elle avait une veste en cuir noir sur son bras droit et un pull gris dans la main gauche. Au bout de sa main droite se balançait un sac en papier du magasin COIN, désormais disparu.

« Munaro m'a demandé de vous monter ceci, commissario, dit-elle. J'espère que cela conviendra.

— C'est la dottoressa del Balzo qui va en juger, officier », répliqua-t-il en se tenant sur le côté et en la présentant d'un signe de la main.

— Est-ce à vous ? demanda la dottoressa.

— Je garde toujours des vêtements de rechange dans mon casier, répondit-elle avec un sourire.

— J'ai pensé que vous auriez peut-être envie de changer de vêtements, déclara Brunetti à la dottoressa del Balzo. Vous pouvez vous changer ici, dottoressa. Je reviens dans quelques minutes et nous reprendrons notre conversation. »

Cinq minutes plus tard environ, l'officier Campi sortit de son bureau en laissant la porte ouverte derrière elle. Elle rejoignit Brunetti et lui demanda, en désignant le sac :

« Qu'est-ce que j'en fais, monsieur ?

— Le mieux est de les détruire, je crois.

— Même la veste d'uniforme ?

— Oui. Personne au courant de la situation ne voudra la porter. »

Au vu de l'expression vide qui s'afficha sur son visage, Brunetti inféra que le docteur ne lui avait rien raconté.

« Donnez-les à Munaro et dites-lui de les jeter.

— Oui, monsieur », se contenta-t-elle de répliquer.

Lorsqu'elle se retira, il nota qu'elle tenait désormais le sac à distance.

Au moment où Brunetti retourna dans son bureau, il vit la veste en cuir accrochée au dossier du fauteuil de la dottoressa del Balzo, qui avait enfilé le pull gris.

Il regagna son fauteuil en lui proposant :

« Peut-être pouvons-nous parler à présent, dottoressa ? »

Au lieu de répondre, elle sortit son *telefonino* et le lui passa.

« Lisez cela », dit-elle.

Il baissa les yeux et vit un message sur l'écran.

C'est un homme fiable. Fais-lui confiance.

Il lui rendit le téléphone.

« Pendant que l'officier me donnait les vêtements, commença Flora, j'ai envoyé un message à ma mère pour lui demander son avis sur vous. Et voilà sa réponse.

— J'en suis flatté. Il y avait longtemps que nous ne nous étions plus vus, hormis les brèves rencontres dans la rue, à la vénitienne.

— Je ne me souviens pas qu'elle m'ait parlé de vous.

— C'était il y a très longtemps, et j'étais jeune. Nous étions voisins. Je connaissais mieux sa mère, en fait.

— Ma grand-mère, donc.

— Oui.

— Elle est morte il y a quelques années seulement.

— Votre mère me l'a dit. Toutes mes condoléances. C'était une femme bonne et généreuse », déclara-t-il au bout d'un moment de réflexion, avec la plus grande formalité. Conscient qu'ils étaient arrivés tous deux à un point mort, Brunetti décida de précipiter les choses et lui demanda, en indiquant le *telefonino* :

« Croyez-vous ce message ?

— Vous êtes un policier. »

Brunetti rit sous l'effet de la surprise.

« Cela signifie-t-il que vous pouvez, ou que vous ne pouvez pas me faire confiance ? »

Elle remua nerveusement dans son fauteuil.

« Je suppose que cela dépend du policier, répondit-elle, puis elle ajouta : Ma mère était inquiète quand je lui ai raconté ce qui s'est passé. Elle a tendance à exagérer. »

Ne sachant trop si elle se référait aux propos de sa mère sur son mari, ou à ce qui était arrivé dans la clinique, il demanda :

« Faites-vous allusion au… problème avec votre époux ?

— Ce n'est pas un problème, rétorqua-t-elle. Je me faisais du souci pour lui parce que je le sentais stressé, à un moment donné. Et chaque fois que je lui demandais ce qui n'allait pas, il me répondait que ce n'était rien. Une seule fois il a dit que c'était à cause de son travail, mais qu'il ne fallait pas que je m'inquiète. » Elle secoua la tête. « Je ne sais pas. » Elle se redressa et demanda, incapable de dissimuler sa nervosité :

« Qu'est-ce que ma mère vous a dit ?

— Plus ou moins ce que vous venez de me dire.

— Plus ou moins ? »

Elle tentait de rester calme, mais ses yeux débordaient de soupçons.

« Elle semblait croire que la réaction de votre mari était excessive et que vous étiez tous deux potentiellement en danger. » Ce n'est qu'au moment où il s'entendit le formuler lui-même à haute voix qu'il se rendit compte combien ce discours était vague. Puis, espérant la surprendre, il ajouta : « Elle a dit aussi qu'elle craint qu'il ne soit impliqué dans une sale affaire. »

La dottoressa tomba des nues, mais resta silencieuse.

Sans tenir compte le moins du monde de sa réaction, il poursuivit :

« Elle n'avait aucune idée cependant de la cause du problème. »

Face à son mutisme, Brunetti continua : « Le seul autre élément qu'elle a ajouté est qu'elle considère votre mari comme quelqu'un de très bien et qu'il ne peut être impliqué dans une situation malhonnête.

— Elle pense donc qu'il est impliqué dans une « sale affaire », mais elle le considère quand même comme quelqu'un de bien qui ne pourrait être impliqué dans une « situation malhonnête » ? réitéra-t-elle sur un ton sarcastique, et en gardant la colère en réserve.

— C'est ce qu'il semblerait, confirma Brunetti.

— N'y percevez-vous pas une contradiction, commissario ?

— Bien sûr. Mais les gens ont souvent des opinions contradictoires sur les autres. Surtout lorsqu'il s'agit de leurs proches. »

Il pensa, à tort, que cette réflexion l'inciterait à parler.

« Avez-vous appelé votre mari ? Pour lui raconter ce qui est arrivé dans votre clinique. »

Elle leva les yeux, confuse : « Non. Je n'ai pas eu le temps. La seule personne que j'ai appelée, c'est ma mère.

— Pourquoi ne lui avez-vous pas téléphoné, Flora ? Vous auriez pu le faire pendant que vous m'attendiez.

— Parce que j'ai peur, avoua-t-elle. Non, ce n'est pas le bon mot, corrigea-t-elle. Je suis inquiète. C'est différent.

— Différent de la peur ?

— Oui.

— Qu'est-ce qui vous inquiète ?

— Le fait qu'il ait pu avoir raison et qu'il y ait un lien entre ce qui le tracasse et ce qui s'est passé cette nuit.

— Quel genre de lien ? »

Elle secoua la tête et laissa s'écouler un certain temps. Puis elle leva brusquement les yeux sur lui et demanda : « Connaissez-vous le jeu des murmures ?

— Pardon ?

— Nous y jouions quand nous étions petits. On s'assoit en rond et quelqu'un murmure quelque chose à la personne assise à côté de lui ou d'elle, et cette personne le répète à la personne suivante, qui le dit à la suivante, etc., et le temps que la phrase revienne à la personne qui l'a prononcée la première, ce n'est plus du tout la même chose.

— Nous appelions cela le téléphone arabe, dit Brunetti. Où voulez-vous en venir ?

— C'est ce qui arrive quand vous dites quelque chose à quelqu'un. Vous lui confiez une version de la situation, et après que deux ou trois personnes l'ont transmise, elle est complètement différente. C'est ce qui s'est passé dans ce cas. Enrico m'a confié qu'il avait des problèmes ; j'ai imaginé que c'était en lien avec son travail et je suppose que c'est ce que j'ai raconté à ma mère. » Elle parlait de plus en plus vite, pendant qu'elle cherchait à se remémorer ces conversations, et elle finit par laisser échapper : « Ou c'est peut-être moi qui ai amplifié cette histoire sans le vouloir. »

Elle cessa alors de parler et ferma les yeux.

« Lorsque Enrico m'a dit qu'il y avait longtemps que cette situation lui causait des soucis, j'ai supposé que c'était au travail ; où pourrait-il en avoir ailleurs ? » reprit-elle, au bout d'un moment, en ouvrant les yeux.

Brunetti savait qu'il valait mieux ne pas intervenir à ce moment-là.

« Le fait que votre mari ait des problèmes au travail ne me semble pas une information particulièrement préoccupante.

— Je suppose que cela dépend de la nature des problèmes.

— Savez-vous de quoi il s'agit ? »

Elle secoua la tête lentement. Peut-être voulait-elle simplement dire non, mais Brunetti lut dans ce geste toute la détresse qu'elle éprouvait à se trouver là, avec la police, en train de discuter de son mari.

« Le seul problème qu'il ait jamais rencontré s'est posé il y a trois ans, et il a été résolu.

— Dites-m'en plus.

— Lorsque mon père a décidé de fonder une institution caritative, Enrico a fait le gros du travail pour lui et quelques mois après que la fondation a été établie et en état de fonctionnement, il lui a dit que son rôle était terminé et qu'il voulait retourner s'occuper de ses clients à temps complet. »

Comme Brunetti garda le silence, elle ajouta : « Tout était devenu compliqué et avait pris beaucoup plus de temps qu'ils ne l'avaient l'un et l'autre prévu. Comme l'organisme s'était agrandi, mon père a embauché une secrétaire. La secrétaire était payée, expliqua-t-elle en accélérant malgré elle le rythme de son élocution, mais Enrico ne voulait aucune rétribution de la part de mon père, même quand je lui conseillé d'accepter. Pendant tout le temps où il l'a aidé, il a refusé de nouveaux clients et il arrivait tout juste à suivre ceux qu'il avait déjà. Deux sont même partis, d'après lui. Non pas que mon père ait jamais pris la peine de… »

Elle se tut ; un mot de plus, et elle plongeait dans le précipice.

Si Brunetti avait été un chien, il aurait fortement reniflé à ce moment-là, peut-être même commencé à haleter. L'imagination du commissaire se débrida lorsqu'il perçut le ressentiment dans la voix de Flora, qui avait une odeur de chair fraîche, et ce constat le métamorphosa en quelque chose de plus sinistre qu'un chien. Un chacal, peut-être ? Dans tous les cas, un sombre charognard.

« Pourquoi n'a-t-il pas expliqué tout simplement à votre père qu'il avait besoin de revenus ? s'enquit Brunetti.

— Parce que c'est un homme, rétorqua-t-elle avec une amertume dont Brunetti put presque sentir le goût dans sa bouche. Parce qu'il ne pouvait admettre son incapacité à subvenir aux besoins de sa femme, et qu'il s'agissait là de son beau-père. » Elle marqua une pause et baissa la tête, gênée d'avoir laissé éclater sa colère au grand jour et ajouta : « Ou peut-être ne voulait-il pas que mon père se sente redevable vis-à-vis de lui. »

Elle soupira : « Enrico n'avait pas imaginé que cette tâche durerait aussi longtemps, sinon je suppose qu'il n'aurait pas proposé de l'effectuer à titre gracieux. Je venais d'ouvrir la clinique et nous avions vraiment besoin tous les deux d'une rentrée d'argent.

— Je comprends, répliqua Brunetti. Savez-vous comment votre père a réagi quand votre mari s'est retiré ?

— Enrico ne me l'a jamais dit. Et je ne voulais pas le lui demander. »

Son ton incita Brunetti à prendre un air inquiet, et il songea qu'il était temps de poser une question destinée à faire diversion.

« A-t-il eu des problèmes avec ses clients actuels ?

— Pas que je sache.

— Ni avec aucun des employés de votre père ?

— Je n'en ai aucune idée. »

Sa voix était d'une froideur robotique.

Ayant la sensation qu'ils se dirigeaient vers une impasse, Brunetti rebroussa chemin.

« Ce que j'ai vu dans votre clinique aujourd'hui était plutôt perturbant. Ce délit a-t-il pu être commis par un de vos clients ? Peut-être à cause d'un traitement qui n'a pas marché, ou d'un animal qui est mort alors qu'on l'avait confié à vos soins ? »

Elle le regarda, confuse, comme si un tel cas de figure n'était pas envisageable. Au bout d'un moment, cependant, elle prit un air abasourdi, comme si quelqu'un venait de l'insulter.

« Ça m'était sorti de la tête, dit-elle. C'était si fou que j'ai tout occulté. »

Avant même que Brunetti ne puisse lui demander des précisions, elle commença à raconter : « Il y a quelques mois, une femme de Burano m'a amené un chien qu'elle avait trouvé, selon elle, dans la rue, ce qui expliquait pourquoi il n'avait pas de puce ni de carnet de vaccination. Le chien était dans un état pitoyable : dénutri, sale, apathique. Il faisait à peine vingt centimètres et il pesait… Je ne me souviens pas, mais à peine cinq kilos. » Elle cessa de parler comme si le simple souvenir de ce chien suffisait à la déstabiliser. D'un air absent, elle ajouta : « Une douce petite chose, cependant.

— Qu'est-ce que cette femme attendait de vous ?

— Elle m'a demandé si je pouvais faire quelque chose pour lui ou s'il fallait le piquer. Je lui ai répondu que je ferais ce que je pourrais et lui ai demandé d'appeler deux jours plus tard. »

Elle regarda Brunetti et tordit la bouche en esquissant un semblant de sourire ou une grimace de résignation.

« Et puis ?

— Je ne l'ai plus jamais revue. Le numéro de téléphone qu'elle m'avait donné n'existait pas et tout ce que j'avais, c'était le nom de la chienne : Georgia.

— Que lui est-il arrivé ?

— Je l'ai examinée, je lui ai fait une prise de sang. Elle avait tous les symptômes d'une dirofilariose à un stade avancé : le ventre enflé, l'état de léthargie, le manque d'appétit et une forte fièvre. » Puis, elle indiqua : « C'est une maladie transmise par les moustiques. »

Brunetti comprit que la spécialiste en elle avait pris le dessus et qu'il ne pouvait qu'écouter.

« Par sécurité, j'ai fait un test pour ces filaires et comme il était positif, j'ai commencé un traitement d'antibiotiques qui a mis plus d'un mois pour désintégrer les vers, mais elle était solide – ce doit être son côté jack russell – et en six semaines, elle était d'aplomb. Il faut y aller doucement quand vous tuez ces vers, expliqua-t-elle face à l'inquiétude visible de Brunetti, car si vous les tuez trop vite au début, les vers morts peuvent provoquer une occlusion et tuer le chien.

— Où était Georgia pendant tout ce temps ? demanda-t-il, désormais intéressé.

— Je l'ai gardée à la clinique et quand elle a commencé à aller mieux, mon assistante la sortait deux fois par jour, ou moi parfois.

— Est-ce que cette histoire a bien fini ? s'enquit-il, pour ne pas perdre davantage de temps.

— Peut-être. Après six semaines, ce n'était plus le même animal. Elle avait complètement recouvré la santé et elle était d'une douceur étonnante après une telle maltraitance, et très affectueuse. J'ai rencontré une cliente dans la rue qui m'a appris que son chien était mort deux semaines plus tôt et lorsqu'elle a dit qu'elle en voulait un autre, je lui ai demandé si elle aimerait prendre Georgia. Elle a accepté. Je lui avais déjà mis une puce et fait tous les vaccins nécessaires, si bien qu'elle a pu intégrer rapidement son nouveau foyer.

— Pourquoi me racontez-vous cette histoire, signora ?

— Parce qu'il y a deux semaines, une autre femme de Burano est arrivée un jour, avec son fils, qui avait un air de voyou, me disant qu'ils voulaient leur chienne. Je leur ai expliqué que je ne savais pas de quoi ils parlaient et le fils n'arrêtait pas de répéter que c'est moi qui l'avais et qu'ils voulaient la récupérer. Ils savaient que leur voisine l'avait volée.

« Le fils insistait sur le fait que leur voisine me l'avait laissée. Je les ai amenés dans l'autre pièce et leur ai montré les chiens qui étaient dans le chenil. Leur chienne n'était pas là, naturellement, mais ils ne voulaient pas me croire. Comme si je retenais en otage leur chienne !

— Qu'avez-vous fait ?

— Je les ai menacés d'appeler la police s'ils ne partaient pas.

— Et sont-ils sortis ?

— Ils ont fini par partir, mais non sans me prévenir qu'ils reviendraient, dit-elle d'un ton gêné.

— Pourquoi ne me l'avez-vous pas raconté plus tôt ?

— On aurait dit des gens venus d'une autre planète, dit-elle en levant les mains en signe de désespoir, et j'ai décidé qu'ils n'étaient certainement pas dignes d'avoir un chien. »

Elle marqua une pause et Brunetti réprima son impatience.

« Chaque fois que l'un d'entre eux disait quelque chose, l'autre le répétait. Et ils ne m'ont jamais regardée droit dans les yeux. Ils ont passé leur temps à lorgner tout ce qu'il y avait dans la clinique, comme pour en évaluer le prix : la table, les armoires, les instruments à l'intérieur.

— Vous ont-ils menacée ?

— Est-ce que je ne viens pas de vous le dire ? répliqua-t-elle, non sans irritation.

— Je raisonne comme un avocat, dottoressa. »

Brunetti parla calmement et attendit de la sentir prête à en entendre davantage.

« Ont-ils dit explicitement qu'ils vous feraient du mal si vous ne vous exécutiez pas ? » Il vit l'effet de ses mots sur son visage et ajouta : « Ou vous ont-ils agressée physiquement ?

— D'accord, vous avez gagné, déclara-t-elle. Ils ne m'ont pas fait peur, pas exactement, mais ils étaient très bizarres ; je ne suis pas habituée à être entourée de ce genre d'individus. Les gens qui ont des animaux sont généralement plus calmes. Surtout si ce sont des passionnés de chiens. Ce sont les passionnés de chats qui peuvent être bizarres parfois », nuança-t-elle.

Malgré tout l'intérêt que pouvaient présenter ces propos, Brunetti décida de revenir au sujet d'origine, mais la dottoressa le devança et lui demanda : « Croyez-vous qu'ils puissent être en lien avec l'attaque ?

— Comment étaient-ils ? » s'enquit le commissaire en ignorant sa question.

Elle regarda soudain par la fenêtre. Il la suivit des yeux et ils aperçurent au même moment un nuage de la taille d'un paquebot de croisière flotter en direction de San Marco. « La femme doit avoir dans les soixante-dix ans : les cheveux gris et sales, qui lui arrivent aux épaules ; des lunettes qui lui grossissent les yeux ; naturellement, un dentier et un accent de Burano très marqué. » Brunetti attendit pour voir si d'autres éléments lui reviendraient en mémoire. Visiblement oui, car elle enchaîna : « Le fils doit avoir dans les cinquante ans, peut-être moins. Rien à signaler à son sujet : il doit faire à peu près votre taille, il est très mince et il a le même accent de Burano. Les cheveux clairsemés, coupés très court, brun foncé avec beaucoup de mèches blanches.

— Est-ce que l'un des deux semblait plus… instable ? demanda Brunetti.

— La mère, répondit-elle sans hésitation. Lui, apparemment, n'était là que pour appuyer ses mots. Chacun de ses mots. Mais c'était elle qui menait le jeu ; elle n'arrêtait pas de dire "ma chienne". »

Brunetti s'abstint de tout commentaire.

Avec un geste d'impuissance, elle poursuivit : « J'ignore complètement qui ils sont. J'ai vérifié : ils n'ont volé aucune des drogues. Vous savez que les toxicomanes entrent par effraction dans nos cliniques, aussi. Les drogues sont les mêmes dans certains cas, surtout la kétamine et la buprénorphine, et les gens qui les volent savent lesquelles sont les plus efficaces. Ils ont même appris à adapter les dosages en fonction du poids de la personne. »

Faute de commentaire adéquat, Brunetti demanda : « Pouvez-vous imaginer une autre raison expliquant ce délit ?

— Ce pourrait être ce qu'Enrico a dit : le fait qu'il travaille sur une question dérangeante pour certaines personnes. Mais c'est insensé, car il ne fait que tenir des registres comptables. Pourquoi un individu ne voudrait-il pas qu'il parle de son travail ? Et pourquoi s'en prendre à moi plutôt qu'à lui ? »

Brunetti saisit l'occasion pour suggérer : « Ce pourrait être un ancien client. Pas forcément à vous, mais à lui. »

Comme elle se contenta de hocher la tête, il sentit qu'elle avait atteint le point où l'incapacité à comprendre la situation menait à l'exaspération, puis au refus.

« Une dernière chose, ajouta-t-il en cachant sa propre sensation d'inanité devant cette quête d'informations. Avez-vous remarqué des réactions étranges chez votre mari, ces dernières semaines ? »

Brunetti la vit contracter la bouche en creusant ses joues et ses yeux se plissèrent comme si elle s'obligeait à voir dans l'obscurité. Puis elle pinça les lèvres et secoua la tête, comme on le fait après avoir débité une ineptie.

« Non, pas vraiment.

— Dites-moi la vérité », répliqua-t-il avec un sourire et en prenant la voix qu'il utilisait pour amadouer ses enfants quand ils hésitaient à répondre à une question.

Pour la première fois, il remarqua trois fines lignes lui sillonnant le front.

Au moment où il crut qu'elle se refuserait à parler, elle énonça, de manière presque inaudible :

« C'est quelque chose de stupide. D'insignifiant.

— Rien n'est insignifiant, Flora. »

L'évocation de son nom la fit tomber, visiblement, dans l'étau de l'obéissance.

« Il y a quelques semaines, nous avions décidé d'aller nous promener après dîner. C'était une belle nuit de pleine lune. » Puis, avec la nostalgie ou l'ironie dont les Vénitiens enveloppent souvent la beauté éclatante de leur ville, elle ajouta : « *Venice by night* », mais son sourire n'en était pas véritablement un. « Ce devait être autour de minuit. Nous avions traversé le campo Manin et nous étions arrivés devant l'agence de voyages près du pont. » Elle se corrigea rapidement à cette évocation et mentionna "l'ancienne" agence de voyages, la formule usuelle pour tout magasin ou bureau tué par la *pandemia*.

« Tu la connais, n'est-ce pas ? demanda-t-elle en passant cette fois au vénitien et au "tu" familier.

— Oui », confirma-t-il, se souvenant des vitrines poussiéreuses et des plantes mortes, des affiches publicitaires ternies par le soleil, du cri d'aridité et de misère qui s'échappait des fenêtres chaque fois qu'il passait devant.

« Nous nous sommes arrêtés et avons regardé les brochures de l'agence qui sont encore en vitrine. Est-ce que tu les as remarquées ? » s'enquit-elle à brûle-pourpoint.

Brunetti acquiesça.

« Abandonnées par terre, dit-il, avec l'herbe autour des piscines qui ne pousse plus : elle se décolore un peu plus chaque mois. Et les palmiers qui sont presque blancs, désormais.

— Nous étions en train de les regarder et de nous demander pourquoi nous désirions, autrefois, aller dans ces endroits. Puis Enrico a cessé de parler et s'est mis à scruter la vitrine. C'était très étrange. Il regardait fixement à l'intérieur, sans proférer le moindre mot, et moi, c'est son visage que je regardais. On aurait dit qu'il était en train de se remémorer un souvenir ou une conversation. J'ai fini par poser ma main sur son bras et je l'ai un peu secoué ; il m'a regardée comme s'il était surpris de me voir là. Je lui ai demandé s'il allait bien, mais je pense qu'il ne m'a pas entendue, ou qu'il n'a pas compris. Il a de nouveau regardé à l'intérieur, puis il a émis un grognement comme s'il avait reçu un coup. Je me suis demandé s'il allait avoir un infarctus ou un AVC, mais je ne pouvais pas parler, tellement j'étais terrifiée. Puis il s'est tourné pour me regarder et il a été traversé d'une expression qui m'a fait encore plus peur. Il n'y avait plus aucune émotion : son visage était éteint. J'ai été si effrayée que j'ai dû faire un bruit. Sans réfléchir, j'ai reculé pour m'écarter de lui et j'ai levé les mains devant moi, et c'est ainsi que le sortilège s'est brisé. Il a plaqué ses mains sur la vitrine et y a appuyé son front, puis il a fait un autre bruit, comme un gémissement. Au bout d'un moment, il m'a regardée en essayant de sourire et m'a dit que nous devrions rentrer.

— Avez-vous parlé de cet incident ?

— Je lui ai posé des questions en chemin, et aussi le lendemain matin, mais il m'a répondu les deux fois qu'il avait juste eu un moment de faiblesse, rien de plus. »

Pour calmer ses mains, elle les croisa et les posa sur ses genoux.

« Tu ne le connais pas. Une fois qu'il a pris une décision, il est impossible de le faire changer d'avis. Et il a pris la décision de ne pas en parler. Mais quoi qu'il soit arrivé, il en a été profondément perturbé.

— Perturbé par ce qu'il a vu ?

— Ce ne pourrait être une autre raison. »

Brunetti reconnaissait, du fait de sa longue expérience, les signes attestant qu'un témoin avait atteint ses limites : il sentit qu'il avait le temps de poser une seule et dernière question.

« Est-ce que tu crois que c'est en lien avec son travail ? »

Elle se leva brusquement. Il recula son fauteuil en silence, se leva à son tour et se dirigea vers la porte. Il la lui tint ouverte pour lui permettre de la franchir avant lui. Une fois dans le couloir, elle leva la main et dit : « Je connais le chemin, merci. »

Il hocha la tête, la remercia d'être venue et lui assura qu'ils la contacteraient s'ils avaient du nouveau sur l'attaque de sa clinique. Puis il sourit et déclara, en toute sincérité :

« Je suis ravi que Georgia n'ait pas été là quand ils sont venus. »

Elle avait déjà tourné en direction de l'escalier, mais ces mots l'arrêtèrent. Elle pivota vers lui et dit : « Merci. Moi aussi. » Puis, comme si elle achevait le plus naturellement du monde sa dernière phrase, elle ajouta : « Je ne vois pas ce que ce pourrait être d'autre que son travail. »

17

La dottoressa del Balzo avait à peine commencé à descendre les marches que Brunetti essaya d'imaginer de quoi son mari pouvait bien avoir peur. L'attaque de la clinique montrait que les craintes de Fenzo et de sa femme étaient justifiées. Pouvaient-ils avoir reçu un avertissement plus clair ? *Cette fois-ci, les animaux ; la prochaine fois, ce sera vous.*

Ses pensées furent interrompues par l'arrivée de Pucetti. Brunetti lui fit signe d'entrer en lui demandant : « Comment cela s'est-il passé ?

— Ils n'étaient pas chez eux, donc j'ai confié le chat à Claudio, le libraire au coin de la rue, qui les connaît très bien. »

Brunetti lui désigna une chaise et une fois Pucetti assis, il lui demanda : « Est-ce que tu as trouvé les autres ? »

Pucetti sourit en guise de réponse affirmative et expliqua : « Comme elle est dans l'annuaire, je suis allé parler aux gars du poste de carabinieri sur le campo dei Gesuiti, mais ils ne savaient pas qui c'était. Le restaurant sur le *campo* est encore fermé, mais le bar en face, qui appartient au même propriétaire, est ouvert. Je suis allé le voir et il m'a dit que Fenzo lui avait fait économiser beaucoup d'argent au fil des ans en déclarant des frais qu'il pouvait déduire de ses impôts, alors qu'on ne l'avait jamais mis au courant de cette possibilité, et en l'inscrivant dans la liste des commerces pouvant bénéficier des indemnisations de solidarité relatives au Covid. »

Après un moment de réflexion, Pucetti déclara : « C'est bizarre, monsieur. Le restaurant et le bar sont les seuls locaux commerciaux sur le *campo*, qui est pourtant grand, vous le savez. Est-ce que… ?

— Quoi donc ? demanda Brunetti

— Est-ce que la ville était comme ça autrefois, avec de vrais commerces à taille humaine, où l'on pouvait acheter de vraies choses fabriquées localement ?

— Comme des boutons et des casseroles ? précisa Brunetti.

— Oui, par exemple.

— On pouvait même y trouver des sous-vêtements cousus avec soin, des pâtes fraîches et des fleurs de saison, fut-il ravi de révéler.

— C'est ce que me raconte ma mère. On dirait un conte de fées. » Au vu de l'expression de Brunetti, il ajouta rapidement : « Pour moi en tout cas, monsieur.

— Oui, c'était différent, confirma Brunetti, sans avoir envie toutefois de continuer sur ce sujet. Merci d'avoir ramené le chat, Pucetti.

— Je vous en prie, monsieur. Chaque fois que je peux vous aider… »

Il s'arrêta au milieu de la phrase, salua le commissario et le laissa à ses pensées.

Ramener un chat chez lui, dans une vedette de la police ? Avait-il réellement donné cet ordre ? Il avait été conscient, pendant des mois entiers, de la léthargie invasive dont la *pandemia* semblait avoir frappé tout un chacun, indépendamment des autres symptômes néfastes dont les gens avaient pu être victimes. On mettait plus de temps à prendre des décisions, ou à regretter de les avoir prises. Même écrire un e-mail avec un simple « Oui » ou « Non » pouvait prendre une semaine. Se souvenir des conversations qu'il avait eues lui demandait à présent un effort. Mais se servir d'une vedette de la police pour ramener un chat à son maître : là, c'était du délire. Cette anecdote lui fit songer à la signora Galvani, cette vieille voisine qui voulait lui parler de l'affaire de la clinique.

Vu son âge, Brunetti la chercha dans l'annuaire et l'y trouva effectivement : Vittoria Galvani, la seule Galvani répertoriée sur l'île de Murano.

Lorsqu'elle répondit, Brunetti se présenta et s'identifia comme le policier auquel elle avait parlé et lui expliqua qu'il pourrait venir la voir après le déjeuner, sans pouvoir toutefois lui donner une heure exacte.

Sans doute, songea Brunetti, que la perception du temps est différente pour les personnes âgées, car ce manque de précision ne sembla pas du tout l'avoir dérangée ; elle lui répondit qu'elle serait à la maison tout l'après-midi et qu'il pouvait donc passer quand cela l'arrangerait.

Une fois cet accord établi, il s'occupa de trier ses e-mails. La signorina Elettra l'informait que Griffoni et Vianello étaient tous deux revenus de leurs missions respectives. Il les appela immédiatement et les convoqua dans son bureau pour discuter de leur enquête en cours.

Griffoni arriva la première, en jupe et pull marron, et chaussée de baskets noires ; derrière elle, Vianello, en uniforme. Ils entrèrent et pendant qu'ils disposaient leurs fauteuils, la signorina Elettra les rejoignit et invita Vianello à ramener un troisième fauteuil, situé près de la fenêtre. Ils étaient tous venus, nota Brunetti, avec des pochettes.

Il leur fit un sourire détendu, du moins selon lui, et dit, sans préambule : « Claudia, veux-tu commencer ? »

Elle acquiesça, sortit quelques documents et expliqua : « J'ai les relevés bancaires de Bruno del Balzo ; tout semblait en ordre jusqu'à il y a trois ans, c'est-à-dire le moment où il a fondé l'Onlus et transféré deux mille euros de son propre compte sur celui de Belize nel cuore. D'après les relevés bancaires de l'organisation, ce serait la première donation. » Elle tourna la page. « Il n'a pas de dettes personnelles en cours, pas d'hypothèque sur sa maison. Il se sert rarement de sa carte de crédit, et jamais à l'étranger. Depuis qu'il a pris sa retraite, il a embauché des administrateurs pour gérer ses sociétés et un conseiller financier pour l'aider dans ses investissements. Rien d'autre n'a retenu mon attention. »

Elle regarda ses collègues tour à tour, mais comme aucun ne posa de question, elle poursuivit.

« Les revenus qu'il a perçus les cinq dernières années avant sa retraite semblaient tout à fait corrects, mais pas exceptionnels. Du fait de la variété de ses entreprises, ses gains étaient en perpétuel mouvement, notamment les dernières années. C'est tout ce que j'ai trouvé pour le moment.

— Et toi, Lorenzo ? »

Vianello avait aussi un dossier sur les genoux, mais il ne prit pas la peine de l'ouvrir.

« J'ai posé des questions autour de moi. Il se trouve que je joue au waterpolo avec quelqu'un qui travaillait pour lui. C'était le gérant d'un de ses supermarchés.

— Au waterpolo ? s'étonna Griffoni.

— Du côté de Sant'Alvise», précisa Vianello. Puis, comme s'il cherchait à recruter des acolytes, il ajouta : «Le mardi soir, de 20 heures à 21 h 30 !

— Et puis ? demanda Brunetti.

— Il a dit que c'était un homme d'affaires avisé et, apparemment, quelqu'un d'honnête. Il a toujours bien traité ses employés : il payait la moitié des frais pour leurs enfants inscrits dans des crèches privées. Du coup, la plupart de ses travailleurs avaient des enfants. Quand je lui ai parlé de l'institution caritative et de l'argent que del Balzo envoyait en Amérique centrale, il a souri et m'a dit qu'il le reconnaissait bien là. »

Vianello sortit ses lunettes de lecture de la poche de sa veste et les chaussa. «Mais ce n'est pas tout», les prévint-il, et il ouvrit le dossier contenant une pile considérable de documents. Il en tira certains et le ferma.

«Il voyage beaucoup, maintenant qu'il est à la retraite. Il est allé cinq fois au Bélize depuis qu'il a commencé à lever des fonds pour l'hôpital et à chaque fois, il y est resté plus d'un mois.

— Comment savez-vous cela ? le coupa la signorina Elettra.

— J'ai les dates de ses vols, mais aucune trace de ses séjours, au Bélize ou ailleurs.

— Il y a forcément des informations sur les endroits où il est allé, répliqua la signorina Elettra. Il y en a toujours.

— Et pourtant, je n'ai pas réussi à en trouver une seule. Pas de réservation d'hôtel, pas de reçus de cartes de crédit, pas d'indication de déplacements. Et apparemment, il ne prenait pas non plus son *telefonino* avec lui. Ou en tout cas, il l'a gardé éteint pendant ces cinq séjours. »

Son audience restait silencieuse, comme sous l'effet d'un choc à l'idée d'une telle situation.

Sans leur laisser le temps d'émettre un commentaire, Vianello enchaîna : « Je n'ai pas non plus trouvé d'additions de restaurants ou de factures de location de voitures, ni aucun ticket de caisse. Pas d'achat de vêtements, pas d'acquisitions en duty-free. C'est comme s'il s'éteignait en même temps que son *telefonino.* »

Griffoni leva la main et suggéra : « Peut-être était-il hébergé chez des amis ?

— Peut-être bien. Une fois qu'il avait quitté l'Italie, il ne se servait plus de son téléphone et envoyait des e-mails seulement à sa femme. » Vianello marqua une pause pour les laisser s'exprimer, mais personne ne prit la parole.

« La veille de son dernier départ pour le Bélize, il s'est acheté une paire de lunettes de soleil chez l'opticien près du ponte dell'Ovo qu'il a payée avec sa carte de crédit, puis il ne l'a plus utilisée jusqu'à son retour. » Il baissa les yeux sur le papier et énonça : « Soixante-sept euros. »

Il jeta un coup d'œil circulaire pour vérifier s'il avait capté leur attention et lorsqu'il s'en fut assuré, il sortit du même dossier, tel un magicien de son chapeau, d'autres papiers encore.

« Ce sont les listes des passagers sur ses vols en direction et en provenance du Bélize.

— Les dix vols ? intervint la signorina Elettra, le visage rayonnant de fierté devant l'exploit de son collègue.

— Oui.

— Oh, c'est merveilleux, Lorenzo ! » affirma-t-elle d'une voix proche du roucoulement.

Un très fin sourire se faufila sur le visage de Vianello lorsqu'il énonça : « Étrangement, c'était toujours la même personne qui était assise à côté de lui en première classe. »

Aucun d'entre eux ne souffla mot pendant un certain temps, ni ne sembla respirer. Griffoni finit par briser le silence en demandant, d'un ton grave et plein de révérence, comme si elle venait de sentir que le sang de San Gennaro[1] avait commencé à se liquéfier :

« Qui ?

— La dottoressa Innocenza Bagnoli, autrefois conseillère financière pour une banque à Venise qui a été placée sous enquête un certain temps pour ses infractions diverses et variées commises à l'encontre des lois bancaires. Elle habite à Mestre, étonnamment, et elle est actuellement consultante financière à son compte ; elle a d'ailleurs déjà commencé à travailler avec un certain nombre de personnes sur la meilleure manière de gérer leurs actifs. » Il leva les yeux sur l'assistance et observa, véritablement intrigué : « C'est intéressant que ces individus ne prononcent jamais le mot "argent", n'est-ce pas ?

— C'est parce que ce mot est vulgaire, Lorenzo, rétorqua Griffoni sur un ton de réprobation. Actifs, fortune, investissements, capital, fonds... et j'en passe et des meilleures.

— Est-ce que le signor del Balzo est un de ses clients ? s'enquit Brunetti, soudain agacé par leurs plaisanteries.

— Oui. Depuis deux ans et demi.

— C'est donc postérieur à la fondation de Belize nel cuore ?

1. Saint Janvier, patron de la ville de Naples, connu pour la liquéfaction de son sang qui a lieu trois fois par an, et qui est considérée comme de bons auspices ; si elle n'a pas lieu, c'est un mauvais présage.

— Effectivement. »

Brunetti avait remarqué qu'il y avait d'autres pages encore sous celles que Vianello leur avait déjà montrées, mais il lui laissa tout loisir de jouir de son succès.

« Qu'est-ce que tu as découvert d'autre sur la dottoressa Bagnoli ? demanda Griffoni.

— Elle est originaire de Brescia ; c'est là qu'elle a fait ses études. Il y a dix-huit ans elle a passé, à l'âge de vingt-sept ans, sa *laurea magistrale*[1] en finance et évaluation des risques. »

Le silence tomba sur l'assemblée des suppliants, percevant tous l'imminence certaine du miracle.

« Évaluation des risques, réitéra la signorina Elettra, avec un énorme soupir. Comme cet univers semble empreint de paix et d'innocence, dès l'instant où l'on fait abstraction de l'argent et des affaires. » Tout excitée, elle ne pouvait s'empêcher de répéter « Évaluation des risques ».

Griffoni se pencha vers la signorina Elettra et lui dit : « Tiens bon, Elettra. Ça ne m'a pas l'air fini. »

Vianello hocha la tête et sortit les derniers papiers. Il ajusta ses lunettes, ce que Brunetti considéra comme un geste gratuit.

« Elle, en revanche, se sert bien d'une carte de crédit. » Il baissa les papiers juste assez pour leur permettre de voir ses yeux et, contemplant son auditoire de derrière ses lunettes, il ajouta : « Qui lui est donnée en qualité d'employée de l'hôpital de Belize City. »

La signorina Elettra faillit perdre le contrôle et coupa la parole à Vianello pour inférer, avec un soupir d'extase : « Dont les paiements sont débités sur un compte au… ? »

1. Diplôme de maîtrise.

Vianello sourit et releva sa remarque en assenant: «Liechtenstein.»

La signorina Elettra tapota le bras de l'ispettore en s'exclamant: «Oh, Lorenzo, quelle magnifique découverte!» Puis, invoquant peut-être l'esprit de saint Antoine de Padoue, le saint patron des choses perdues, elle ajouta: «Dieu vous bénisse d'avoir trouvé les listes de passagers: c'est terriblement difficile.»

Face à cet éloge, Vianello but du petit-lait un moment avant de les prévenir: «Mais ce n'est pas tout.»

Ils écoutèrent la suite assis en silence, attentifs comme des enfants entendant pour la première fois l'histoire de l'enfant Jésus dans la crèche.

«Lors de ses deux derniers séjours au Bélize...», commença Vianello, puis il leva les yeux et leur dit, pour s'excuser: «Je n'ai pas eu encore le temps de vérifier les autres voyages – elle était accompagnée et a réservé une chambre double dans un hôtel cinq étoiles. Elle a aussi dépensé une somme rondelette en restaurants, locations de voitures – toujours des SUV ou des Mercedes –, en location de bateaux, bijoux et vêtements, y compris trois paires de chaussures pour homme Berluti.» Avec un petit signe de tête en direction de la signorina Elettra, son seul maître, il ajouta: «Du quarante-quatre», et il tourna la page.

«Lors de son dernier voyage, elle est descendue au Four Seasons dans le golfe de Papagayo et a partagé sa suite avec un invité. C'était au Costa Rica, où elle a acheté d'autres vêtements et d'autres bijoux et payé non seulement la chambre, mais aussi des cours quotidiens de yoga qui avaient lieu pendant que l'autre personne – dont le nom n'apparaît dans aucun formulaire d'inscription – prenait des cours de plongée sous-marine, qu'elle payait aussi.»

Il cessa de parler et tendit ses papiers à Brunetti, en gardant deux feuilles pour lui.

Brunetti sourit à Vianello et déclara, en regardant la signorina Elettra : « Lorenzo, tu fais honneur à ceux qui t'ont formé. » Lorsque l'écho de ces mots eut fini de se réverbérer sur les murs de la pièce, il fit un signe de la main vers les papiers restants et s'informa : « Et ceux-là ? »

Vianello secoua la tête. « C'est l'enregistrement à l'hôtel. J'ai tout essayé, mais en vain... Je n'ai pas eu le temps. J'étais de service la nuit, à la poursuite des dealers, et la journée, je tâchais de dormir. »

La signorina Elettra se tourna vers lui et lui demanda, d'une voix emplie de nervosité :

« Cela vous dérange que j'y jette un coup d'œil ?

— J'espérais que vous me le proposiez », répondit Vianello avec gratitude, et il lui tendit les deux dernières feuilles. « J'ai passé toute la nuit à dénicher les listes de passagers, mais les dossiers des hôtels sont impénétrables.

— Oui, c'est très difficile de se les procurer », confirma la signorina Elettra.

Vianello baissa la tête en signe de défaite.

« Ne vous inquiétez pas, le rassura-t-elle. J'ai un ami qui travaille à Lausanne, dans l'hôtellerie. Ce ne devrait pas être compliqué pour lui de trouver le nom de l'autre personne dans la chambre double. Les agents peuvent être négligents lors du contrôle des passeports aux frontières, mais pas le Four Seasons. »

Comment le sait-elle ? s'étonna Brunetti, mais il préféra lui demander : « Qu'avez-vous découvert au sujet du signor Guidone ? »

Sa question permit à la signorina Elettra d'ajouter son obole à la quête : elle leur apprit en effet que la seule trace qu'elle avait trouvée de lui était une notice nécrologique dans le *Giornale di Vicenza* annonçant sa mort il y a deux ans, « *dopo una lunga malattia*[1] », l'euphémisme désormais adopté pour désigner le cancer. Elle décida de leur lire le reste. « Pendant des décennies, ses célèbres robots de cuisine et sa coutellerie sur la piazza delle Biade ont été recherchés par les cuisiniers professionnels et les amateurs de gastronomie. Il laisse derrière lui son neveu, l'avvocato Luca Guidone, lui aussi originaire de Vicenza. » Elle marqua une pause en signe de respect pour le défunt, puis ajouta :

« J'ai pris la liberté d'appeler l'avvocato Guidone qui m'a expliqué que son oncle était un vieil ami du signor del Balzo et qu'effectivement, on lui a bien demandé de signer un certain document l'année avant sa mort. »

Le silence régna dans la pièce jusqu'au moment où Brunetti, jouant l'avocat du diable, observa : « Nous n'avons toujours pas de preuve concrète attestant que del Balzo n'est pas un homme prêt à aider son prochain.

— Attends que nous puissions vérifier que l'argent va bien à l'hôpital, Guido, suggéra promptement Griffoni.

— Nous pouvons écarter cette possibilité, à mon avis, nota la signorina Elettra.

— Pourquoi ? s'enquit Vianello.

— Vous avez donné un début de preuve, Lorenzo, répondit-elle. Les cours de yoga.

— Un magistrat ne serait pas d'accord avec vous, la mit en garde Vianello.

— Ni un juge », renchérit Brunetti.

1. Après une longue maladie.

Toujours aussi pragmatique, Griffoni interrompit leur spéculation pour demander : « Et maintenant, que faisons-nous ? »

Brunetti regarda les autres avant de déclarer : « Ce que nous avons pour l'instant, c'est la preuve de fraudes fiscales éventuellement mineures. Nous n'aurons aucune idée de leur ampleur tant que vous, commença-t-il en s'adressant à la signorina Elettra, n'aurez pas consulté les documents comptables de Belize nel cuore : qui leur a donné l'argent ? Quelles sommes ? Qui, au Bélize, réceptionne et répartit les fonds qu'ils reçoivent, et où les envoient-ils ? »

Il la vit retourner une des pages qu'elle avait en main et prendre des notes. Il attendit qu'elle ait finit d'écrire, puis lui demanda : « Pensez-vous que vous puissiez le faire ?

— Cela peut prendre un jour ou deux, répondit la signorina Elettra, en tapotant la gomme au bout de son crayon à papier contre la feuille. Il y a de fortes chances qu'ils ne disposent d'aucune protection adéquate.

— Contre quoi ? demanda Brunetti.

— Moi. »

18

Brunetti fut frappé par le degré de vaine gloire concentrée dans ce mot unique : « Moi ». Il ne tarda pas à se rendre compte que toute cette affaire était imprégnée de ce sens de la vanité. Les vrais crimes étaient rares à Venise : leur plus grave problème était cette poignée d'adolescents qui s'ennuyaient et qui, à la faveur de la nuit, étaient entrés par effraction dans les magasins fermés depuis longtemps à cause de la *pandemia* pour voler des marchandises envers lesquelles ils n'avaient qu'un piètre intérêt, ou pour tout saccager. Dans des pharmacies, ils pouvaient voler de la drogue, mais de quoi pouvaient-ils s'emparer dans un magasin d'ustensiles de cuisine, ou dans un magasin de chaussures ? Nul besoin, chez la jeunesse, de s'approprier les denrées convoitées par l'âge mûr.

Notant la distraction du commissaire, ses trois collègues se mirent à chuchoter entre eux, en le laissant à ses pensées. Toutes leurs actions avaient été dictées par son lien d'amitié avec une personne appartenant à son passé et leurs maigres résultats attestaient que son mari était un homme adultère et le directeur d'une institution caritative douteuse. Pendant presque deux semaines, il avait impliqué ses amis dans la poursuite d'éléments relevant clairement de la Guardia di Finanza.

Il les avait tous menés dans une impasse où ils étaient maintenant pris au piège, avec en main ces informations qui n'étaient pas de leur ressort. En qualité de membres de la Polizia di Stato[1], ils étaient obligés d'enquêter sur l'intrusion dans la clinique de la dottoressa del Balzo, même si les voleurs n'avaient même pas pris la peine d'ouvrir l'armoire à pharmacie, mais l'enquête sur les autres formes de crime auxquelles ils avaient abouti concernait la Guardia di Finanza.

Brunetti songea à la phrase que Paola énonçait chaque fois qu'elle avait la sensation d'avoir pris le mauvais chemin ou d'être allée trop loin, comme partir vers le nord pour aller à Rome, ou ajouter un bol de sucre au lieu d'une simple cuillerée dans sa sauce tomate : le genre de situation où il était aussi assommant de revenir en arrière que de continuer. Brunetti se retrouva face à un dilemme similaire. Comment passer l'enquête à l'administration compétente ? Comment admettre son erreur vis-à-vis de ses collègues sans se mettre personnellement dans l'embarras, voire se déshonorer ?

Il reporta son attention sur la pièce ; les autres le sentirent et cessèrent de parler.

« Y a-t-il d'autres faits que nous devrions tous connaître ? » demanda-t-il.

La signorina Elettra leva la main et tint un doigt en l'air.

« Je vous écoute, signorina.

— Vous m'avez demandé d'examiner l'historique médical du vice-amiral Fullin, il y a quelque temps de cela. Mais mes recherches ont été ralenties par la nécessité

1. Police d'État.

d'infiltrer des fichiers militaires. Je ne les avais jamais… consultés auparavant, donc il m'a fallu du temps pour comprendre leur système et la meilleure façon de… l'explorer. On lui a diagnostiqué les premiers signes de démence il y a six ans puis, avec l'aggravation des symptômes les deux années suivantes, ce diagnostic a progressivement évolué vers la maladie d'Alzheimer. Ce second diagnostic a été confirmé par un hôpital militaire de Rome, disposé à le garder, mais sa famille a décliné cette offre et l'a ramené à la maison où il serait bien plus heureux, selon leur profonde conviction. C'est maintenant sa sixième année de maladie, où l'on ne constate aucune amélioration, seulement un lent déclin. J'insiste sur cette notion de « lent déclin » car son médecin a remarqué que même maintenant, par moments, il semble simplement ralenti dans ses réactions. Dans son dossier médical, son médecin a décrit qu'il avait de bons jours et de mauvais jours. »

Griffoni émit un profond soupir, qui attira l'attention de tous les présents.

Brunetti savait quelle question elle avait en tête et soupçonna les autres de se la poser aussi. Il prit conscience qu'il voulait se libérer de cette situation, confier toute l'affaire à la Guardia di Finanza et en finir avec cette histoire.

C'était devenu trop compliqué ; trop de gens avaient fait leur apparition dans le casting. Ce qui avait commencé par la possibilité d'un comptable malhonnête s'était métamorphosé en une aventure qui s'était étendue au point d'englober les plages du Costa Rica, un diplôme en évaluation des risques et un vice-amiral atteint de démence sénile, obnubilé par les médailles, les DVD de guerre et les récits d'exploits en mer que lui lisait son petit-fils.

Avant que Griffoni ait pu dire quoi que ce soit, Brunetti se leva.

« Je voudrais attendre encore quelques jours avant de confier le dossier à la Guardia di Finanza. Je veux parler à mon amie. Elle craignait que sa famille ne soit sous les feux de la rampe, mais c'est impossible à éviter maintenant. Elle est venue me voir parce qu'elle estimait que c'était un problème familial et qu'elle comptait sur moi pour ne pas impliquer la police de façon officielle. »

Il se pencha en avant et poussa quelques papiers de l'autre côté de son bureau, s'apercevant soudainement à quel point cette affaire s'était métastasée en un enchevêtrement sordide de spéculations.

Ses collègues se levèrent, sans souffler mot. Il n'avait donné aucune instruction précise ni à Vianello ni à Griffoni sur la suite de cette affaire.

Ils sortirent en rang silencieusement ; Brunetti ne se souvenait pas d'une seule réunion s'étant terminée avec une telle solennité. Une fois seul dans son bureau, il sortit son téléphone et composa le numéro d'Elisabetta qui avait hâte de le rencontrer pour savoir où il en était de ses investigations.

« Flora m'a raconté ce qui s'est passé dans sa clinique », affirma-t-elle d'une voix nouée. Face au silence voulu de Brunetti, elle enchaîna : « Elle veut que j'aille là-bas avec elle cet après-midi. »

Comme Brunetti n'y voyait aucune objection, il répondit : « Ce n'est plus une scène de crime. » Puis il ajouta : « Peut-être pourrions-nous nous voir avant que tu y ailles ?

— Où ?

— Que dirais-tu de Rosa Salva ? » suggéra-t-il. Ce café se trouvant sur le *campo* en dessous de chez elle, ce ne pouvait être plus pratique pour elle. « Il devrait faire encore assez chaud pour s'asseoir dehors.

— D'accord. À quelle heure nous voyons-nous ?

— Je pourrais arriver dans un quart d'heure.

— Parfait », répliqua-t-elle en raccrochant.

Elisabetta était déjà là à son arrivée, assise à l'une des tables centrales. Il se demanda si son choix n'était pas un vieux réflexe du temps passé où non seulement il était difficile de trouver une table libre, mais celles qui se trouvaient sur les côtés subissaient les allées et venues permanentes des touristes.

Il y avait un nombre infime de passants et les gens qui traversaient le *campo* avaient plutôt l'air de Vénitiens vaquant à leurs affaires. Les grands parasols étaient toujours en place au milieu des tables, mais ils étaient encore enroulés, dans l'attente de rayons plus forts et de la hausse de la température.

Brunetti se glissa entre les chaises et l'appela. Elle leva les yeux et lui sourit ; comme elle avait le soleil dans le dos, la lumière ne la révélait que discrètement. Elle portait ce jour-là une veste bleu marine, un chemisier blanc avec un carré Hermès – un détail que Paola lui avait appris à reconnaître —, un jean et des tennis blanches. Au premier coup d'œil, on aurait pu juger cette tenue comme « décontractée », mais un regard exercé y aurait vu instantanément un coût suffisant pour subvenir aux besoins d'un petit village dans l'Uttar Pradesh pendant un mois.

Il tenta de capter l'attention d'un serveur, puis s'assit.

« Merci d'être venue, lui dit-il.

— C'est moi qui dois te remercier, Guido. Je suis désolée d'avoir été aussi crispée au téléphone, mais cette attaque à la clinique de Flora a… »

Elle leva les yeux sur le serveur qui était arrivé sans faire de bruit à la gauche de Brunetti.

Ils commandèrent tous deux un café.

« C'est fou. C'était un fou : c'est ce que m'a dit Flora et c'est aussi mon avis. Elle m'a raconté qu'on aurait dit… », commença-t-elle, laissant sa phrase inachevée.

Elle secoua la tête et Brunetti supposa qu'elle essayait de chasser ainsi le récit de cet incident.

Le commissaire opina du chef et lui fit un récit fortement remanié de l'avancée de son enquête. Une fois éliminées les références à Belize nel cuore, il n'avait plus grand-chose à lui rapporter ; il lui laissa entendre que les difficultés entre Flora et son mari n'étaient dues qu'aux problèmes ordinaires des couples mariés.

« J'ai vérifié le plus d'éléments possibles, lui annonça-t-il, en veillant bien à parler au singulier, mais je n'ai rien trouvé qui puisse expliquer la nervosité de ton gendre. »

Tout en parlant, il envisageait déjà comment livrer son mari à la Guardia di Finanza. Il valait mieux qu'elle ne le sache pas. Il valait mieux qu'elle ne se rende jamais compte que c'était son inquiétude pour sa fille qui l'avait menée à ouvrir la boîte de Pandore et à laisser tout s'échapper.

Les cafés arrivèrent ; Brunetti sucra le sien, mais pas elle, et ils le sirotèrent tous deux. Brunetti posa sa tasse pour y ajouter du sucre, puis il finit son café en une gorgée. Elisabetta contempla le fond de sa tasse, en fixant les traces noires restées au fond.

Pour la distraire, Brunetti lui dit : « Je croyais que c'étaient les feuilles de thé qu'on lisait, Elisabetta, pas le marc de café. »

La vitesse avec laquelle elle posa la tasse sur la soucoupe le surprit, mais pas autant que la colère nettement lisible dans son regard.

Elisabetta recula un peu sur sa chaise pour échapper aux rayons du soleil qui pénétraient maintenant lentement sur la terrasse. Elle remonta la manche de sa veste et regarda sa montre. C'était le signal qu'il était temps de demander l'addition, qui arriva rapidement : il la paya et laissa un euro sur la table. Il se leva et glissa la chaise en plastique – il ne supportait pas ce genre de chaises – sous la table.

Debout à son tour, elle leva une main en signe d'adieu, mais avant de la baisser, elle suggéra, d'une voix hésitante : « Peut-être pourrais-tu jeter un autre coup d'œil sur le travail qu'il a fait pour Bruno ? »

Il ne l'avait encore jamais entendue utiliser un ton si plaintif, si dissonant par rapport à ses manières habituelles.

« Quel travail, celui pour l'institution caritative ?

— Oui, confirma-t-elle d'une voix ferme. Je le ferais bien moi-même, mais je ne saurais pas par où commencer. »

Il arrive parfois que les dalles d'un pavement soient descellées, ou mal réalisées, et que les pas, de ce fait, soient irréguliers. Ces quelques millimètres de différence ne risquent pas de provoquer une chute et n'induisent qu'un faible déséquilibre. Mais ils engendrent toujours le léger soubresaut typique de toute situation inattendue, imprévue, anormale.

Brunetti ressentit la même surprise au ton d'enfant abandonnée dont usa Elisabetta, qui sembla si désemparée que tout homme à ses côtés aurait bondi, prêt à se mettre à son service. Elle était allée lui demander de l'aider pour protéger sa fille et maintenant il lui semblait qu'elle tentait de l'exhorter à mener une enquête sur son gendre, voire sur son mari. Était-il censé se précipiter à son secours ?

Il s'efforça de sourire et lui proposa, comme si l'idée venait de lui traverser l'esprit : « Peut-être que je devrais parler à ton mari ?

— Pour quoi faire ? » demanda-t-elle sèchement, mais Brunetti s'était tourné pour regarder la statue du Colleone.

Elle se ressaisit rapidement, puis elle revint sur ses propos : « Je veux dire, quelle raison pourrais-tu lui alléguer ? s'enquit-elle.

— Oh, je ne sais pas. Je pourrais toujours dire que mon beau-père s'intéresse à la philanthropie et souhaite que je me renseigne sur la question. » Face à son absence de réaction, il se remit à contempler la statue équestre et dit, comme si le silence d'Elisabetta avait fait tomber sa proposition dans l'oubli : « J'ai toujours pensé que c'était le plus beau *campo* de la ville, puis il ajouta : Cela m'a fait plaisir de te revoir. Ta fille est une femme remarquable. »

Elle recula d'un pas, ignorant son compliment, et suggéra :

« Oui, peut-être qu'il faudrait que tu appelles Bruno. »

Il hocha la tête, puis il traversa le *campo* en direction du Rialto, songeant qu'Elisabetta était restée encore une fois très vague au sujet des affaires de son mari.

19

Il se rendit aux Fondamente Nuove et prit le 4.1 pour Murano, descendit à Colonna, franchit le premier pont et se dirigea vers le campiello Turella. Une fois sur cette placette, il gagna le bâtiment qui faisait face à la clinique de la dottoressa del Balzo.

Il sonna à « Galvani » et entendit immédiatement le cliquetis de la porte. Il entra et en grimpant les dernières marches menant au deuxième étage, il vit une femme mince, aux cheveux blancs, debout devant une porte ouverte.

« Signor Brunetti ? » demanda-t-elle.

Elle portait un pull vert foncé si épais qu'il lui rappela la haine que la Contessa vouait elle aussi au froid.

« *Sì*, signora Galvani, répondit-il, en accédant au palier. Merci d'avoir accepté de me parler. »

Son regard étincelait d'intelligence.

« C'est moi qui vous ai proposé de vous parler, si ma mémoire est bonne », répliqua-t-elle en italien et pas en vénitien, avec une clarté et une beauté qu'il n'avait plus entendues depuis des années : elle articulait en effet chaque syllabe, faisait sonner chaque voyelle et marquait toutes les consonnes doubles. Il ne bougea pas d'un iota, figé par son élocution comme un homme aurait pu l'être par la beauté d'une femme ou par la force d'un autre homme.

« C'est exact, convint-il. Merci de me le rappeler.

— J'ai beau être une vieille femme, j'aime à penser que je suis encore une bonne citoyenne ! »

Puis elle entra à reculons dans son appartement et l'invita à la suivre, ce qui lui permit de remarquer qu'elle boitait un peu.

Ils pénétrèrent dans une pièce à haut plafond dont les quatre grandes fenêtres donnaient sur le *campo*. En fait, l'immeuble devait se composer autrefois de deux espaces qui avaient dû être réunis en une seule pièce. Il y avait un piano – qui avait l'allure d'un piano à queue de concert – au fond, sur la gauche, mais dépourvu de toute partition. Le couvercle était fermé et présentait, comme la vitrine des Fullin, la même accumulation de photos serties dans des cadres en argent. Celle qui était sur le bord montrait la signora Galvani au moins cinquante ans plus tôt, près de son très beau mari qui la dévorait des yeux.

Négligeant la photo et l'instrument, elle alla à la première fenêtre sur la gauche et fit signe à Brunetti de la rejoindre. Il regarda alors en bas, sur le *campo* où il vit la porte d'entrée de la clinique et la *calle* s'étendant entre elle et l'immeuble d'à côté.

De but en blanc, la femme déclara : « Cette ruelle est un cul-de-sac. Elle donne accès à la porte latérale de la clinique et, un peu plus loin, à l'appartement situé au dernier étage. » Elle glissa de quelques pas sur sa droite et s'arrêta devant la dernière fenêtre. « D'ici, vous pouvez voir une partie de la salle d'accueil où la médecin s'entretient avec les propriétaires des animaux. Voilà son bureau et son fauteuil et les fauteuils pour ses clients. Pour aller les soigner dans la pièce derrière, elle passe par la porte à droite de son bureau. Mais je suppose que vous avez vu tout cela lorsque vous êtes entrés dans la clinique.

— Effectivement, signora, mais c'est intéressant de le voir d'en haut. »

Puis il lui demanda, par curiosité, mais aussi car il supposa qu'elle avait dû voir l'étrange couple qui était venu se plaindre du vol de leur chienne : « Passez-vous beaucoup de temps à regarder les animaux et leurs maîtres ? »

C'était bien sûr plus poli que de lui demander directement si elle espionnait ses voisins.

Elle lui répondit sur un ton sérieux : « En fait, je ne porte pas spécialement attention à cette partie de l'univers, signore. » Et en réponse à la question qu'il n'avait pas formulée, elle continua : « Je préfère lire et j'aime lire avec la lumière naturelle : c'est pourquoi je me tiens près de la fenêtre, ce n'est pas par indiscrétion. »

Elle posa la main sur un grand fauteuil tapissé de bleu, dont le bras droit était à proximité de la fenêtre. Le soleil avait déteint tout ce côté du fauteuil, tout comme la tapisserie intérieure du bras opposé. À côté du fauteuil se trouvaient deux grandes piles de livres.

« Je vous en prie, asseyez-vous », proposa-t-elle en gagnant ce fauteuil et en lui en indiquant un plus petit, moins confortable, situé près du piano.

Brunetti le prit et le rapprocha du sien, de sorte à être assis en face d'elle. Ce n'est qu'au moment où elle croisa ses mains sur les genoux qu'il s'aperçut combien l'arthrose les avait déformées. Les jointures de ses doigts avaient la taille d'une cerise ; ses doigts, en revanche, étaient aussi fins que des brindilles, mais étaient crochus à chaque phalange. Il détourna le regard, pour ne pas être surpris en train de les fixer, et il demanda : « Que vouliez-vous me dire, signora ?

— Je souffre d'insomnie, signor Brunetti, expliqua-t-elle avec une diction digne d'un comédien de théâtre. Et j'ai mal quasiment en permanence. La nuit est un mauvais moment pour moi, c'est pourquoi j'essaie souvent de lire. Pour me distraire, disons. » Elle marqua une pause et voyant que le commissaire n'avait pas de questions, elle continua : « Il y a quelques années, la ville a installé un éclairage urbain beaucoup trop fort. Partout. »

Brunetti approuva pleinement d'un signe de tête. Elle était vénitienne, donc il n'était pas nécessaire de signaler que cette initiative avait été pensée pour les touristes.

« Ce *campo*, en particulier, est tellement illuminé que je peux lire à la lumière de l'éclairage public. »

Il acquiesça pour montrer qu'il la suivait attentivement.

« La nuit du… vandalisme de la clinique de la dottoressa del Balzo, j'étais assise dans ce fauteuil, en train de lire.

— Qu'étiez-vous en train de lire, signora ? »

Elle fut de toute évidence ravie de la question, peut-être doublement du fait qu'elle provenait d'un policier.

« Alda Merini. Connaissez-vous ses œuvres ? »

Brunetti, qui avait admiré les traits d'esprit et la finesse de cette femme poète pendant ses années d'études, répondit : « "Je refuserai toujours le prix Nobel car il fait trop froid en Suède."

— Ah ! fit la vieille femme, son visage s'animant d'un nouvel intérêt pour cet homme. Ce n'est pas tout le monde qui aime ses poèmes.

— Je suis sûr qu'elle aurait pris cette réflexion comme un immense compliment, répliqua Brunetti, qui ajouta : Vous avez dit que vous vouliez me parler, vraisemblablement au sujet de ce que vous avez vu cette nuit-là.

— J'ai fait une longue digression, n'est-ce pas ? » observa-t-elle, et Brunetti acquiesça avec un sourire, tel un prêtre auquel on demanderait d'absoudre un péché mignon.

Elle se redressa et se mit à raconter : « C'était un peu après 3 heures du matin et j'avais commencé à somnoler, ce qui est le signe que je suis assez fatiguée pour pouvoir m'endormir, quand j'ai entendu des bruits de pas sur le *campo*. Croyez-moi, signore, ce n'est pas le genre de *campo* où les gens rentrent chez eux à 3 heures du matin.

— Je vous crois sur parole.

— Me sentant un peu coupable d'être curieuse – comme une vieille chouette guettant ses voisins –, j'ai songé à ne pas m'en mêler. Je ne supportais pas l'idée d'épier ce qui se passait en bas. Mais je n'ai pas su résister.

— Vous avez bien fait.

— Je me suis permis de me hisser sur les bras du fauteuil et de regarder la rue.

— Qu'avez-vous vu ?

— Une femme devant la clinique.

— Qu'est-ce qu'elle faisait ?

— Elle est restée là quelques minutes. Au bout d'un moment, mes mains me faisaient mal et j'ai dû me rasseoir. »

Brunetti opina du chef.

« J'ai donc décidé de me lever. Elle me tournait le dos et ne pouvait donc absolument pas me voir. » Il s'écoula un long moment avant qu'elle ne reprenne la parole. « Puis elle est partie sur la gauche. Sans aucune hésitation : elle savait où elle allait. »

De peur de la freiner dans son élan, Brunetti décida de ne rien demander et bien lui en prit car elle poursuivit :

« Elle a descendu la *calle*. J'ai alors ouvert la fenêtre, si bien que je pouvais entendre tout ce qu'elle faisait. J'ai entendu une porte s'ouvrir puis, à travers la fenêtre située au-dessus de la porte, j'ai vu de la lumière venir de l'arrière, là où se trouvent les animaux. J'ai fermé les yeux un moment à cause de l'éclairage public et quand je les ai rouverts, cette lumière avait disparu et la seule lumière visible à l'intérieur était celle qui filtrait depuis les réverbères de la rue. Je suis retournée dans ma chambre pour aller chercher mon autre paire de lunettes, celles pour voir de loin, mais je n'arrivais pas à les trouver dans le noir. Avant de pouvoir allumer, j'ai entendu comme un bruit de chute : on aurait dit un bruit de verre. Puis un autre bruit sourd. Lorsque je suis revenue à la fenêtre, j'ai entendu un chien aboyer, puis un autre. C'était très bruyant et – je dois l'admettre – effrayant. Les aboiements ont fini par cesser et il n'y avait plus de bruit. Je suis restée à la fenêtre et au bout de quelques minutes, la femme est sortie de la *calle* et a gagné le *campo*. Et puis… et puis, commença-t-elle, en portant une de ses mains abîmées sur son visage, elle a levé les yeux et je pense qu'elle m'a vue à la fenêtre. J'ai reculé si rapidement que j'ai heurté mon fauteuil et je suis tombée dedans. Le temps de me relever, elle était partie. »

Son récit avait touché à sa fin et elle se tut.

Brunetti attendit et adopta sa stratégie habituelle lorsqu'il devait s'empêcher de parler : il se mit à compter les moutons dans sa tête, en espérant qu'il se produise un événement, que la personne parle, qu'un messager vienne annoncer le vainqueur de la bataille.

Mais comme il n'advint rien de tel, il s'arrêta de compter à trente-sept et finit par demander, du ton le plus neutre possible : « Qui ce pouvait être, à votre avis ? »

La signora Galvani hésita un certain temps avant de répondre.

« Elle ressemblait à la mère de la dottoressa del Balzo », dit-elle enfin en revenant à son fauteuil.

Surpris, Brunetti demanda : « Comment se fait-il que vous connaissiez la mère de la vétérinaire ?

— J'avais un chat et l'an passé, il est tombé malade. Ma fille est venue et quand elle l'a examiné, elle m'a dit que c'était probablement ses reins et que je devais l'amener chez la dottoressa, qui était juste en face sur le *campo*. C'est ce que j'ai fait et le docteur m'a dit que ma fille avait raison. Il avait dix-neuf ans, je n'ai donc pas été surprise, mais quand même, nous avions passé tellement de temps ensemble et... cela n'a pas été facile de prendre cette décision, mais la dottoressa a dit que c'était le mieux pour lui. »

Elle marqua une pause pour regarder le commissaire, qui esquissa un petit sourire, en signe d'empathie.

« Après y avoir procédé, elle m'a dit qu'elle avait quelqu'un qui pouvait s'occuper de tout. » Face à l'expression de Brunetti, elle précisa : « De son corps. Ce qu'il fallait en faire. »

Il acquiesça.

« Donc elle m'a laissée aller dans la pièce où... où il était et je lui ai dit au revoir ; lorsque je suis revenue dans l'autre pièce, une femme était là, et la dottoressa me l'a présentée en me disant que c'était sa mère. »

Elle se frotta les yeux et poursuivit : « J'étais encore en train de pleurer. Je sais que c'est idiot, mais dix-neuf ans... » Elle s'essuya les yeux du dos de la main avant de continuer. « Comme je pleurais, je ne suis pas tout à fait sûre de la personne ; en plus, je ne l'avais regardée que furtivement avant de partir.

— Reconnaîtriez-vous la femme que vous avez vue sur le *campo* ?

— Cela revient à identifier sa mère, n'est-ce pas ? s'enquit-elle.

— Tout à fait, admit Brunetti.

— Je vous l'ai dit : je ne peux pas en être sûre. Et puis, pourquoi sa mère serait-elle allée saccager cet endroit ?

— Vous avez su ce qui est arrivé ? demanda Brunetti.

— Oui. Tout le monde est au courant maintenant dans le voisinage : les choses cassées, un animal blessé… Aucune mère ne ferait une chose pareille. Vous ne croyez pas ?

— C'est effectivement difficile à croire.

— En outre, comment aurait-elle pu arriver ici à une heure pareille ? demanda la signora Galvani en passant à la défensive. Elle aurait dû avoir des ailes. Il n'y avait aucun moyen d'arriver ici au milieu de la nuit. »

Brunetti se leva lentement et voulut éviter tout signe prouvant qu'il n'était pas convaincu par ses arguments, comme évoquer le Notturno Murano qui partait des Fondamente Nuove toutes les demi-heures toute la nuit durant.

« Merci de m'avoir accordé votre temps, signora », dit-il pour mettre un terme à la conversation.

Lorsqu'il la vit se pencher en avant, comme pour se hisser de son fauteuil, il oublia tous les gestes barrières et lui offrit spontanément le bras, craignant de l'offenser s'il lui proposait la main. Elle s'agrippa à son avant-bras des deux mains et se servit de son élan pour s'extirper du fauteuil.

« Puis-je ? » demanda-t-il en contournant la pile de livres.

Confuse, elle ne put que demander : « Quoi donc ?

— Regarder, dit-il en indiquant les ouvrages.

— Bien sûr ! »

Il s'accroupit pour voir les titres. La plupart des volumes étaient des recueils de poésie, certains traduits, d'autres dans leur langue d'origine. *Comme c'est étrange*, songea-t-il, *que la bibliothèque des gens me semble toujours le meilleur moyen d'avoir accès à leur âme*. En partant du sommet, Brunetti vit Donne et Bishop en italien ; Bachmann et Rilke en allemand ; Dickens et Wharton en anglais, Flaubert en français. Et à la fin de la pile, un exemplaire écorné de Dante. Brunetti fut incapable de dissimuler sa surprise à la vue de l'édition commentée de Petrocchi et incapable de résister à la tentation de le prendre dans ses mains.

« Il est à l'origine de tout, n'est-ce pas ? » lui dit-elle.

Brunetti sourit, vaincu, et il se leva, non sans avoir découvert le fil rouge reliant ces ouvrages : le génie commun à tous ces auteurs.

« Eh bien, demanda-t-elle, ai-je réussi mon examen ? »

À l'idée qu'il était là parce que son sens moral l'avait conduit à aider la fille d'une personne qui avait témoigné de la bonté à son égard, Brunetti répondit : « S'il s'agissait d'un examen, signora, vous l'auriez déjà réussi en défendant la mère d'une personne qui a été bonne envers vous. Les livres ne font qu'attester pourquoi vous l'avez fait. »

20

En allant prendre le vaporetto pour retourner aux Fondamente Nuove, Brunetti vérifia les horaires et il trouva, comme il s'y attendait, le Notturno, la ligne de nuit qui passait toutes les demi-heures et s'arrêtait à toutes les stations de Murano avant de revenir aux Fondamente Nuove. Elisabetta pouvait donc être allée à Murano et être l'autrice du saccage de la clinique. Mais pourquoi faire une chose pareille à sa propre fille ? La personne débordante de rancœur semblait plutôt être la femme convaincue que Flora lui avait volé sa chienne.

Un SMS de Bocchese lui parvint.

Il y a une multitude d'empreintes, humaines et aussi animales. De fait, il n'y a aucun moyen de déterminer qui a été dans ce cabinet sans prendre les empreintes de tous les clients. Et de leurs animaux.

Il descendit à l'avant, dans le compartiment des passagers où le bruit des moteurs était atténué et il chercha le numéro de téléphone de Belize nel cuore, se reprochant de ne pas l'avoir fait plus tôt. Il composa le numéro et fut salué par une agréable voix féminine qui lui dit :

« Bonjour, Belize nel cuore. Comment puis-je vous aider ?

— Bonjour, signora, répondit-il en vénitien. Je suis Guido Brunetti, un vieil ami de la signora Foscarini qui a suscité mon intérêt pour votre institution caritative. »

Ce détail, au moins, était vrai.

« J'en suis vraiment ravie, signor Brunetti, et en quoi puis-je vous rendre service ?

— Mon beau-père – qui me consulte habituellement pour ses dons associatifs – m'a demandé de me renseigner sur Belize nel cuore afin d'obtenir des informations plus circonstanciées.

— Est-ce dans l'intention d'apporter une contribution, signore ?

— Éventuellement, répondit Brunetti du ton le plus optimiste et le plus positif qu'il pût adopter.

— Je vois ; comment m'avez-vous dit qu'il s'appelle, votre beau-père ?

— Je ne vous l'ai pas dit, signora », rétorqua Brunetti.

Ce n'était pas exactement une réprimande, mais une remarque qui avait son poids.

« Ah, je vois, fit-elle, d'une voix dûment punie.

— Je le communiquerai, bien sûr, à toute personne susceptible de me fournir davantage d'informations détaillées sur l'organisation.

— Pouvez-vous rester en ligne un moment, signore ? le pria-t-elle.

— Mais certainement », répondit-il, d'une voix redevenue chaleureuse.

Il entendit un clic, puis le moteur du bateau ralentir et passa en marche arrière lorsqu'ils atteignirent les Fondamente Nuove. Son téléphone contre l'oreille, Brunetti grimpa les marches, suivit le flot des passagers qui sortaient du vaporetto et prit la direction de l'hôpital.

Il s'arrêta ensuite au bord de la *riva* pour regarder, au-delà de l'Adriatique, les terres que beaucoup de gens appelaient encore « l'ancienne Yougoslavie », comme si c'était trop compliqué de se souvenir des noms de tous les pays qui avaient été taillés dans ce vieux bloc. Seuls les sommets des montagnes étaient visibles. Brunetti ignorait complètement dans lequel de ces pays s'élevaient des montagnes. L'Albanie ? Non, c'était trop au sud, en face des Pouilles. Pas non plus la Slovénie, qui avait un tout petit bout de côte. La Croatie, qui s'étendait beaucoup plus en longueur ? C'était probablement la Croatie.

« Signor Brunetti ?

— *Sì*, répondit-il.

— Notre directeur est là et a dit qu'il était disposé à vous parler.

— Oh, c'est très aimable à lui.

— Un moment », dit-elle, puis elle disparut, remplacée par un click, puis par un autre, et enfin par une voix d'homme : « Bonjour, signor Brunetti. Je suis Bruno del Balzo. Je crois que nous nous connaissons déjà. N'avions-nous pas pris un café avec ma femme, chez Didovich, il y a quelques années ?

— Effectivement, confirma Brunetti, qui se risqua à ajouter : Je suis flatté que vous vous en souveniez.

— Bien sûr ! Elisabetta m'a toujours parlé de vous.

— Je suis ravi de l'apprendre.

— Ma secrétaire m'a dit que vous vous intéressiez à Belize nel cuore ?

— Pas pour moi-même, signor del Balzo, clarifia Brunetti. C'est pour mon beau-père. »

Comme il était en train de parler en vénitien, Brunetti ne jugea pas nécessaire de donner le nom de son beau-père.

« Vraiment ? s'étonna del Balzo. Et pour quelle raison ?

— Il m'a dit qu'un jour où il parlait avec quelques amis au Circolo dell'Unione, l'un d'entre eux a commencé à se plaindre de l'état du monde. »

Les vieux messieurs du Circolo étaient enclins à se plaindre, Brunetti le savait.

« Mmmh, murmura del Balzo.

— Une autre de ces personnes – Orazio affirme que c'est un militaire à la retraite – lui a intimé de cesser de se plaindre et d'agir. Résultat des courses : cet homme a parlé plutôt longuement de votre organisation, qu'il a visiblement louée et recommandée à Orazio.

— Ce doit être le capitaine Pederiva, à mon avis. Il nous soutient depuis le début.

— Orazio ne m'a pas dit son nom, mais juste qu'il ne tarissait pas d'éloges à votre égard et sur votre organisation.

— Et c'est la raison de votre appel ? demanda del Balzo, en faisant fi des compliments.

— Oui ! Orazio m'a demandé de vous parler et de lui donner mon opinion. J'imagine que pour lui, tout policier a une sorte de radar spécial, capable de pénétrer la pensée des individus. »

Il partit du principe qu'Elisabetta lui avait déjà fait part, depuis probablement longtemps, de la remarquable ascension des frères Brunetti : l'un, radiologue en chef à l'Ospedale Civile et l'autre commissario de police.

Del Balzo mit un certain temps à répondre, puis il finit par déclarer : « C'est très sage de sa part de vous demander conseil. Il n'y a que trois ans que je suis responsable de ma modeste initiative, mais durant ce temps, j'ai entendu des choses qui m'ont amené à soupçonner que bien des institutions caritatives, fondées dans l'intention d'aider les gens dans les pays en voie de développement, ne sont... peut-être pas ce qu'elles donnent à voir», conclut-il vaguement, sans vouloir dénigrer ouvertement ses confrères.

Brunetti laissa s'écouler un certain temps avant de reprendre la parole. «En vérité, il apprécie l'idée qu'un Vénitien soit en train d'accomplir une telle action exemplaire : c'est pourquoi il m'a chargé de vous contacter.»

Il y eut une pause encore plus longue avant que del Balzo ne propose :

«Je serais ravi de discuter avec vous. Nous sommes justement en train de lancer une initiative pour construire une nouvelle clinique pédiatrique. Peut-être pourrions-nous en parler ?

— Cela m'intéresserait beaucoup, je pense que mon beau-père le serait aussi.»

Derrière lui, un vaporetto, qui avait mal évalué sa trajectoire, heurta le ponton principal avec un grand bruit sourd dont Brunetti put sentir les ondes jusque dans ses pieds, même à cette distance.

«Mon Dieu, qu'est-ce que c'était ?

— Le numéro 1 avec apparemment un nouveau pilote», répondit-il avec légèreté. Puis, sans laisser le temps à del Balzo de s'enquérir, Brunetti expliqua : «Je suis au Rialto», se disant que tout vaporetto mal conduit ferait le même bruit. «Je devais voir quelqu'un et là, je suis en train de me demander si je rentre chez moi ou si je retourne à la questure.»

Del Balzo s'éclaircit la gorge et proposa, d'un ton résolu : «Pourquoi ne passeriez-vous pas à mon bureau ?

— Tout dépend de l'endroit où vous êtes situé. J'ai un rendez-vous à..., commença-t-il, en jetant un coup d'œil à sa montre, ... 18 heures.

— Nous sommes à San Giovanni e Paolo » et, comme si Brunetti ne le savait pas, il précisa : « Vous pourriez être ici dans dix minutes.

— C'est possible, en effet. Vous êtes à quelle adresse ? »

Del Balzo donna à Brunetti des indications qu'il possédait déjà et affirma qu'il avait hâte de le voir.

Brunetti se dit qu'il était temps de prendre un café à l'un des bars de l'*imbarcadero* ; il longea ensuite la fondamenta dei Mendicanti qui le mena directement à la porte de del Balzo. Il trouva la sonnette au nom de Belize nel cuore, l'actionna et la porte s'ouvrit avec un cliquetis.

Brunetti avait toujours été intrigué par l'appartement au dernier étage de ce palais, mais il n'avait jamais eu l'occasion d'y jeter un coup d'œil, ne serait-ce qu'à l'intérieur du hall d'entrée. Lorsqu'il poussa la porte et alluma la lumière, il vit sur le côté droit une rangée de fenêtres dotées de grilles épaisses, disposées le long du canal. Le pavement en pierre reproduisait le motif courant de damier noir et blanc ; les lustres auraient eu besoin d'un bon coup de nettoyage et les boiseries sur les murs révélaient maints signes de dégâts provoqués par les eaux.

Il s'approcha de l'escalier, datant probablement de l'époque de la construction de cet édifice ; des siècles d'usure, due à toutes les chaussures qui l'avaient emprunté, avaient légèrement creusé, au milieu de chacune de ces marches en pierre, l'angle vif d'origine. Il monta rapidement au premier étage, presque fier à l'idée que cet escalier existait depuis si longtemps et continuerait à être consumé par les pieds des Vénitiens.

Tandis qu'il s'approchait du premier palier, il fut ébloui par une lumière jaillissant d'une porte ouverte ; il leva les yeux et aperçut une femme légèrement plus âgée que lui, aux cheveux foncés, qui l'attendait sur le seuil de l'appartement.

« Signor Brunetti ? demanda-t-elle.

— *Sì* », confirma-t-il en gagnant le palier.

Elle portait une robe en laine grise qui lui arrivait à mi-mollets, des chaussures noires à talons plats et elle avait un sourire avenant : « *Prego*[1] », dit-elle en reculant d'un pas. Il passa devant elle, sans manquer de lui dire « *Scusi signora*[2] » et elle ferma la porte derrière lui.

« Si vous voulez bien me suivre, signore. »

Elle pivota avec une grâce surprenante. La voyant de dos, il fut frappé par sa minceur : ses hanches étaient aussi étroites que ses épaules et on aurait dit que ses jambes étaient simplement des brindilles.

Brunetti eut la sensation que le petit couloir qu'ils étaient en train de suivre les ramenait vers le *campo*. Elle s'arrêta devant la dernière porte, frappa deux fois et entra. Elle resta en arrière et il s'excusa de nouveau de la précéder. Elle s'en alla en fermant la porte.

Bruno del Balzo était assis à un bureau, dos à la fenêtre, ce qui permettait à ses visiteurs de jouir de la vue sur la majestueuse entrée de l'Ospedale Civile. Même s'il était seulement un étage plus haut, Brunetti se rendit compte combien la perspective changeait depuis ce point de vue, mais sans altérer d'un iota la parfaite asymétrie de la façade.

Il reconnut immédiatement del Balzo : son nuage touffu de cheveux blancs était, selon son expérience, unique dans la ville, non pas tant à cause de sa blancheur

1. Je vous en prie.
2. Veuillez m'excuser, madame.

que de l'épaisseur de ses boucles impénétrables. Del Balzo se leva et fit le tour de son bureau pour accueillir Brunetti avec un sourire et lui indiqua un fauteuil.

« Bonjour, commissario, et merci d'être venu me voir en un si bref délai », dit-il en retournant derrière son bureau.

Il semblait avoir rajeuni depuis la dernière et seule fois où Brunetti lui avait parlé : apparemment, la retraite lui faisait du bien.

« C'est moi qui vous remercie, signore. Je suis toujours ravi de rendre service à mon beau-père et il est très rare qu'il m'accorde le plaisir de lui faire une faveur ; j'ai donc tout de suite saisi la balle au bond.

— Voyons si je peux vous fournir suffisamment d'informations à transmettre au Conte.

— C'est sans doute la vue la plus extraordinaire dont on puisse espérer jouir, déclara Brunetti avec sincérité.

— Mais que faites-vous des vues sur le Grand Canal ? demanda del Balzo, insinuant ainsi qu'il savait où habitait son beau-père.

— C'est tout aussi extraordinaire, mais un peu trop carte postale, à mon avis. »

Del Balzo ne put s'empêcher de rire et lorsqu'il cessa, il lui dit : « J'espère que vous n'avez jamais exprimé cette opinion à votre beau-père !

— Si j'avais osé, répliqua Brunetti instantanément, il m'aurait fait muter en Sardaigne et je ne serais pas assis ici.

— Mais vous l'êtes bien, et le moins que je puisse faire est donc de vous renseigner sur Belize nel cuore.

— Le Conte en sera enchanté.

— Permettez-moi de vous donner notre brochure », lui proposa-t-il.

Il ouvrit un tiroir et en sortit une fine plaquette de la taille d'une revue. La photo de couverture présentait la façade d'un bâtiment moderne de quatre étages, où l'on entrait par deux larges portes vitrées coulissantes, flanquées de colonnes doriques en marbre blanc et surmontées d'une pancarte avec l'inscription "St. Peter's Hospital", écrite en anglais en lettres rouges sur un fond bleu bordé d'étroites bandes rouges. Brunetti y vit une ressemblance avec le drapeau national.

Devant cette construction s'étendait une ample pelouse remplie d'une sorte de palmier et d'autres arbres qu'il ne put déterminer. Sur la gauche de l'hôpital, il distingua un palmier décoratif, entouré de fleurs bariolées à en donner le vertige.

Il ouvrit la brochure présentant les noms des chefs de service, des docteurs responsables des différentes cliniques et de plus de vingt médecins sous leurs ordres. Il la feuilleta et trouva les photos classiques de bureaux des médecins, un bloc opératoire avec des interventions chirurgicales en cours, trois personnes en combinaison blanche – dont une femme – entourant le patient préparé pour l'opération, des chambres privées, des chambres à deux lits, un grand laboratoire avec des techniciens en blouse blanche en train de regarder dans leurs microscopes, une cuisine où l'on aurait mangé par terre et une pièce servant de foyer pour les patients, apparemment tous en bonne forme et heureux.

Toutes ces images lui étaient familières, qu'il se fût agi d'un hôpital, d'une maison de retraite ou d'une clinique privée. Le texte parlait du « plus haut niveau de qualité », de leur « dévouement pour le bien-être des patients », d'« approbation du ministère de la Santé », ce genre de contenu.

Brunetti leva les yeux sur del Balzo et lui sourit.

« Je vois les Falier ce soir, et je donnerai ce prospectus à mon beau-père. Cependant, il voudrait connaître aussi les incidences fiscales de toute éventuelle donation à votre organisation.

— Bien sûr, bien sûr, approuva del Balzo. Il est d'ailleurs très sage de prendre cet aspect en considération. »

Il s'enfonça dans son fauteuil et croisa les jambes, un geste dans lequel Brunetti voyait souvent un signe d'assurance, comme si aisance de la posture était synonyme d'aisance de la conscience.

Pendant que del Balzo parlait, Brunetti se focalisa sur le langage corporel de son interlocuteur ; c'était un réflexe qu'il avait développé au cours de ses années d'interrogatoires de suspects et d'écoute des témoins ou parfois de ses enfants, lui expliquant les raisons de leurs notes à l'école. Habituellement, la gestuelle d'une personne révélait son véritable état d'âme. En ne se concentrant que sur les mouvements du corps, Brunetti recherchait des preuves attestant un éventuel propos mensonger.

Brunetti observait del Balzo avec une vive curiosité et assez vite il nota la façon particulière dont il faisait tourner avec son pouce son alliance autour du doigt.

Au bout de quelques minutes, il se syntonisa de nouveau avec del Balzo et l'entendit dire : « Donc il serait autorisé – je ne sais pas si cela peut l'intéresser – à déduire une partie du montant de la donation de ses impôts sur le revenu. »

Brunetti leva les yeux et fit un large sourire à son interlocuteur pour lui signifier combien il avait trouvé tous ses propos intéressants.

«Je ne vois pas qui ne serait pas intéressé par cette possibilité, n'est-ce pas, signore? demanda-t-il avec l'expression la plus amicale qui soit.

— Effectivement, confirma del Balzo. D'autant plus que ce serait pour une bonne cause. J'ai visité l'hôpital plusieurs fois et j'ai toujours été impressionné par son sérieux. Bien sûr, nuança-t-il en hésitant, comme s'il ne pouvait s'empêcher de dire la vérité tout entière, le niveau des soins n'est pas comparable avec ceux donnés, par exemple… », et il fit alors un geste en direction de Mestre. Surpris, Brunetti se demanda pourquoi il n'avait pas indiqué l'Ospedale Civile, qui se dressait au bout du *campo*.

« On ne peut l'exiger, poursuivit del Balzo, même si beaucoup de médecins ont fait leurs études en Europe. Mais, comparé aux autres hôpitaux du Bélize, celui de St. Peter fournit vraiment de remarquables prestations médicales dans tous les domaines. J'avoue ne pas être un docteur, continua del Balzo, je ne peux donc pas donner de jugement médical doté de crédibilité, mais l'hôpital jouit d'une excellente réputation parmi les professionnels et à l'issue de toutes les inspections gouvernementales, il a toujours fait l'objet des meilleures évaluations. »

Brunetti opina du chef, comme on l'attendait de lui en la circonstance.

« Bien, dit-il en tenant la brochure en l'air, pensez-vous qu'un de vos collaborateurs puisse envoyer à mon beau-père tout document que vous estimez important… y compris ces rapports du gouvernement?

— J'ai un dossier complet: il doit comporter trente pages. Tout est dedans, y compris les certifications du ministère de la Santé et les plans de la clinique pédiatrique. Je vais demander à ma secrétaire de l'envoyer demain.

— Parfait. Vous pouvez l'envoyer directement à mon beau-père. Je lui dirai ce soir que c'est en chemin. » Puis, osant un trait d'humour, il ajouta : « Si l'on peut s'exprimer ainsi pour tout courrier confié à la poste. »

Restant imperméable à l'ironie, mais aussitôt alerté par cette réflexion, del Balzo précisa : « Je pensais le lui envoyer par e-mail, en pièce jointe.

— Ah, bien sûr », approuva Brunetti avec un sourire détendu, censé masquer son embarras. « Je crains d'être prisonnier du passé dans certaines situations : lorsque j'entends le mot “envoyer”, j'ai encore le réflexe des bureaux de poste. »

Del Balzo le gratifia d'un sourire indulgent et clément. Une fois de plus, Brunetti fut content de constater comme il lui était facile de convaincre les gens de sa propre stupidité.

Il se leva avec un sourire, tout en se demandant comment del Balzo pouvait connaître l'adresse e-mail du comte.

Brunetti conclut, en s'adressant à del Balzo de manière formelle : « Ce serait très aimable à vous, signor del Balzo. »

Ce dernier se leva et accompagna Brunetti à la porte où il lui dit : « J'ai hâte d'avoir des nouvelles du comte Falier. »

21

Après le dîner, une fois les enfants partis dans leurs chambres pour faire leurs devoirs, Brunetti demanda à Paola si elle avait le temps et la patience de l'écouter lui raconter tout ce qui s'était passé depuis que sa vieille amie Elisabetta était venue lui faire part, à la questure, des déboires conjugaux de sa fille.

Il s'efforça de respecter, dans sa narration, l'ordre chronologique, mais il eut rapidement l'impression que le déroulement de cette histoire ressemblait au parcours des billes en métal dans les flippeurs qui lui avaient volé tellement d'heures dans sa jeunesse. Il se revoyait lancer la bille vers le haut et la regarder commencer à descendre sur le plateau de jeu en évitant les trous qui l'attendaient partout. Il y avait des petits leviers mécaniques et des butoirs empêchant la bille de disparaître dans ces nombreux trous disséminés sur le terrain de jeu : les joueurs habiles pouvaient le lui éviter par des mouvements rapides et précis ; les joueurs audacieux tapaient sur les côtés de la machine ou, dans certaines circonstances, la soulevaient par le bas pour renvoyer la balle au sommet. Il se souvenait de l'excitation que lui procurait ce jeu, du fait de son suspense et de ses scores triomphaux. Jusqu'au jour où il n'éprouva plus ces émotions et cessa alors d'y jouer.

En venant le voir, Elisabetta avait actionné un piston qui avait lâché une bille dénommée Belize nel cuore. Elle avait été déviée de sa trajectoire tout d'abord par un éjecteur : un vice-amiral qui radotait, puis par un butoir, un homme qui avait signé un document et était mort depuis. Une nouvelle bille alla ensuite vandaliser la clinique de Flora del Balzo sans que les leviers, les butoirs ou les éjecteurs ne parviennent à l'arrêter dans sa course. Il y avait donc un élément qui clochait sur ce plateau de jeu et Brunetti n'avait qu'une envie : attraper la machine par le bas, la soulever et lui donner une bonne secousse.

Une fois l'histoire initiale racontée, il revint sur la partie concernant le chien couvert de sang et puis en vint à déclarer qu'à son avis, la fille d'Elisabetta ignorait complètement ce qui se passait, hormis le tel niveau de stress de son mari que la simple vue d'une brochure touristique l'avait mis dans tous ses états. Cette allusion l'obligea à lui rapporter l'anecdote saugrenue de la vitrine de l'ancienne agence de voyages sur le campo Manin.

« Et ce n'est pas tout, dit-il en sirotant sa grappa, mais ce sont là les événements majeurs. »

Se versant aussi une goutte d'eau-de-vie, Paola, qui voulait toujours comprendre le fil conducteur des intrigues de son mari, lui demanda :

« Mais alors, quelle est la raison de toute cette affaire ? »

Cette question le figea.

« À mon avis, le problème est que cette situation réussit à faire sortir malhonnêtement de l'argent du pays, d'une façon ou d'une autre, répondit-il au bout d'un moment.

— Explique-moi, le pria-t-elle, en posant son verre.

— Tu ne comprendrais pas. Henry James n'a jamais abordé ce sujet dans ses écrits, dit Brunetti d'un air taquin, en plaçant son verre près du sien.

— Tu ne me feras pas plier», répliqua-t-elle.

Paola pencha la bouteille pour faire tomber les dernières gouttes de grappa dans leurs verres, puis elle leva la bouteille vide.

«Dieu bénisse Endrizzi!» s'exclama-t-elle, en la reposant sur la table.

Après un instant de réflexion, elle expliqua: «Étant une universitaire, tout ce que je sais sur les sorties d'argent à l'extérieur du pays, c'est que mon père tremble s'il doit transférer plus de dix mille euros sur n'importe quel compte étranger car ce genre d'opération peut lever des lièvres et c'est la dernière chose qu'il voudrait. Mais je suppose qu'il y a tellement de mouvements d'argent maintenant que la plupart des virements passent inaperçus, tant que tu n'envoies pas cent mille euros sur ton propre compte dans les Indes-Occidentales britanniques, par exemple.»

Au lieu d'émettre un commentaire, Brunetti remonta sa manche et lui demanda: «Cela te dirait d'aller faire un tour?

— Il est 22 heures passées, Guido.

— Tu as peur?

— N'importe quoi! Où est-ce que tu veux aller?

— Sur le campo Manin.»

Elle fut debout en un clin d'œil et se dirigea vers la porte.

Ils mirent un quart d'heure pour y arriver. Ils firent le tour de la Cassa di Risparmio dont la laideur était atténuée à la faveur de la nuit et ils longèrent les édifices sur la gauche du *campo*. Brunetti eut l'impression de procéder à une autopsie ou, plus exactement, d'entrer dans la morgue de l'Ospedale. Sur le campo Manin, les cadavres des commerces morts jalonnaient la place jusqu'au canal. Il y avait parmi les victimes un fast-food moyen-oriental, un magasin de sport, un magasin de vêtements avec deux mannequins tristement abandonnés dans la vitrine et, à la fin, l'agence de voyages. Heureusement que les magasins n'ont pas de pieds, sinon chacun d'eux se serait retrouvé avec une étiquette attachée au gros orteil gauche portant leur nom, leur âge et la cause présumée de leur décès. Ceux sur le *campo* étaient tous morts du Covid.

Les personnages sur les photos de l'agence de voyages portaient encore leurs maillots de bain et leurs sandales, même si des mois d'exposition au soleil avaient commencé à ternir leur image. Brunetti avait pris une torche dont il éclaira la vitrine, à la recherche des brochures qu'il était sûr d'y avoir vues. Il finit par les trouver ; elles s'étaient serrées les unes contre les autres au cours de leur agonie et avaient à moitié glissé dans leur tentative de salut, en se mettant à l'abri à l'ombre d'un bureau. Elles gisaient là, flagellées par le soleil : la Grèce, avec une mer à la couleur si passée qu'elle était devenue presque blanche ; trois chameaux koweïtiens albinos ; des photos de fantômes ou de nuages dans un endroit sans nom ; et enfin un édifice blanc à quatre étages se dressant derrière une pelouse parsemée de palmiers, avec une pancarte décolorée au-dessus de la porte le désignant comme l'Hôtel des Bains, avec deux portes en verre automatiques, accompagnées de chaque côté de colonnes en marbre doriques.

Il braqua la torche dessus si longtemps que Paola finit par demander : « Qu'est-ce que c'est ? »

Il l'éteignit et la mit dans sa poche.

« *La* preuve. »

Brunetti resta réveillé une bonne partie de la nuit à réfléchir à ce qu'il venait de découvrir. La photo de l'hôtel, déguisé à présent en hôpital – ou peut-être, plus précisément, un hôtel photoshopé en un hôpital – était la démonstration de la fonction réelle de Belize nel cuore.

C'était avec ce projet qu'Enrico Fenzo avait commencé sa carrière de *ragioniere* ; son beau-père lui avait demandé de l'aider à fonder une organisation caritative et pouvait-il y avoir un client plus fiable qu'un membre de la famille ? Brunetti se demanda à quel moment Fenzo avait commencé à soupçonner que tout n'était pas rose dans l'affaire de del Balzo. Il n'y avait pas lieu de s'étonner qu'il ait cessé de travailler pour lui. Dans l'impossibilité de dire à sa femme ce que son père était probablement en train de tramer, Fenzo ne pouvait que s'éloigner en douceur de lui et espérer que le temps effacerait toute trace de son implication dans les débuts de la fondation. Lorsqu'il entendit les cloches lui rappeler que le temps passait, Brunetti se remémora la photo sur la brochure touristique et comprit pourquoi Fenzo avait paniqué à sa vue.

Il se tourna pour trouver le sommeil, mais c'est le souvenir du vice-amiral Fullin qui lui vint en tête, cet homme dont l'esprit semblait aller et venir et qui passait de son état de statue aux yeux dans le vide à celui d'un homme qui, aussi lent fût-il en pensée et en action, était encore présent et conscient de son environnement.

Sans aucun doute avait-il reconnu que la médaille que Brunetti avait portée était militaire, comme la sienne. Il y en avait toute une kyrielle, se souvenait le commissaire, sur la photo du vice-amiral en grand uniforme, tombant presque en cascade sur sa veste. Brunetti avait toujours admiré les uniformes de la marine : comme c'était intelligent de leur part d'avoir choisi le blanc, la meilleure couleur pour exhiber leurs colifichets contre lesquels tellement d'hommes avaient échangé leur vie.

Par association d'idées, Brunetti songea à d'autres choses blanches : la neige, les colombes, les mariées, le papier, l'aspirine. Il ouvrit les yeux et recouvra ses esprits : papier, et qui dit papier, dit lettre. Girolomo avait-il gardé les morceaux de la lettre qui avait provoqué la colère de son grand-père contre son ami et collègue, le capitano Pederiva ? Brunetti se tourna pour regarder son réveil et, bien évidemment, il était 3 heures du matin. N'était-il pas toujours cette heure lorsqu'il regardait son réveil dans la nuit ? Les nouvelles alarmantes et les appels d'urgence arrivaient-ils à un autre moment ? Il se souvint d'avoir lu que Mandelstam gardait toujours une valise prête près de la porte, dans l'attente du KGB, qui venait toujours la nuit. Et qui était bien venu.

Quel idiot il avait été de ne pas demander au jeune homme s'il avait conservé les fragments de cette lettre. Il se tourna sur le ventre et entoura le dos de Paola de son bras, sans crainte de la réveiller. Le vice-amiral Fullin aurait pu ancrer son torpilleur dans le Grand Canal à l'extrémité de leur *calle* et saluer la ville par une salve de vingt et un coups d'artillerie, elle aurait continué à dormir du sommeil du juste.

À 9 heures, Paola lui apporta son café et il l'entendit lui demander, tandis qu'il émergeait lentement des brumes du réveil : « Je vais au marché près de Piazzale Roma ; y a-t-il quelque chose que tu aimerais manger ce soir ?

— Tout ce que tu veux, Paola », répondit-il, car il était encore trop tôt pour songer au dîner.

Elle lui demanda : « Qu'est-ce qui ne va pas ?

— Comment ?

— En toutes ces années, c'est la première fois que je te vois refuser – alors que je t'en ai donné la possibilité – de choisir le menu du dîner ! »

Paola pivota et partit.

Il éclata de rire et alla prendre sa douche.

Brunetti regarda par la fenêtre avant de s'habiller et puis, pour avoir plus de certitude, il ouvrit la porte-fenêtre avant de choisir ses vêtements. Le frisson qui l'accueillit lui fit changer d'avis et choisir un costume bleu foncé qu'il avait repéré à Milan quelques années auparavant, une fois où il s'était brièvement échappé de la session de l'après-midi d'une réunion présidée par le consul américain sur le danger des attaques terroristes pour la population civile en Italie.

Il était entré dans le magasin, l'avait essayé et avait hardiment sorti sa carte de crédit pour le payer, certain que le prix serait plus que couvert par les généreuses indemnités journalières que les Américains étaient prêts à payer en espèces pour inciter les commissari de la police italienne à assister à leur réunion. Comme dans son esprit c'était un « costume américain », il le portait toujours avec une chemise blanche et une cravate rouge.

Avant de sortir, il téléphona à la Contessa pour lui demander le numéro de *telefonino* de Girolomo Fullin, sans lui donner d'explications. Il l'appela et se présenta, puis demanda au jeune homme s'il avait gardé les morceaux de la lettre qu'il avait prise des mains du capitaine Pederiva. Bien sûr qu'il restait en ligne, le temps que son correspondant aille vérifier.

Le téléphone de Girolomo fit un bruit lorsqu'il le posa, mais ce dernier fut rapidement de retour et lui annonça qu'il l'avait trouvée, en morceaux, un peu froissée et abîmée, mais quand même lisible.

« Vous ne l'avez pas lue ? s'enquit Brunetti.

— Elle ne m'était pas adressée, signore.

— Je vois, répliqua le commissaire avec douceur. Si je vous assure que je veux voir cette lettre pour aider votre grand-père et peut-être sauver son honneur, accepteriez-vous de m'en donner les morceaux ? »

Les jeunes gens, Brunetti le savait, croyaient dans des valeurs comme le sens de l'honneur pour un homme.

Girolomo répondit sans tarder : « Oui. Voudriez-vous que je vous l'apporte, signore ?

— Oui, s'il vous plaît. C'est très aimable à vous, répondit Brunetti. Pourrions-nous nous voir au Caffè del Doge dans dix minutes ? proposa-t-il, sans justifier sa requête.

— Oui, confirma Girolomo. Je vous y retrouve. »

Avant de partir, Brunetti passa un rapide coup de fil au frère d'un de ses amis pour lui demander s'il pouvait trouver dans les fichiers de la marine le numéro de *telefonino* du capitaine Pederiva de Venise, à la retraite. Timoteo accepta et Brunetti lui demanda de le lui envoyer par un SMS.

«Rien de plus simple», répliqua Timoteo en raccrochant.

Comme il avait largement le temps, Brunetti descendit lentement l'escalier et vérifia la boîte aux lettres dans le hall d'entrée. Elle avait l'air vide, comme c'était généralement le cas ces derniers temps. *De qui lirons-nous les lettres, dans les jours à venir?* se demanda-t-il. *Peut-être ne nous manqueront-elles pas, après tout.* Il songea à une réflexion que Sénèque avait écrite dans une de ses lettres à Lucilius, nous avisant que ce n'est qu'au moment où nous commençons à nous passer des choses que nous prenons conscience de leur inutilité.

Ils n'étaient pas allés au cinéma pendant toute la période de la *pandemia* et ces séances ne lui avaient absolument pas manqué. Ils étaient restés des semaines sans journaux et ils les avaient lus en ligne. Les écoles avaient été fermées pendant des mois, et les enfants ne semblaient pas moins intelligents. Ce qui manquait vraiment à la ville, c'étaient seulement les touristes.

Il entra dans le café presque vide à 10 heures. Il reconnut Girolomo, debout au comptoir. Il le rejoignit, commanda un café et lui demanda: «Comment va votre grand-père?»

Le jeune homme prit son café mais le reposa sans y avoir goûté.

«Tout porte à croire que ce sera aujourd'hui un bon jour pour lui, merci.

— Ce doit être terrible pour votre grand-mère», affirma Brunetti. Puis, une fois son café servi, il ajouta: «Ma mère a été à la Cà di Dio un certain temps.

— C'est devenu un hôtel, n'est-ce pas?» s'enquit Girolomo.

Brunetti se retint de lui demander en retour : « N'est-ce pas la nouvelle norme ? » et préféra lui faire un signe d'assentiment. « Elle était heureuse là-bas. Au début. Les sœurs étaient très gentilles avec elle. Elles l'ont toujours été. Mais c'est elle qui a changé. C'était au départ un hospice pour les pèlerins en route pour la Terre sainte, se mit-il à raconter, pour se distraire de ces pensées.

— Quand était-ce ? s'informa Girolomo.

— Au XIIe siècle, je pense ; peut-être même avant. »

Girolomo leva les yeux et jeta un coup d'œil circulaire sur les tables, les chaises, une énorme machine à café et deux tee-shirts de footballeurs au mur.

« Et nous voici, presque mille ans plus tard, dans la même ville, en train de boire un café. »

Baissant les yeux, il vit que le sien était fini et écarta la tasse et la soucoupe.

Un exemplaire du *Gazzettino* du matin était plié sur le comptoir.

Girolomo sortit une chemise en plastique rouge foncé de l'intérieur du journal et la tendit à Brunetti en disant : « Je ne voulais pas qu'elle s'abîme encore plus. »

Brunetti prit la chemise sans l'ouvrir et remercia le jeune homme, puis lui demanda :

« Que dois-je en faire une fois que je l'aurai lue ?

— Si vous estimez que c'est une lettre que mon grand-père pourrait souhaiter garder, vous pouvez me la rendre.

— Et dans le cas contraire ?

— Si elle ne le concerne pas, vous pouvez la conserver ou la rendre au capitaine. C'est lui qui l'a apportée chez mon grand-père, donc elle lui avait été probablement envoyée. » Il marqua une pause et regarda longuement

Brunetti avant de lui dire : « Il y a un détail que vous devriez peut-être connaître. Lorsque j'ai raccompagné le capitaine à la porte, il pleurait. » Il se tut puis demanda de l'eau à la serveuse derrière le comptoir et resta silencieux jusqu'à ce que son verre arrive.

Girolomo le but d'un trait, puis enchaîna : « Je n'avais encore jamais vu un homme pleurer. C'était comme s'il était à la fois en colère et honteux. »

Brunetti, qui en avait vu beaucoup en larmes, hocha la tête.

« Il ne cessait de répéter : "Je ne savais pas, je ne savais pas", mais il n'a pas dit ce qu'il ne savait pas, et j'ai eu… j'ai eu peur de le lui demander. »

Sans laisser le temps à Brunetti de répliquer, le jeune homme glissa de nouveau la chemise dans le quotidien et le poussa vers lui, en disant : « Le journal la protégera. » Puis il ajouta, avec un sourire : « J'ai passé cinq minutes ici à vous attendre, donc j'en ai lu plus qu'assez. »

Il souhaita une bonne journée à Brunetti, laissa quelques pièces sur le comptoir et sortit dans la *calle*.

22

Impatient, Brunetti prit le numéro 2 et descendit à San Zaccaria, même s'il savait que le trajet ne serait pas plus rapide de cette façon. Au moins ce vaporetto lui donnait la sensation de vitesse qu'il désirait ressentir. Il fut à peine sensible à la perfection du matin, tellement il était résolu à trouver enfin des preuves pour différencier les multiples versions qu'il avait obtenues sur les agissements de ces personnes et sur leurs motivations.

Toute lettre est sujette à interprétation, certes, mais au moins il disposait là d'un texte où les mots eux-mêmes ne changeraient pas en fonction du souvenir des individus. Même s'il était marié depuis des dizaines d'années à une femme qui considérait la plupart des écrits comme ambigus et nécessitant une exégèse, Brunetti avait donné libre cours à son goût pour des interprétations plus littérales.

Il se rendit immédiatement dans son bureau et ferma la porte derrière lui. Il posa le journal sur son fauteuil et essaya de faire de l'ordre sur sa table. Il fit glisser tous les documents et les classeurs vers l'arrière, tourna l'écran de son ordinateur de manière qu'il soit parallèle aux côtés de son bureau et poussa tout le reste sur le côté, pour aménager une zone de travail.

Il plaça la chemise au milieu de cet espace, posa le journal par terre et s'assit. Il fit glisser les morceaux de papier sur son bureau et laissa tomber la chemise vide sur le journal. La lettre avait été déchirée en quatre morceaux, quasiment égaux. Il les posa sur le bureau et les examina. Ils gisaient là comme les quatre morceaux d'une gigantesque chips rectangulaire.

Recomposer la lettre fut un jeu d'enfant. Quatre angles et quelques dizaines de lignes de texte : rien de plus facile que de les rassembler.

Il fut étonné par l'adresse de l'expéditeur : Palazzo Dandolo, campo SS. Giovanni e Paolo, où le numéro de Castello était très élevé[1]. Se canalisant sur l'esprit de sa mère, Brunetti murmura, comme elle le faisait dans les moments de grande surprise : « *Maria Vergine* », car l'adresse des bureaux de Belize nel cuore coïncidait avec celle du signor Bruno del Balzo.

Il regarda l'endroit où figure normalement l'adresse du destinataire dans les lettres officielles, mais il y avait seulement la formule de salutation *Cher Giovanni*, probablement le prénom du capitaine Pederiva.

Il se mit à lire.

J'espère que cette lettre te trouvera en bonne forme et attelé à tes mémoires. Je souhaite t'encourager dans cette noble entreprise car je pense qu'il est important de consigner un récit sur le dévouement d'hommes comme toi qui ont travaillé généreusement pour

1. Venise est divisée en six *sestieri*, chacun numéroté de 1 à un chiffre qui peut être nettement supérieur à 6 000, car c'est chaque porte de maison dudit *sestiere* qui est prise en compte. Si le numéro est très élevé, c'est que la maison se situe à la limite de deux *sestieri*.

le bien de notre pays. Pendant des dizaines d'années, tu as fait partie de ce service où tu as gravi les échelons jusqu'à ce que tu aies atteint ton but de devenir capitano, *un chef parmi ceux qui n'ont de cesse de travailler pour garantir la protection et la sécurité de nos citoyens.*

Comme tu le sais, la longue carrière de notre ami commun Matteo Fullin montre que lui aussi tenait à assurer la protection et la sécurité d'autrui. À cette époque, le centre de ses préoccupations s'est tourné vers les citoyens du Bélize, un pays cher à son cœur. Je lui ai rendu visite hier, et nous avons parlé, car lorsqu'il retrouve l'énergie et la puissance que nous avons admirées chez lui pendant de si nombreuses années, Matteo est tout à fait lucide.

Je lui ai expliqué mes projets d'expansion de l'hôpital, projet pour lequel tu te montres un ami si loyal, et il m'a exhorté à te demander ton aide pour cette initiative. Je ne peux pas te révéler en quels termes il a loué ta générosité car je risquerais de te mettre dans l'embarras. Il y a peu de gens que Matteo admire plus que toi, à la fois pour ton service dans la Marine et pour ta remarquable générosité.

Lorsque je l'ai vu, il semblait en très bonne forme et, comme toujours, il peut compter sur les soins, l'amour et la protection d'Antonia. Je leur ai souhaité de tout mon cœur, et avec toute mon amitié, une bonne santé et un avenir serein.

Dans l'espoir d'avoir bientôt de tes nouvelles, Giovanni, je te prie de croire à ma haute considération.

La signature apposée en bas était simplement *Bruno*.

Brunetti se souvint du bref récit que Girolomo lui avait fait de la scène qu'il avait interrompue : le cri du vice-amiral déchirant la feuille de papier arraché des mains de son ami, écumant de colère, tel le roi Lear face à une trahison qu'il ne pouvait nommer, peut-être même ne pas comprendre distinctement. Qu'avait-il véritablement saisi de cette lettre ? Est-ce que son ami la lui avait lue ? Ou lui avait-il suffi de lire la signature de del Balzo sur une lettre faisant allusion à lui ? Ou encore de voir une simple lettre sur l'association dont il était un membre fondateur ?

Un tel comportement pouvait être aisément expliqué par l'explosion de vagues aléatoires de démence qui déferlaient à travers l'esprit du vice-amiral. Sa famille disait qu'il avait de « bons jours » quand il retrouvait son « énergie », mais que signifiait cette expression ? Quand avait-on perçu son « énergie » pour la dernière fois ? Et à quoi reconnaissait-on un « bon jour » ?

Brunetti regarda la lettre et nota qu'elle était datée du mois précédent, avant donc qu'Elisabetta ne vienne lui parler et avant l'acte de vandalisme dans la clinique de Flora del Balzo. Comme il n'avait pas encore entendu la signorina Elettra, il n'avait aucune idée de la nature ou de l'ampleur de ces donations, dépensées depuis longtemps en séances de yoga et en cours de plongée sous-marine, sans parler des quelques paires de chaussures Berluti à 2 000 euros chacune. Est-ce qu'un homme, se demanda-t-il, pouvait prendre de tels risques pour de nouvelles chaussures ? Mettre en péril sa plus vieille amitié, son mariage, sa respectabilité, son honneur ?

Cette lettre l'avait perturbé, mais il décida de la relire. Cette fois, il remarqua l'incohérence entre son indigeste formalité et la familiarité du "tu".

Ce n'est pas possible, murmura-t-il dans sa moustache, de jouer ainsi avec une langue aussi affectée, aussi artificielle, et toutes ces références maladroites au bon vieux temps. Est-ce qu'un homme, même un homme d'affaires, pourrait écrire à un vieil ami de cette façon ?

Son téléphone sonna : l'écran lui indiqua que l'appel provenait du *telefonino* de la signorina Elettra.

« Oui ? répondit-il.

— Bonjour, commissario », dit-elle.

Brunetti put entendre, à l'arrière-plan, une voix d'homme en train de faire une annonce dans un haut-parleur éraillé. Il entendit « Rome » et « une heure et... », puis un sifflement.

« Êtes-vous à la gare ?

— Oui. Un de mes amis arrive ce matin, mais le train est en retard.

— Puis-je vous aider ? s'enquit-il, pensant qu'il serait possible d'envoyer Foa et la vedette.

— Pas besoin, signore. Il y a déjà un bateau qui attend.

— Je voulais vous dire de regarder dans la corbeille de votre courrier, sous la brochure sur les nouveaux pistolets. »

Comme s'il en avait véritablement reçu l'ordre, Brunetti se leva, se pencha à l'arrière de son bureau et enleva la brochure sans même jeter un coup d'œil au pistolet gris foncé représenté sur la couverture. Il trouva en dessous une série de papiers agrafés à la va-vite, négligemment. Il les prit et lui lut le titre inscrit sur la page de couverture : « "Fréquence des vols de bovins (y compris de volaille domestique) dans la province de Venise, 2016-2018." Est-ce bien là l'objet de ma recherche ?

— Oui, commissario, confirma-t-elle, puis elle lui dit "chut", ce qui lui permit d'entendre l'annonce : « La Freccia Rossa en provenance de Rome entre en gare au *binario*[1] n° 3 avec une heure quarante minutes de retard. »

1. Quai.

Lorsque cette voix se tut, celle de la signorina Elettra revint dans son écouteur : « Vous étiez impatient d'avoir ces informations, monsieur. Comme je ne serai pas là pour le reste de la journée, j'ai pensé les camoufler de cette façon et les déposer sur votre bureau. »

Elle raccrocha, sans lui laisser le temps de répondre.

Il remit les morceaux de la lettre dans la chemise en plastique et la glissa dans son tiroir.

Reportant son attention sur le rapport concernant le vol d'animaux domestiques, il enleva le trombone et la première page, et les mit de côté ; il lui restait à consulter une page avec trois colonnes intitulées « Date », « Montant » et « Provenance ». Il feuilleta les six pages restantes à simple interligne et vit la date de la saisie la plus récente, qui remontait à deux mois plus tôt.

Revenant à la première page, il s'aperçut qu'en ce même jour de mars où eut lieu la signature des papiers relatifs à l'organisation de Belize nel cuore, la première donation de 2 000 euros était accompagnée du nom et de l'adresse de del Balzo. Une semaine plus tard, 350 euros furent donnés par un habitant de Cannaregio. La donation suivante de 200 euros fut effectuée deux semaines plus tard par une femme de Castello. De petites sommes continuèrent à tomber comme la pluie : 50 euros, 25, 30, 100, parfois plus, mais plus souvent moins.

Ce n'était pas vraiment un départ fulgurant, mais comme l'argent allait à un pays pauvre, sans doute y était-il plus bénéfique.

Vers la fin de l'année, après avoir reçu 1 000 euros de Giovanni Pederiva, domicilié à San Marco, Belize nel cuore reçut également la somme de 2 000 euros d'Innocenza Bagnoli, résidant à Brescia. Brunetti regarda la date de sa contribution, sortit son calepin de sa poche pour la noter, puis continua à lire.

Deux mois plus tard, un homme de Caltanissetta fit un don de 3 000 euros et un mois plus tard, 13 000 euros arrivèrent d'un notaire de Brescia. Sur la même page étaient répertoriées trois autres sommes provenant d'hommes habitant à Brescia et à Vicence, d'un montant de 22 000, 19 000 et 24 000 euros.

Il parcourut les pages, sans connaître aucune des personnes ayant effectué ces dons pour Belize nel cuore. Lorsqu'il arriva en bas de la dernière page, Brunetti sortit son téléphone, comprit comment faire pour s'en servir comme d'une calculette, revint à la première page et commença à entrer lentement toute donation supérieure à la somme de 500 euros.

Lorsqu'il tourna la dernière page et entra la dernière somme, Brunetti marqua une pause un moment avant d'appuyer sur la touche =, ayant perdu depuis longtemps le fil de l'addition.

« Bingo ! »

Sept cent soixante-deux mille euros.

Ils en ont fait du chemin au Bélize, ces petits sous, se dit-il, soupçonnant que seule une infime partie de ces sommes ait été dépensée sur place.

Il tira une autre chemise de son tiroir, y glissa les documents traitant du vol de bétail en Vénétie et le referma.

Il remit l'écran en place et reprit son clavier. Murmurant une prière à la déesse de la technologie qui pouvait bien être, à ses yeux, la signorina Elettra, il tapa « Innocenza Bagnoli, conseillère financière ».

Et il attendit de voir ce que l'ordinateur avait à lui révéler.

Une lumière rouge commença à clignoter au centre de l'écran. *Consultez vos e-mails. Consultez vos e-mails. Consultez vos e-mails.* Le message n'aurait pu être plus clair. Il essaya de l'ignorer et cliqua sur son serveur, mais le message réapparut, enveloppé cette fois d'un gilet de protection orange : *Consultez vos e-mails. Consultez vos e-mails. Consultez vos e-mails.*

Vaincu, il cliqua une fois sur l'icône de l'oiseau en vol, et sa boîte d'e-mails s'ouvrit et il vit un message éclairé en rouge dans la boîte de réception. Une seule personne pouvait en être à l'origine ; il l'ouvrit sans sa peur habituelle qu'au premier signe de techno-obstination, son ordinateur n'explose.

Cher commissario, je voulais vous éviter de perdre votre temps et votre énergie à vous renseigner sur Innocenza Bagnoli (cet e-mail ne peut être lu que par votre ordinateur).

Il y a une pièce jointe contenant toutes les informations que j'ai pu trouver. J'espère que cela vous sera utile.

Ce n'était pas signé.

Il cliqua sur l'icône et attendit que la pièce jointe s'ouvre.

Il y avait deux pages, commençant par le premier emploi de Mme Bagnoli en tant que secrétaire dans une société de courtage à Brescia où elle avait travaillé trois ans, sans promotion ni augmentation de salaire.

Elle avait quitté cette maison et accepté une offre d'emploi d'une banque à Venise où elle avait travaillé comme consultante financière pendant trois ans. Les raisons de son départ n'étaient pas clairement spécifiées, mais la banque lui avait alors versé une somme dont le montant n'était pas précisé non plus.

Il découvrit, grâce à une liste de passagers des United Airlines, que la signora Bagnoli avait pris peu de temps après un avion de Venise à Belize City, via Francfort ; le temps de vol avait été si éprouvant que Brunetti eut presque pitié d'elle, l'imaginant toute serrée sur son siège en classe économique. Cependant, promue un mois plus tard au rang de dottoressa Bagnoli, elle était rentrée à Venise en première classe, détail qui mit un terme à l'empathie que Brunetti avait éprouvée spontanément pour elle.

En l'espace de deux mois, elle avait ouvert un bureau comme conseillère financière sur le campo Santa Marina. Un de ses premiers clients fut Bruno del Balzo qui habitait à proximité de son bureau. Cinq mois après être devenu son client, del Balzo – qui s'était retiré depuis trois ans et demi de la gestion directe de ses entreprises – embaucha la dottoressa Bagnoli comme directrice de la communication pour Belize nel cuore qui n'avait connu jusque-là que très peu de succès en matière de levées de fonds. Peu de temps après, les donations connurent une nette augmentation et del Balzo commença à se rendre deux fois par an sur place, à l'hôpital St. Peter.

Brunetti revint rapidement en arrière et, sortant son calepin de sa poche, il nota les dates et les moments saillants de la carrière de la dottoressa Bagnoli.

Il chercha en vain à transférer cet e-mail et ce dernier clignota en rouge trois fois et disparut, ce qui ne le surprit pas du tout. N'oublions pas qu'il avait assuré à Elisabetta qu'aucune information ne serait enregistrée dans un ordinateur, même s'il douta que cet accord inclût la signorina Elettra.

23

Plusieurs messages lui arrivèrent à ce moment-là. Le premier lui donnait le numéro de téléphone de Pederiva que Brunetti composa sans veiller à prendre connaissance des autres e-mails.

Après quatre sonneries, il entendit Pederiva s'annoncer.

« Capitaine Pederiva, je suis le commissario Guido Brunetti. Je suis une connaissance du vice-amiral Fullin.

— En effet, Girolomo et sa grand-mère m'ont tous deux parlé de vous ! »

Pederiva avait la voix grave et le rythme des personnes se sentant davantage à leur aise en vénitien.

Résistant à la tentation de passer au dialecte plus informel, Brunetti continua en italien.

« J'espère que c'était en bien.

— Tout à fait.

— J'en suis soulagé, capitaine. Girolomo m'a raconté votre dernière rencontre avec son grand-père et m'a laissé entendre que la vision de la lettre de del Balzo lui avait été intolérable. » Puis, renonçant à toute formalité, Brunetti observa : « Cela ne devrait pas arriver. Pas à un homme comme lui. Il est très…

— J'ai servi sous ses ordres pendant quatre ans, l'interrompit le capitaine, et je lui dois bien des choses. Il n'aurait pas dû… » Sa voix se noua à ces mots et Brunetti n'entendit plus que son souffle rauque.

« Voudriez-vous me raconter ce qui s'est passé, monsieur ? lui demanda le commissaire.

— Comme la lettre que j'avais reçue de del Balzo, demandant une contribution, me paraissait bizarre, je l'ai apportée au vice-amiral Fullin pour lui demander s'il avait bien tenu ces propos.

— Le lui avez-vous demandé ou lui avez-vous lu la lettre ?

— Cela a-t-il de l'importance ?

— Cela pourrait en avoir. Vous en souvenez-vous, capitaine ?

— Il est possible que je lui aie lu une partie de la lettre, commissario. Mais certainement pas le début ni les réflexions sur mes mémoires. »

Il se tut et Brunetti pouvait sentir ses efforts pour contrôler sa voix.

« Toute la lettre sonnait faux, montée de toutes pièces : del Balzo lui a fait dire des choses qu'il n'aurait jamais dites. Matteo ne m'aurait jamais dit quoi faire, ne m'aurait jamais dit à qui donner de l'argent. C'était un homme discret et il ne parlait aucunement de cette manière. »

Brunetti fut attristé d'entendre Pederiva parler du vice-amiral à l'imparfait, mais il garda cette réaction pour lui.

« Matteo n'aurait jamais parlé de moi de cette manière, jamais », réitéra-t-il, comme si Fullin avait trahi sa confiance en révélant sa générosité. « Stupidement, je lui ai lu la partie où del Balzo essayait de me convaincre de continuer à contribuer à son institution caritative et c'est à cet instant que Matteo a commencé à hurler.

— Que disait-il ?

— “Il m’a trompé”, “voleur”, et même “traître”. »

Brunetti crut entendre un sanglot dans sa voix, qu’il étouffa rapidement.

« Aurait-il pu songer à quelqu’un d’autre ? suggéra Brunetti.

— Non. Il savait qui était l’auteur de cette lettre. Alors il l’a saisie et déchirée.

— Que s’est-il passé ensuite ?

— Avant que je puisse proférer un mot, Girolomo est entré. Alerté par les cris, il est venu voir ce qui se passait et il a pris les morceaux de la lettre des mains de son grand-père. Il l’a aidé à s’asseoir puis m’a dit qu’il valait mieux que je m’en aille. » Brunetti entendit sa profonde respiration et, ne voulant pas que le vieil homme se mette à pleurer ou, pire, qu’un autre homme ne l’entende pleurer, il lui dit, d’un ton vif et ferme :

« Merci, capitaine. Ce que vous m’avez dit est très important.

— C’est mon ami, parvint à répliquer Pederiva, d’une voix très faible.

— Et réciproquement, capitaine », répondit Brunetti doucement, mais son interlocuteur raccrocha, avant même de lui laisser la possibilité de lui apporter un peu de réconfort.

Il remit le téléphone en place et alla à la fenêtre. Comment le vice-amiral Fullin en était-il venu à croire que Bruno del Balzo était un menteur, un voleur et un traître ? N’était-ce pas l’homme dont il avait garanti l’intégrité en signant les documents pour sa fondation ? Même si la démence avait provoqué des dégâts dans l’esprit de l’accusateur, Brunetti en avait suffisamment appris les derniers jours pour savoir que les accusations de Fullin n'étaient pas forcément fausses pour autant.

Il devrait, Brunetti le savait bien, consigner à un magistrat toutes les informations qu'il avait recueillies et procéder à une mise en accusation formelle contre del Balzo, même si cette procédure le priverait définitivement de cette enquête qui passerait à la Guardia di Finanza. Mais de quelle preuve disposait-il pour étayer une accusation formelle ? Et n'avait-il pas promis à Elisabetta que cette affaire resterait privée ?

Le son d'un moteur de taxi le fit sortir de ses pensées ; il se détourna de ce bruit pour revenir à son bureau. Il sortit son calepin, trouva le numéro de Fenzo, le composa et attendit. À la troisième sonnerie, une voix d'homme répondit.

« Fenzo.

— Signor Fenzo, ici le commissario Guido Brunetti. Je suis la personne à laquelle Flora a parlé.

— Oui. Nous en avons longuement discuté.

— Je vous appelle parce que je voudrais également discuter avec vous.

— Au sujet de l'effraction à la clinique de Flora ? s'enquit-il, d'une voix laissant percer son scepticisme.

— Non, non. Je voudrais aborder avec vous la création de l'association de votre beau-père.

— Belize nel cuore ? demanda Fenzo comme s'il prononçait ce nom pour la première fois et qu'il n'en aimait pas beaucoup les sonorités.

— Oui, confirma Brunetti.

— Pour quelle raison souhaitez-vous des informations à ce sujet ? »

Brunetti prit soudain conscience qu'avec un homme tel qu'il en était venu à l'imaginer, la meilleure arme serait la vérité.

« Pour épargner à votre femme les conséquences de ce que son père va bientôt subir. »

Brunetti sentit qu'il venait de faire un coup de poker : Fenzo pouvait très bien refuser de lui répondre, ou pas. Mais il n'eut pas tort de tenter sa chance.

« Où voudriez-vous que nous nous rencontrions pour cette conversation ? enchaîna-t-il.

— Le campo San Vio vous conviendrait-il ? » demanda Brunetti.

Il savait qu'il y avait des bancs sur cette place où ils pourraient s'asseoir et discuter sans être entendus par des oreilles indiscrètes, et elle n'était pas loin du bureau de Fenzo.

« J'avais envisagé de rentrer plus tôt aujourd'hui, mais je peux vous y retrouver à 15 heures. »

Une fois cet accord établi, Brunetti raccrocha.

Lorsqu'il sortit de chez lui après avoir déjeuné, il regarda l'heure et vit qu'il n'avait que vingt minutes pour arriver au campo San Vio. Après avoir fait ses calculs – incluant la localisation, le moment de la journée et les conditions de circulation à pied –, il décida de prendre à gauche la Rughetta et se dépêcha.

Il arriva, essoufflé, avec trois minutes d'avance sur le pont donnant accès au campo San Vio, un de ces étranges *campi* pratiquement dépourvus de commerces, hormis un magasin vendant du verre de Murano sur la droite et, un peu plus loin, une pizzeria avec livraison à domicile.

Comme l'église sur cette place était anglicane, Brunetti ne la considéra pas comme une entreprise commerciale.

Il regarda à gauche et aperçut un homme dans un léger manteau en tweed assis sur un des bancs, en train de lire *Il Sole 24 ore*[1].

Brunetti s'avança et s'arrêta devant lui de manière que sa silhouette lui fasse de l'ombre et lui évite d'avoir le soleil dans les yeux :

« Signor Fenzo ? » demanda-t-il.

Fenzo ferma le journal et se leva gauchement.

Ce n'est qu'à ce moment-là que Brunetti remarqua la canne appuyée contre le banc.

« Pouvons-nous rester ici ? » suggéra Brunetti, et comme Fenzo acquiesçait, il poussa son manteau sur le côté et s'assit à une certaine distance de lui.

« Merci d'avoir accepté de me parler, signor Fenzo. »

C'était un bel homme, avec des yeux marron et des sourcils très épais. Son nez penchait un peu sur la gauche. Il avait un regard perçant.

« J'ai accepté de vous rencontrer, signor Brunetti, mais pas nécessairement de vous parler, répliqua-t-il en essayant de sourire.

— Ce n'est pas faux », admit Brunetti.

Il croisa les jambes et s'appuya contre le dossier du banc. Une fois qu'il fut bien à son aise, il se tourna vers Fenzo et commença : « Elisabetta est venue à la questure – nos familles étaient… voisines, à la lointaine époque où j'allais à l'école – pour me dire qu'elle se faisait des soucis pour Flora.

---

1. Quotidien économico-politico-financier italien, ayant un siège à Milan et à Rome.

— Comment ? s'écria Fenzo en fixant Brunetti. Des soucis pour Flora ? » Son visage se contracta ; il plissa les yeux et pinça les lèvres. « Des soucis à quel sujet ?

— À votre sujet, semble-t-il. Elle craint que vous ne lui fassiez encourir un danger. »

Cette fois, Fenzo secoua la tête, interdit.

« C'est fou, finit-il par dire. Elle sait que c'est fou.

— C'est Flora qui lui a avoué qu'elle s'inquiétait pour vous », expliqua Brunetti, en observant la réaction de Fenzo.

Son expression ne changea pas, mais il leva sa main droite en un signe d'exaspération, le genre de geste que l'on effectue face à l'inanité des mots.

« Et Flora lui a dit aussi que vous l'aviez prévenue de ne jamais parler de votre travail. »

Fenzo riva les yeux au sol, en secouant furtivement la tête, comme pour la libérer d'un poids.

« Ce n'est pas ce que j'ai dit.

— Mais vous avez bien fait allusion à votre travail ? Ou tenu des propos qui ont pu alarmer Flora ? »

Cette fois, Fenzo posa les coudes sur ses genoux et berça sa tête dans le creux formé par ses mains.

« Je lui ai dit que j'avais eu des problèmes avec un travail que j'avais réalisé dans le passé et que cela me tracassait.

— Elisabetta m'a confié aussi que d'après vous, il pouvait être dangereux pour vous deux d'en parler. »

Fenzo se figea ; comme il gardait le visage baissé, Brunetti ne put voir son expression. Il se passa les doigts dans les cheveux et se redressa.

« J'ai dû dire que ce travail risquait de nous créer des problèmes si je finissais par être impliqué dans une certaine affaire. Quelque chose de ce genre. Je voulais qu'il soit clair pour elle que ce n'était pas folle imagination de ma part et que je ne voulais pas non plus lui faire de cachotteries, mais que la situation était véritablement inquiétante. » Il marqua une pause et regarda Brunetti. « J'espérais sans doute que ces propos la rendent plus patiente à mon égard, ajouta-t-il avec un sourire et en haussant les épaules.

— Qu'entendez-vous exactement lorsque vous déclarez que vous pourriez être impliqué dans une certaine affaire ?

— Pouvez-vous me faire part de ce que vous savez exactement ?

— Mes collègues et moi avons pris le temps d'examiner l'association caritative que vous avez aidé à fonder.

— Et quelles informations en avez-vous retiré ? s'enquit Fenzo d'une voix de nouveau nouée.

— Qu'il y a là un hôpital qui n'a pas l'air d'être un hôpital. »

Brunetti se tut et regarda Fenzo, en épiant sa réaction.

Fenzo opina du chef comme si on venait de lui communiquer une donnée méritant réflexion.

« Qu'est-ce qui vous conduit à cette conclusion ? demanda-t-il.

— Il se trouve que j'ai vu une photo du même bâtiment, qui m'avait bien plus l'air d'être un hôtel. »

Fenzo hocha de nouveau la tête.

« Oui, je l'ai vue aussi. L'Hôtel des Bains. Cela en impose beaucoup plus en tant qu'hôpital, se risqua-t-il à ajouter.

— Savez-vous comment ils ont réussi à lui donner l'apparence d'une clinique ? Avec les chambres des patients et les salles d'opération, sans compter tous les équipements ?

— Je suppose qu'ils ont pris les photos sur Internet.

— Et la pancarte ?

— Un coup de Photoshop, j'imagine.

— Y a-t-il vraiment un hôpital ? s'enquit Brunetti avec une soudaine curiosité.

— Oui. Il existe.

— Où ?

— À Belize City. C'est le St. Peter's Hospital.

— À quoi ressemble-t-il ?

— À un hôpital délabré, qui manque de personnel et où la propreté laisse à désirer, qui essaie de fournir des soins de base à la population de la ville. Qui a parfois des lits pour les patients, parfois non. »

Ils furent interrompus par l'arrivée d'un jeune couple, probablement des touristes, qui s'approchèrent lentement du banc, presque timidement, et qui de toute évidence avaient envie de s'asseoir. À leur arrivée, Brunetti sortit son portefeuille et en retira son insigne. Le jeune homme se rapprocha, étrangement méfiant, son sac à dos à la main.

« *Polizia* », déclara Brunetti en exhibant sa plaque.

Le jeune homme fit un bond en arrière, prit sa compagne par la main et l'entraîna vers le pont de l'Accademia.

« Vous semblez avoir une certaine familiarité avec cet hôpital, signor Fenzo, reprit Brunetti. Y êtes-vous déjà allé ?

— Non, non. Je le connais parce que le directeur de l'hôpital m'a envoyé des photos au moment où Bruno envisageait de sceller des accords avec eux.

— Des photos du bâtiment dans l'état que vous avez décrit ? »

Fenzo fit un signe d'assentiment.

« Je pense qu'elles avaient été embellies, mais pas autant que maintenant, nuança-t-il avec un sourire en coin. En un sens, les photos ont probablement été utiles : nous avons vu combien ils avaient besoin de notre aide.

— Savez-vous pourquoi votre beau-père a choisi cette clinique ?

— Le curé de sa paroisse l'a mis en contact avec l'aumônier, Padre Filippo, un missionnaire italien.

— Et le directeur ?

— Il s'appelle Erian Martínez-Pérez. Nous avons échangé un certain nombre d'e-mails et nous sommes parlé au téléphone quelques fois. Il m'avait fait l'impression d'une personne compétente. Mais cela n'a pas d'importance car il n'est plus là, ajouta-t-il d'un ton amer.

— Que s'est-il passé ?

— Il a démissionné. On m'a dit qu'il n'était pas d'accord avec certaines politiques pratiquées par la nouvelle administration. Il est resté tant que les choses se passaient harmonieusement entre l'hôpital et l'institution caritative. Puis il est parti.

— Et qui l'a remplacé ?

— Je ne sais pas, commissario. J'ai arrêté entre-temps de travailler sur ce projet.

— Pour quelle raison ?

— Puisque vous avez parlé à ma femme, vous savez que j'avais déjà ouvert mon propre cabinet, que j'avais mis de côté pendant la phase de fondation de cette institution.

— Y a-t-il une autre raison qui vous a fait cesser de travailler pour votre beau-père ?

— Non, rétorqua Fenzo.

— Vous avez donc tout simplement remis la gestion de l'affaire entre ses mains, et vous êtes retourné à vos propres clients ?

— Plus ou moins.

— En voilà une réponse évasive, signor Fenzo, constata Brunetti.

— Je sais. Je n'ai jamais eu un don pour le mensonge.

— Alors, dites-moi votre version des faits. Pourquoi êtes-vous parti ?

— Le problème est que je ne suis jamais tout à fait parti. J'ai dit à Bruno que je pouvais continuer à tenir ses registres s'il le souhaitait. Je sentais bien, même au moment où je le lui ai proposé, que je n'aurais pas dû le faire. Mais c'est le père de Flora et je savais qu'il avait besoin d'aide, sinon sa comptabilité risquait de tomber dans une pagaille totale.

— Et donc ?

— J'ai continué quelque temps à superviser la situation. Au bout de six mois, il m'a dit qu'il se sentait capable de voler de ses propres ailes.

— L'était-il ?

— Pas le moins du monde.

— Lui avez-vous suggéré un autre *ragioniere*, qui aurait pu l'aider ?

— Non. Bruno s'était déjà trouvé un autre… »

Fenzo se tut un instant ; Brunetti le vit chercher le mot approprié.

Lorsqu'il eut la sensation que Fenzo n'achèverait pas sa phrase, Brunetti demanda :

« Trouvé quoi ?

— Un *financial consultant*, répondit Fenzo, avec un accent anglais outrancier.

— Savez-vous comment il s'appelle ?

— *Elle*. Puisque vous avez parlé à la fois à mon épouse et à ma belle-mère, l'une d'elles a dû inévitablement vous dire que le "consultant" en question était une femme. Et cette femme s'appelle Innocenza Bagnoli. »

24

Fenzo se leva soudain. Il se pencha, prit sa canne et, la main gauche enfouie dans la poche de son pardessus, il claudiqua jusqu'au bord de l'eau où il resta à fixer le palazzo Barbaro.

Un vaporetto, provenant de la droite, glissa sur le Grand Canal ; tous deux l'entendirent débrayer et passer la marche arrière, puis ils perçurent le bruit sourd du bateau à l'Accademia où le pilote accosta maladroitement.

Lorsque Fenzo revint s'asseoir, Brunetti lui demanda : « Pouvez-vous m'expliquer en détail comment fonctionne cette institution ? Et ce que devient l'argent des dons ?

— Je peux vous décrire les mouvements financiers », répliqua-t-il avec résignation. Puis il regarda Brunetti et lui sourit, soulagé de pouvoir enfin se confier à quelqu'un.

« Au début, nous transférions le peu de fonds que nous levions sur le compte de l'hôpital et nous recevions des e-mails – dont certains vraiment adorables, quelques-uns étaient même accompagnés de photos – nous expliquant comment l'argent avait été utilisé : un nouveau réfrigérateur pour conserver les échantillons de sang ; trois cents paires de gants chirurgicaux ; des paquets de gaze et de bandages. Il en a été ainsi jusqu'à mon départ. »

Brunetti se rendit compte soudain que le soleil avait disparu et qu'ils étaient assis à l'ombre. Fenzo l'avait remarqué aussi et commença à parler plus vite. « Il y a quelques mois, j'ai reçu – par erreur, j'en suis sûr – une copie des mouvements financiers des deux mois précédents effectués entre Belize nel cuore et l'hôpital. L'hôpital certifiait avoir reçu plus de quatre-vingt mille euros et avait envoyé des reçus attestant la manière dont cette somme avait été dépensée : une nouvelle ambulance – ils précisèrent qu'elle était d'occasion –, les deux premiers mois de salaire d'un pédiatre nouvellement recruté, du moins je pense que c'était un pédiatre. Il s'agissait d'un docteur, dans tous les cas. Les réparations de certains appareils et équipements médicaux ; j'ai oublié le reste. Ces reçus étaient envoyés comme preuves de la manière dont l'argent avait été employé.

— Comme preuves ? demanda Brunetti.

— Une trace, en tout cas, admit Fenzo. Mais cela n'a aucune importance : ils étaient faux.

— Avez-vous une idée de la façon dont l'argent a été *véritablement* utilisé ? Ou continue à être utilisé ? »

Fenzo remonta le col de son manteau et croisa les bras.

« Si vous m'aviez posé la question deux ans en arrière, je vous aurais répondu que je n'en avais aucune idée.

— Et maintenant ? s'enquit Brunetti en se disant de ne pas donner l'impression d'être sensible au froid qui lui parcourait désormais le dos.

— J'ai un ami qui travaille pour la Guardia di Finanza. Il est en poste à Novara. Il m'a expliqué que la procédure est standard pour tout individu souhaitant fonder une association caritative, une ONLUS, vouée à sauver le monde. La plupart sont légitimes, mais certaines ne le sont pas. Celles qui ne le sont pas s'entendent généralement avec une personne travaillant pour l'administration d'une institution étrangère : une école, un hôpital, une université. Cette personne va alors garder un certain pourcentage sur chaque petite somme envoyée par l'association caritative. »

Fenzo s'arrêta ici afin de vérifier que Brunetti suivait. Après que Brunetti eut hoché la tête, il ajouta : « La Guardia di Finanza n'a pas le personnel nécessaire pour s'occuper de toute affaire ne dépassant pas les 30 000 euros, donc les sommes envoyées sont habituellement inférieures à ce plafond. Je vous ai donné cet exemple de 30 000 euros car c'est plus facile à calculer. » Brunetti fit un autre signe d'assentiment pour montrer quel élève attentif il était, ce qui incita Fenzo à ajouter : « Gardez bien présent à l'esprit que le supposé donateur a déjà obtenu un abattement sur ses impôts grâce au don envoyé ; donc au lieu de payer des impôts sur, disons, 100 000 euros, il en paye sur 70 000, ce qui le fait passer dans une tranche inférieure et lui fait donc payer un pourcentage inférieur.

— Où va cet argent-là ? s'informa Brunetti.

— L'hôpital, après avoir gardé la petite somme convenue – disons 3 000 ou 4 000 euros – procède à deux transferts sur des comptes ouverts dans des endroits sûrs comme les Émirats, les îles Cayman… Le premier transfert – celui de la petite somme – part sur le compte du directeur de l'Onlus, et ce qui reste, disons 24 000 euros, est déposé sur le compte de la personne qui a fait la toute première donation. » Puis, à l'instar d'un comptable en quête de clarté, Fenzo précisa : « Tout cela varie en fonction des accords financiers qui ont été pris.

— Je ne me rendais pas compte de toute la stratégie financière mise en place, observa Brunetti.

— Comme pour n'importe quel genre d'affaires, il faut des règles et les gens impliqués ne peuvent pas tricher, déclara Fenzo sérieusement, comme s'il expliquait les règles du piquet.

— Ne trouvez-vous pas ce mécanisme pervers ?

— Je suis en train de vous décrire cette situation, commissario, répliqua Fenzo brusquement, pas d'émettre un jugement. » Au vu de l'expression de Brunetti, il fit un sourire espiègle et lui demanda : « Et qui d'entre nous ne serait pas d'accord pour payer moins d'impôts ? »

Le comptable attendit pour s'assurer que Brunetti n'avait pas d'autres commentaires à formuler et comme ce dernier s'en abstint, il enchaîna : « Ce processus garantit toujours au donateur environ 24 000 euros exonérés d'impôts, à dépenser selon son bon plaisir, sans avoir à craindre que la Guardia di Finanza ne l'interroge sur la provenance de l'argent lui ayant permis d'acquérir toutes ces jolies choses. »

Brunetti crut Fenzo ; il n'avait d'ailleurs aucune raison de douter de sa parole. Mais se mettre dans une situation aussi compliquée pour si peu : cela dépassait son entendement. Deux semaines de cours de plongée, même sur le golfe de Papagayo, n'en valait pas la peine à ses yeux.

Un taxi s'approcha sur la droite ; c'était probablement un de ceux qui sont affiliés aux hôtels. Les deux hommes le regardèrent disparaître sous le pont ; lorsque le bruit du moteur s'atténua, Fenzo reprit : « Je voudrais vous faire part d'un dernier point, si vous permettez.

— Bien sûr.

— Je pense qu'au début, Bruno était plein de bonnes intentions.

— Pourquoi dites-vous cela ?

— Il a toujours travaillé dur et il savait ce que coûtaient, éthiquement parlant, certains de ses actes. »

Brunetti réfléchit à la manière dont un individu pouvait survivre au mieux dans une société où augmenter les profits et réduire les coûts étaient les deux piliers du succès. Comme c'est étrange, se dit-il, que Fenzo et lui-même aient tous deux des beaux-pères ayant remporté maints triomphes dans le monde du commerce, alors que leurs filles avaient fui l'univers de leurs pères et non seulement avaient choisi des professions éloignées de la sphère marchande, mais avaient en outre épousé des hommes qui posaient sur la réussite de leurs beaux-papas un regard détaché et pas spécialement admiratif.

Comme Fenzo gardait le silence, Brunetti l'aiguillonna en lui demandant :

« Pourquoi dites-vous cela ?

— Car pendant la phase où je l'aidais à mettre sur pied l'Onlus, il me disait combien il était important pour lui de faire du bien dans sa vie tant qu'il en avait encore la possibilité. Mais à un moment donné, à l'âge de soixante-dix ans, ses pensées ont dévié de cette direction, me semble-t-il. » Puis il ajouta, au bout d'un moment de réflexion : « Il voulait accomplir une bonne action, tant qu'il le pouvait encore. Il ne mentait pas, pas au début. Je vous l'assure. Mais il a tout gâché. »

25

« Et pour quelle raison ?

— Innocenza Bagnoli, déclara Fenzo sans hésitation. C'est évident pour tout le monde. »

Brunetti ne souffla mot, en espérant que ce silence inciterait Fenzo à s'étendre davantage et apparemment, la stratégie fonctionna.

« Elle lui avait été recommandée par un ami qu'elle avait conseillé dans ses investissements et qu'il disait très compétente et très sérieuse. Bruno cherchait quelqu'un qui l'aide dans ce domaine parce qu'il ne voulait pas passer sa retraite à se faire des soucis d'argent, comme par le passé. Il voulait changer de vie. »

Il regarda Brunetti dans les yeux : c'étaient deux hommes qui entendaient raconter cette sempiternelle histoire et ne savaient pas s'ils devaient rire ou pleurer d'une situation pareille.

« Tout porte à croire qu'il a changé de vie, désormais, se risqua à affirmer Brunetti, puis il ajouta : Maintenant qu'il est à la retraite.

— C'est le moins qu'on puisse dire. Il passe deux mois par an au Bélize, en disant à Elisabetta qu'il veut aller voir sur place le fruit de ses actions de bienfaisance. Il lui envoie des photos de lui dans les différents services de l'hôpital, où on le voit en train de parler aux infirmières, aux médecins et aux patients. Il y a aussi des photos de lui avec des hommes politiques : le maire, le ministre de la Santé et certains des étrangers qui vivent là et qui font des donations à l'hôpital. Il lui a même envoyé des photos de l'endroit où il vit quand il est là-bas : une sorte de pension avec une chambre et un bureau. Très spartiate. »

Fenzo leva les mains en un geste de totale impuissance.

« Est-ce qu'Elisabetta l'accompagne parfois ? s'enquit Brunetti.

— Elle y est allée une fois, la première année. Et elle a détesté. Lorsqu'elle est revenue, elle a raconté que c'était sale, qu'elle avait détesté la nourriture et qu'elle n'aimait pas beaucoup les gens. Elle a refusé de retourner voir l'hôpital après qu'on eut informé Bruno qu'il y avait une épidémie de gale. Lui, il y est allé, mais elle, elle a refusé catégoriquement. »

Fenzo se leva brusquement.

« J'ai vraiment trop froid maintenant et je vous ai pratiquement tout dit.

— De quel côté partez-vous ? demanda Brunetti. Je suis désolé, je n'ai pas pensé à vous proposer de nous voir à l'intérieur.

— Je retourne prendre le bateau à l'Accademia », répondit Fenzo, et il se pencha pour prendre sa canne.

Sur le chemin, Brunetti lui demanda : « Parlez-moi un peu d'Elisabetta. Cela fait une éternité que nous nous croisons dans la rue plusieurs fois par an, mais j'ignore tout de sa vie.

— Il n'y a pas grand-chose à dire, répliqua Fenzo. Elle a étudié l'histoire de l'art à l'université quelques années, puis elle a obtenu un emploi dans une galerie.

— A-t-elle mené une carrière ?

— Pas vraiment. Elle a rencontré Bruno et l'a épousé, puis elle a eu Flora et a cessé de travailler. Elle a décidé de rester à la maison pour l'élever. » Fenzo ralentit son pas et déclara, d'un ton plus pensif : « C'est dommage qu'elle n'ait pas recommencé à travailler.

— Pourquoi ?

— Parce que... Je ne sais pas très bien comment l'expliquer », admit Fenzo en s'arrêtant devant le bar sur leur gauche. Il posa les deux mains sur le pommeau de sa canne et s'y appuya de tout son poids. « Bruno et Flora sont devenus sa seule raison de vivre et elle la... protégeait énormément ; elle les protégeait tous les deux, en fait. Lorsque Flora a fini le *liceo scientifico* et qu'elle a évoqué le souhait de poursuivre ses études de vétérinaire à Bologne, Elisabetta a eu une sorte de... je ne sais pas. Peut-être vaut-il mieux simplement dire qu'elle a traversé une mauvaise période, et en rester là.

— Mauvaise dans quel sens ? » s'informa Brunetti, pas du tout disposé à en rester là.

Fenzo recommença à marcher, très lentement, comme pour se donner le temps de réfléchir à sa réponse.

« Je ne sais pas. Flora et elle-même y ont fait allusion, mais ni l'une ni l'autre ne m'ont jamais raconté exactement ce qui s'était passé. »

Avant que Brunetti ne pût lui poser une autre question, Fenzo accéléra le pas, faisant de son mieux pour maintenir son avance sur le commissaire.

Brunetti la lui concéda, tout en prenant en considération ce nouvel éclairage sur Elisabetta. Il n'avait jamais été présenté à ses amis à l'époque ; le jeune Brunetti avait attribué ce fait à leur différence d'âge, ou de classe : elle n'avait d'ailleurs jamais apprécié le voir en train de bavarder avec eux dans l'escalier ou dehors. Il ne se rendit compte qu'à cet instant combien il pouvait avoir l'air étrange, surtout aux yeux d'une jeune fille aussi séduisante et tellement entourée.

Fenzo devait s'être fatigué du rythme qu'il avait instauré lui-même car il ralentit et Brunetti saisit l'occasion de le rattraper et marcher à côté de lui, sans mot dire. Fenzo ralentit encore plus et commença à prendre appui sur sa jambe droite. Au bout d'un moment, il s'arrêta et baissa la tête, en avouant : « J'essaie toujours de le nier.

— De nier quoi ? demanda Brunetti, pensant que Fenzo voulait lui faire une révélation sur sa femme ou sa belle-mère.

— Ma jambe, répondit-il, à la grande surprise du commissaire. C'est comme ça depuis mon adolescence. Un jour où j'étais dans l'*Alto Adige*[1], je suis tombé dans un trou. De la pure malchance. Le diagnostic était peu optimiste et j'ai eu un mauvais médecin – je sais que les gens disent tout le temps cela, "on m'a mal remis en place les os fracturés" – et… » Il s'arrêta brusquement et haussa les épaules, puis leva sa canne pour la montrer à Brunetti. « Je pense qu'Elisabetta aime le fait que je me serve d'une canne.

— Comment ? » s'enquit Brunetti, au comble de la confusion.

Fenzo la brandit plus haut et déclara : « Je pense qu'elle y voit la preuve de mon infirmité et du fait que Flora finira par retourner chez elle. »

Brunetti s'imagina une Elisabetta assise, hiératique, au milieu d'un cercle, extrêmement calme, pendant que

1. Haut-Adige, région du nord de l'Italie, limitrophe de la Suisse et de l'Autriche.

d'autres silhouettes se rapprochaient, puis s'éloignaient d'elle. Par association d'idées, il se revit en cours de philosophie au *liceo* où il avait entendu parler du « premier moteur » qui pouvait, s'il le souhaitait, mettre en mouvement les choses, les dieux ou les êtres, sans bouger d'un iota. Son professeur avait retracé le parcours de ce concept de Thomas d'Aquin à Aristote en faisant grand étalage de son érudition – ce qui l'avait impressionné, mais pas convaincu.

Il vit Fenzo enlever une main du pommeau de sa canne et reprendre la direction de l'Accademia. Brunetti marcha à sa droite d'un pas lent, en se demandant si Elisabetta était, en un sens, le premier moteur de toute cette histoire.

À l'angle de la rue, Fenzo prit à droite et heurta Brunetti qui ne l'avait pas vu tourner. Surpris, Brunetti leva les yeux et à la vue de la façade et de l'eau du Grand Canal, il reporta son attention sur Fenzo. « Je suis désolé, je me suis laissé distraire. »

Fenzo opina du chef en souriant : « Cela arrive. »

Ils se dirent au revoir à l'arrêt du vaporetto, sans se serrer la main. Brunetti attendit que Fenzo disparaisse dans l'*imbarcadero*, sans qu'il ait veillé à se retourner, puis le commissaire prit le chemin de la maison, en pensant au long trajet que Fenzo devait faire à pied pour arriver aux Fondamente Nuove, et s'étonna de la douleur qu'il acceptait d'endurer pour pouvoir continuer à vivre dans cette ville.

Brunetti passa devant le magasin d'antiquités que le Conte avait toujours dénommé « l*a Standa di Venezia* », une insulte qui avait désormais perdu toute sa virulence car ce supermarché avait disparu des dizaines d'années plus tôt et seuls les gens de la génération de Brunetti ou plus âgés se souvenaient encore de l'emplacement de ce magasin et du bric-à-brac qu'il vendait.

Comment disait-on en latin ? se demanda-t-il en marchant. Ce n'était pas si éloigné de l'italien : « *primum movens* ».

Tout en continuant sa route, il assembla les pièces du puzzle : sans orienter les soupçons de Brunetti vers l'Onlus, Elisabetta l'avait amené inévitablement à l'examiner de plus près en évoquant les craintes de Fenzo et le danger qu'il sentait peser sur son couple. Tôt ou tard, l'attention de Brunetti finirait par se tourner vers Belize nel cuore. Il ralentit et s'arrêta, ce qui agaça l'homme qui le suivait et qui murmura quelque chose comme « *maledetti turisti*[1] » en bousculant le commissaire qui, figé, venait de prendre conscience de la manière dont elle l'avait aiguillé vers l'Onlus et, avec une dernière petite tape dans le dos, l'avait fait slalomer jusqu'à cette association.

Il recommença à marcher, se demandant quelles découvertes avait faites Elisabetta et comment elle y était parvenue. Il douta que le blanchiment d'argent puisse la déranger ; après tout, si son mari le pratiquait, elle en tirait profit aussi. Il se pouvait également qu'elle ignore que les donations se perdaient en route et que très peu d'argent entrait dans les caisses de l'hôpital, mais même si elle le savait, il ne l'imaginait pas spécialement perturbée par cet état de fait.

C'est lorsque Brunetti se souvint des dégâts et du sang qu'il avait vus dans la clinique de sa fille qu'il leva les yeux et fut surpris de se retrouver sur le campo San Barnaba. La mémoire des pas l'avait mené dans la mauvaise direction : c'était le chemin de la maison et pas de la questure.

---

1. Maudits touristes.

Il tourna dans la calle del Traghetto et gagna rapidement l'*imbarcadero* où il réussit à sauter dans un numéro 1 au moment où le marin fermait la barrière coulissante. Pendant que le bateau faisait cap sur San Marco et le Bacino, Brunetti imagina que c'étaient les bâtiments eux-mêmes qui avançaient sur la gauche en démêlant, comme de coutume, le fil chaotique de leur succession chronologique, le gothique côtoyant la fin de la Renaissance, qui prenait confortablement appui sur le byzantin, interrompu par un petit canal, suivi de l'irruption d'un gigantesque hôtel, puis d'un vaste jardin débordant de roses qui grimpaient sur un mur baroque mal restauré.

Comment pouvait-il y avoir un équilibre dans ce chaos architectural ?

Les termes d'« équilibre » et de « chaos » lui rappelèrent l'attaque de la clinique et les signes de violence qu'il y avait perçus. Il avait instinctivement écarté la possibilité qu'Elisabetta fût capable d'une telle initiative, mais le récit de Fenzo sur sa réaction à la décision de Flora d'aller faire ses études ailleurs lui avait fait entrevoir de nouvelles facettes de sa personnalité.

Il était également possible – et cet argument était de loin plus convaincant – que la signora Galvani, même sans ses lunettes, ait bel et bien reconnu la personne sur le *campo* mais que, en l'absence d'une certitude absolue, elle ait refusé de l'identifier.

Mais pourquoi faire peur à sa fille en échafaudant cette effraction ? Pourquoi laisser le chien blessé ? Et pourquoi l'avoir fait à un moment où cette action ne pouvait qu'attirer l'attention sur sa fille et, par ricochet, sur sa famille ? Ce n'était pas là le comportement d'une personne saine d'esprit.

Il se remémora alors la conversation à la source de toute cette affaire. Parmi les gens qui aidaient son mari à gérer la fondation, Elisabetta avait mentionné une femme vivant à Mestre – comme par hasard – mais avait déclaré ne l'avoir jamais rencontrée. Ce pouvait être vrai, mais pourquoi savait-elle que cette femme habitait à cet endroit, alors qu'elle semblait tout ignorer de la secrétaire ou de la jeune bénévole ? Et pourquoi lui accordait-elle de l'importance ?

Le vaporetto s'arrêta à la station de San Zaccaria et Brunetti descendit, avec le cerveau en pleine ébullition. Il essaya de voir qui pourrait en savoir davantage sur elle, mais dans son souvenir, personne ne lui avait parlé d'Elisabetta pendant toutes ces années, ce qui mettait à mal sa conviction qu'à Venise, tout un écheveau de relations, menant à tout un chacun, pouvait commencer à se démêler grâce à un simple coup de téléphone.

Arrivé à la questure, il se souvint de s'être dit, lorsqu'il lui avait parlé la première fois, de la traiter comme toute autre personne soumise à un interrogatoire. Mais il ne s'y était pas tenu. Il avait immédiatement donné du crédit à ses propos, persuadé qu'ils étaient vrais et pouvaient faire l'objet d'un examen, pas d'un interrogatoire.

Par où aurait-il dû commencer ? Où pouvait-il trouver des traces de son passé ?

Il s'assit à son bureau et regarda par la fenêtre, en s'enjoignant de penser comme un policier et pas comme une personne chargée d'accorder une faveur à une amie de longue date.

Il se pencha, alluma son écran et tapa « Elisabetta Foscarini » dans le moteur de recherche.

Il ne connaissait pas sa date de naissance, mais peut-être que l'ordinateur serait d'humeur clémente.

Il trouva des éléments sur deux Elisabetta Foscarini, une en lien avec une gravure de la collection du musée Correr représentant la réception, en 1749, du duc et de la duchesse de Modène, et l'autre, très proche de la première, où elle semblait avoir été à la fois la veuve de Pietro Foscarini, puis la maîtresse de son frère, le doge Marco Foscarini.

Soupçonnant qu'aucune des deux ne pût lui être utile, Brunetti passa à une source d'information plus actuelle : le registre officiel des accusations criminelles de la questure. Comme il ne comportait pas le nom d'Elisabetta Foscarini, il revint à un fichier que la signorina Elettra lui avait envoyé et qu'il avait renommé dans son ordinateur sous le titre qu'elle lui avait donné : « Une brève histoire d'animaux topiaires dans le paysage architectural britannique ».

Le contenu était autre : il recelait en effet les dossiers complets numérisés, remontant jusqu'à soixante ans auparavant, du tribunal pour mineurs de Venise.

Même s'il avait ce fichier dans son ordinateur depuis un certain temps, Brunetti n'avait jamais eu le besoin, ni le courage, de le consulter. Il avait toujours particulièrement abhorré les crimes perpétrés sur les enfants et était tout autant horrifié par ceux commis par des enfants.

Elle avait fait l'objet de signalements dès ses très jeunes années : la première fois, à l'âge de onze ans, par la mère d'une camarade de classe qui s'était plainte à la police qu'Elisabetta avait menacé sa fille à plusieurs reprises car elle l'accusait d'essayer de lui voler ses amis.

Deux policiers étaient allés parler à ses parents à la maison, et l'affaire en était restée là. En réfléchissant à cet épisode, Brunetti inféra que la menace avait dû être prise plutôt au sérieux si deux officiers avaient pris soin d'en discuter avec son père et sa mère, en les exposant ainsi au risque que les voisins se mettent à fabuler sur cette visite de la police.

Brunetti trouva deux autres notices mentionnant Elisabetta à l'âge de quatorze et seize ans. Deux garçons de sa classe avaient dû l'empêcher d'attaquer son professeur d'histoire, un homme marié d'âge moyen, pour avoir loué le travail d'une camarade de classe alors qu'il avait mis une note à peine passable à son devoir. Moins d'un an plus tard, elle avait été surprise en train de rayer avec une clef le flanc d'un scooteur garé dans une rue du Lido. Le scooter, selon la police, appartenait à un des camarades de classe d'Elisabetta qui avait accepté ses deux premières invitations à passer une journée à la *capanna*, une cabine que sa famille louait chaque été sur la plage privée de l'hôtel Excelsior au Lido, mais avait décliné la troisième.

Un passant l'avait abordée, lui avait demandé instamment son nom et était rentré chez lui appeler la police. Cette fois, la situation avait été réglée entre la police et la famille du garçon, mais Elisabetta avait été prévenue qu'à partir de l'âge de dix-huit ans, elle s'exposait à des arrestations assorties de mesures bien plus sévères.

L'avertissement avait dû suffire pour qu'elle évite désormais de se faire arrêter en tant qu'adulte. Ou simplement pour qu'elle redouble de prudence.

Indépendamment de la nature de ses agissements, le motif était toujours le même : gare à qui osait l'ignorer. Si l'on s'y risquait, ses réactions allaient des menaces de violence à des tentatives de l'exercer véritablement, et l'acmé de cette spirale ascendante était la destruction de la propriété.

Est-ce que sa propre mère était au courant de tous ces incidents ? se demanda-t-il.

Il l'avait souvent entendue louer Elisabetta lorsqu'ils la croisaient dans la rue ou dans l'escalier, tandis que son père était imperméable non seulement aux charmes de la jeune fille mais à son existence même.

Par curiosité, il appela son frère Sergio et après avoir échangé leurs questions-réponses habituelles sur leurs familles et leur travail, Brunetti lui demanda : « Est-ce que tu te souviens d'Elisabetta Foscarini ?

— À Castello ? La fille de l'étage du dessus ?

— Oui.

— Pourquoi me poses-tu cette question ?!

— Je suis impliqué dans une affaire qui pourrait la concerner et je me demandais quel genre de personne elle pouvait être, à ton avis. Ou être devenue. »

Il estima que poser cette question à son frère respectait les règles qu'il avait établies avec Elisabetta, même s'il se rendit compte que cette affaire dépassait une simple histoire de loyauté ou de morale.

« Tu ne la connaissais pas très bien, n'est-ce pas ? » s'enquit Sergio, et Brunetti commença à se dire qu'il avait été sage de passer ce coup de fil.

« Non. Elle a cinq ou six ans de plus que moi, donc je l'ai toujours vue comme quelqu'un au-dessus de moi », expliqua Brunetti.

« Une idée dans laquelle elle a dû bien te conforter, j'en suis sûr », affirma Sergio d'une voix nouée.

Brunetti fut surpris par le ton vif de son frère.

« Pourquoi dis-tu cela ?

— Parce qu'elle se croyait supérieure à tout le monde ! À ses parents, toi, moi, nos amis, *papà* et même *mamma*.

— Mais *mamma* était… », commença Brunetti, mais il se tut. Il ne voulait pas appeler sa mère une sainte, ne voulait pas tomber dans ce cliché avec son propre frère. « C'était une femme d'une grande bonté. » Ce fut la meilleure formule qu'il put énoncer sous l'effet de la surprise. Se remémorant des remarques de sa mère au sujet d'Elisabetta, il affirma, telle une formule sibylline : « *Mamma* l'aimait bien, il me semble. »

Sergio soupira : « Guido, tu passes ton temps à souligner l'importance de la langue, et l'importance d'exprimer les choses avec précision. Non ?

— Je suppose que oui, répondit Brunetti, étonné. Pourquoi me fais-tu cette remarque ?

— Parce que *mamma* n'a jamais dit de choses gentilles *sur* elle. Elle *lui* disait des choses gentilles ; je ne vais pas te faire l'insulte de t'expliquer la différence.

— Mais pourquoi lui disait-elle des choses gentilles alors ?

— Parce que sinon, j'imagine, Elisabetta aurait raconté des méchancetés sur toi à sa mère.

— Pour quelle raison ?

— Parce que sa mère t'aimait bien. En fait, elle nous aimait bien tous, mais apparemment elle t'appréciait tout particulièrement, ou du moins Elisabetta s'en doutait.

— Je n'en ai jamais eu conscience.

— Si elle arrivait à le cacher à sa propre fille, elle pouvait facilement te le cacher, Guido, tu ne crois pas ? Mais *mamma* s'en était rendu compte.

— Quoi, que la signora Foscarini m'aimait bien ?

— Oui.

— Je ne m'en étais pas aperçu.

— Tu n'étais pas censé t'en apercevoir, Guido», expliqua Sergio avec le calme protecteur dont il faisait montre parfois à l'égard de son frère cadet. «J'ai toujours soupçonné Elisabetta de croire qu'elle possédait les gens et qu'ils devaient la mettre sur un piédestal, ou la préférer à tous: ses parents, ses amis, nous. Tout le monde.

— Et si les gens ne s'y pliaient pas? s'enquit Brunetti, même si les dossiers de la police avaient déjà répondu à cette question.

— Elle s'arrangeait pour les punir», répondit Sergio, puis il ajouta: «Je suis content qu'on ait déménagé.

— Dans cet appartement de Santa Marta!» s'exclama Brunetti, se souvenant de la petite chambre qu'ils se partageaient; deux grands garçons avec leurs pieds qui dépassaient de leurs lits superposés, pas de place pour faire leurs devoirs, peu de lumière, une humidité permanente.

«Cela signifiait la liberté pour moi, déclara Sergio avec soulagement, même après toutes ces années. Plus d'interrogatoires sur les endroits où j'étais allé, ou sur les gens que j'avais vus. Ou bien pour savoir où tu étais. Tu ne t'en souviens pas?

— Non, pas du tout. Était-ce Elisabetta qui posait les questions?

— Bien sûr! Elle voulait toujours savoir qui étaient nos amis, avec qui on faisait nos devoirs, avec qui on était allés à la plage.» Sergio laissa passer quelque temps puis ajouta, d'un ton réfléchi: «Peut-être qu'elle ne le faisait pas autant avec toi parce que tu étais plus petit que moi. Mais j'avais toujours droit à des questions indiscrètes quand elle me voyait sur le *campo* ou quand je rentrais à la maison. Mon Dieu, on aurait dit par moments qu'on vivait dans un commissariat!

— Les commissariats sont bien pires, crois-moi, répliqua Brunetti en éclatant de rire.

— Pourquoi ?

— Parce qu'ils n'ont pas les bons petits plats de la signora Foscarini ! »

26

Brunetti enfouit la tête dans ses mains et soupira un « *Dio mio*[1] » à peine audible, prenant brusquement conscience que c'était lui le démiurge qui avait créé, d'une main de maître, toute cette situation. S'il s'était comporté comme tout policier prudent, il aurait dit à Elisabetta qu'il n'était pas un détective privé, et que pour toute investigation discrète de ce genre, il fallait qu'elle s'adresse à ce type de professionnel, et il ne serait pas tombé dans ce piège. Mais non : en bon paladin, il était monté au créneau au nom d'une femme morte des années plus tôt et avait proclamé, la main levée : « Oh, laissez-moi prendre soin de vous, signora ! Votre mère était une sainte et je ne pourrai jamais lui rendre la gentillesse qu'elle a eue envers moi et ma famille. Donc laissez-moi enfreindre les règles et risquer ma carrière pour vous venir en aide ! »

En somme, il avait agi exactement comme elle s'y attendait. Il se rendit compte alors que l'intention d'Elisabetta n'était pas de l'orienter vers son gendre et le mal qu'il pouvait vaguement infliger à sa fille, mais vers Belize nel cuore et donc vers son mari et l'argent sortant d'Italie. En dernière analyse, cependant, Brunetti soupçonna

1. Mon Dieu.

qu'Elisabetta le poussât du coude vers la femme dont elle avait découvert l'existence, une énième personne qui lui avait dérobé l'attention qui lui revenait de droit.

Brunetti douta qu'Elisabetta fût suffisamment intelligente pour avoir échafaudé ce plan avec une stratégie de joueur d'échecs, conscient de la portée de chacun de ses coups. En effet, elle n'avait aucun canevas, uniquement des impulsions ; il se pouvait même qu'elle n'ait cerné aucune cible spéciale et qu'elle ne soit animée que par le goût du châtiment. La revanche, cet enfant difforme de la Justice, se nourrissait d'un désir aveugle, incapable de voir plus loin que son nez, ne se souciant ni des moyens ni de la méthode, ni même des ravages qu'elle faisait au passage. Seules comptaient la vengeance et la souffrance qui feraient comprendre d'une étrange façon, à chacune de ses victimes, que c'était Elisabetta qui était la plus importante, qui était la plus digne d'attention et d'amour.

Tout au long de sa carrière, Brunetti avait rencontré de nombreux exemples de cette féroce contradiction entre amour et destruction, et son irrationalité et son égoïsme incurable l'avaient toujours terrifié. Il avait vu un homme piétiner le corps de la femme qu'il aimait pour punir l'amant qu'elle aimait et il avait connu une mère qui avait tué ses enfants pour punir leur père de les aimer plus qu'elle.

Du fait qu'Elisabetta était venue vers lui vêtue des atours de l'amitié, il n'avait pas prêté suffisamment attention à son comportement, ni vu de quelles torches puissantes elle avait balisé le chemin le menant vers Belize nel cuore.

Il prit son téléphone, composa le numéro de Griffoni et lui demanda de descendre pour discuter.

Il lui expliqua en deux mots les résultats de ses recherches, puis il garda le silence, attendant qu'elle ne décide de sa pénitence.

Sans lui révéler ce qui se cachait derrière le fameux fichier des animaux topiaires dans le paysagisme anglais, il lui rapporta tout ce qu'il avait appris au sujet d'Elisabetta, y compris les informations contenues dans son casier judiciaire de mineure.

Griffoni s'assit, s'enfonça dans son fauteuil, les yeux fermés. Elle bougea nerveusement, se redressa et regarda Brunetti dans les yeux en décrétant : « *Stamm nguaiat.*

— Qu'est-ce que ça veut dire ? lui demanda Brunetti, reconnaissant le dialecte mais pas le sens des mots.

— Que nous sommes dans la merde.

— C'est bien ce que je pensais.

— Je peux même te le confirmer, nous y sommes jusqu'au cou.

— Merci de ne pas me laisser seul dans le pétrin. »

Elle sourit et répliqua, peut-être en guise de consolation : « Cependant, si nous regardons la situation du point de vue juridique, je ne crois pas que nous ayons commis un grave délit. »

Après avoir pris cette remarque en considération, Brunetti dit lentement, en réfléchissant tout haut : « Nous n'avons interrogé qu'un certain nombre de personnes, avons consulté quelques dossiers et fichiers et nous sommes en train de préparer un rapport sur un cas possible de fraude ou d'évasion fiscale. J'attends que l'un d'entre nous expédie toute cette affaire comme une simple journée de travail.

— Eh bien ? demanda-t-elle. Est-ce que tu crois que nous pourrons nous en sortir impunément ?

— Vu que nous sommes les seuls à connaître les preuves, je pense que oui, du moins pour l'instant.

— Nous passerions pour les complices d'un crime. » Après ces mots, Griffoni cessa de lui parler ; il l'observa en train de passer en revue leurs recherches de preuves, de se remémorer à qui ils avaient parlé, les documents qu'ils avaient consultés. Au bout d'un moment, elle émit un profond soupir et assena : « Nous avons laissé trop de traces derrière nous. Si jamais quelqu'un se penche sur cette affaire du Bélize, on nous interrogera forcément à ce sujet.

— C'est bien ce que je crains, admit Brunetti.

— Combien de preuves concrètes avons-nous en notre possession ? finit-elle par demander.

— Il y a notre entretien initial avec elle », répondit-il, en rendant grâce aux dieux de la Prudence de lui avoir soufflé d'inviter Griffoni à descendre écouter Elisabetta avec lui. « J'ai parlé à sa fille, à son gendre et à son mari, ainsi qu'à quelques-unes de leurs connaissances. Mais je les ai vus après l'effraction dans la clinique, donc c'était justifié. »

Elle fit un signe d'assentiment confirmant que le premier obstacle était levé et elle demanda : « Où as-tu trouvé les informations sur la création d'une Onlus ?

— Elles sont disponibles sur les sites officiels.

— Ce serait donc normal que tu enquêtes sur sa famille pour voir s'il y a un lien avec cette effraction.

— Oui !

— Et les informations au sujet de la signora Bagnoli et de leurs voyages au Costa Rica ? Et les achats par carte de crédit ? »

Il resta interdit un moment, puis se rendit compte que ces informations étaient disséminées parmi d'autres, telles les pièces disparates d'un puzzle qui ne prenaient toute leur signification qu'au moment où un individu, détenant l'image finale, les voyait dans leur ensemble et les comprenait. Jusqu'à cet instant, elles n'avaient pas plus de sens que les quelques feuilles de papier contenues dans son tiroir.

« Tu n'as aucune raison de te soucier de cette question », déclara Brunetti en réprimant son envie d'ouvrir son tiroir et de vérifier si les papiers y étaient encore.

— Donc que pouvons-nous faire ? s'enquit Griffoni.

— Il y a toujours des solutions » répondit Brunetti.

Elle opina du chef.

« Tu sais, Guido, nous n'avons pas besoin de nier que nous lui avons parlé : c'était une vieille amie à toi et tu voulais avoir mon avis, voilà tout.

— En outre, il y a eu un rapport sur l'effraction commise à la clinique de la dottoressa del Balzo, et toutes nos actions entreprises depuis lors pourraient en résulter. »

Tous deux gardèrent ensuite le silence, tentant de réfléchir à la voie la plus facile et la moins néfaste de sortir de cette impasse.

« Nous pourrions tout simplement fournir ces éléments à la Guardia di Finanza », finit par proposer Brunetti.

Le silence se fit de nouveau entre eux.

« Il y a un point qui m'a toujours échappé dans cette histoire, finit par déclarer Griffoni. Ce n'est pas comme si del Balzo était en train de faire fortune. S'il gagne quelques milliers d'euros sur chaque grande donation qu'il accepte et qu'il transfère, qu'est-ce qu'il peut en tirer comme bénéfice ? Trente ou quarante mille euros par an ? Que peuvent-ils en faire ? poursuivit-elle, exaspérée par son incapacité à percer ce mystère. C'est de l'argent à l'étranger, déposé sur un compte dans les îles Cayman ou je ne sais où ! »

Comme Brunetti ne répondit pas, elle continua et son état de confusion devenait de plus en plus sensible à chacune de ses phrases.

« Je n'ai aucune idée de ce que l'on peut acheter sur les îles Cayman, donc je ne sais pas pourquoi ils se donnent tout ce mal pour y envoyer leur argent ! Comment réussissent-ils à le dépenser, au nom du ciel ? »

Brunetti regarda son amie dans les yeux et vit une belle femme qui n'avait guère besoin de maquillage, vêtue d'une paire de jeans Diesel bleus et d'un pull vert foncé. Elle portait des Stan Smith sans socquettes. Cette tenue expliquait peut-être sa difficulté à comprendre ce qui était l'évidence même pour Brunetti : les gens voulaient le luxe, voulaient jouir du sentiment de supériorité octroyé par ce que leurs connaissances considéraient comme le mieux en matière d'habillement, de boisson, de nourriture, de voiture.

Brunetti savait, et savait que Griffoni le savait aussi, que les requins de l'évasion employaient une grande quantité de l'argent sorti du pays – à travers des brèches aisément praticables, laissées ouvertes et dénuées de protection par un gouvernement coopératif –, pour se payer de la drogue, des armes et des femmes, et qu'une bonne partie finissait en Italie. Comparé à eux, del Balzo n'était qu'un tout petit poisson filtrant de minuscules morceaux de krill ou ramassant les miettes qui tombaient des dents des gros prédateurs.

Brunetti commença alors à éprouver pour del Balzo un sentiment proche de la pitié, car il ne s'agissait pas vraiment d'une question d'argent dans son cas. Il avait sûrement gagné suffisamment bien sa vie pour pouvoir s'offrir des chaussures Beluti. Le commissaire se livra alors à des mathématiques d'une autre nature : la différence d'âge entre del Balzo et Bagnoli, qui était de presque vingt-cinq ans, et tout ce que comportait cette différence : une peau plus fraîche et plus douce ; une poitrine ronde et ferme. À l'instar de beaucoup d'hommes arrivant comme lui à l'âge où le travail finit et où les choses commencent à se désagréger – la famille, les dents, les amitiés, les yeux, les genoux –, del Balzo avait trouvé l'élixir de jouvence. Et cet élixir consistait en des relations sexuelles avec une femme beaucoup plus jeune.

27

Brunetti se réveilla tard le lendemain matin et ne put donc regarder *Il Gazzettino* qu'une fois arrivé au bureau. Il parcourut la première section, en sautant toute colonne en lien avec la politique. Il lut quelques gros titres et deux des articles, dont l'un traitait du procès intenté au capitaine de la Marine arrêté l'année précédente pour avoir vendu des informations secrètes de l'Otan à un militaire attaché à l'ambassade de Russie, et l'autre de la poursuite de l'enquête sur la disparition de la femme d'un banquier à Rome.

Il ferma cette section et se focalisa sur la première page de la rubrique « Venezia » où il vit une photo du vice-amiral Matteo Fullin en grand uniforme et avec un chapeau blanc, nettement enfoui sous son bras. La photo avait dû être prise trente ans plus tôt, lorsque le vice-amiral était à l'apogée de sa virilité : ses épaules étaient si larges que ses épaulettes semblaient toutes perdues de chaque côté ; son torse puissant était couvert de médailles bien plus impressionnantes que la piètre décoration quc Brunetti avait portée à son attention et son visage, étrangement délicat, se distinguait par des lèvres charnues et un nez fin. Ses yeux regardaient hardiment devant lui, comme s'ils étaient rivés sur un prix qu'il s'apprêtait à gagner ou sur un ennemi qu'il s'apprêtait à détruire.

La photo était surmontée d'un gros titre qui, conformément au style du *Gazzettino*, haranguait le lecteur par la question : « UN NOUVEAU MARIN CRIMINEL ? » Brunetti compara dans un second temps cette expérience à celle d'une lettre piégée : vous l'ouvrez, plein de curiosité, et elle vous explose dans les mains. L'article était suivi d'un récit de la descente de la Guardia di Finanza dans les différents bureaux de Belize nel cuore, situés dans le *palazzo* Renaissance de son directeur, Bruno del Balzo, un entrepreneur vénitien bien connu. Les officiers de la Guardia di Finanza avaient confisqué des documents et emporté les ordinateurs et les disques durs pour pouvoir examiner en profondeur cette éventuelle fraude fiscale habilement échafaudée, et qui durerait depuis des années. Brunetti regarda la deuxième photo, plus petite, l'observa plus soigneusement et remarqua que le bâtiment d'où les officiers sortaient les ordinateurs n'était pas le palazzo Dandolo. Il soupira et continua sa lecture.

Le journaliste rappelait aux lecteurs que cette fraude apparemment bien orchestrée suivait de près l'arrestation du capitaine soupçonné de trahison pour la vente de documents secrets aux Russes et la vente suspecte de deux frégates à l'Égypte pour une somme évaluée entre 250 et 500 millions d'euros, MOINS (le journal se permit d'utiliser ici les majuscules) que le prix que la Marine aurait payé pour ces mêmes bateaux. Cet état de fait pourrait-il être le signe, continuait à spéculer le journaliste, de problèmes profondément ancrés dans la Marina militare ? Des problèmes si graves que peu de gens auraient le cran de les signaler.

Le vice-amiral Fullin (à la retraite), que la Guardia di Finanza avait qualifié de « personne à surveiller », faisait partie du comité de direction de Belize nel cuore, une institution caritative internationale qui opérait dans le monde en voie de développement. En fait, il était un de ses membres fondateurs. L'article rapportait que le vice-amiral avait exhorté, pendant un certain temps, ses anciens coéquipiers à la retraite à contribuer à cette fondation, un encouragement que l'un de ces anciens officiers jugeait comme un acte d'« hypocrisie et de malhonnêteté de la part de quelqu'un qui n'est qu'un "pirate en uniforme", qui salit la noble mémoire de la Marina militare en vivant sa retraite dans un des plus célèbres *palazzi* de la ville ».

L'attention de Brunetti fut distraite par le gémissement sortant sourdement de sa bouche. Comment l'information avait-elle été passée à la Guardia di Finanza ?

Il scruta la photo du vice-amiral ; cet article cherchait très certainement à dénicher une proie facile. Vu la mauvaise presse que la Marine avait subie les derniers mois, le vice-amiral, qui habitait de surcroît dans un *palazzo*, était tout trouvé pour jouer le rôle du méchant. Le journaliste semblait croire que la culpabilité de del Balzo était attestée par le fait qu'il vivait aussi dans un palais ; il n'y avait donc qu'un pas à franchir pour incriminer le vice-amiral de la même infraction.

Il ouvrit son tiroir, en sortit la chemise. Les papiers étaient tous là. Il entendit un bruit à la porte et leva les yeux : c'étaient Vianello et Griffoni. Il leur fit signe d'entrer. Vianello ferma la porte derrière lui. Ni l'un ni l'autre, Brunetti fut ravi de le constater, n'avaient le journal à la main ni aucun document.

« Alors ? » leur demanda-t-il pendant qu'ils s'installaient en face de lui.

Personne ne voulait prendre la parole en premier.

Brunetti décida d'ouvrir le bal.

« Je l'ai vu il y a seulement dix minutes, en arrivant ici.

— Moi aussi, dit Vianello en hochant la tête. Je suis monté et j'ai pris Claudia avec moi.

— Et nous avons décidé qu'il fallait en parler », conclut-elle, en englobant de son bras tout l'espace, comme pour y inclure tous les événements arrivés depuis la visite qu'Elisabetta avait rendue à son ami Guido Brunetti à la questure.

« J'ai essayé de me remémorer chacune de nos actions – du moins tout élément traçable, poursuivit-elle face au silence du commissaire et, à l'exception de la toute première conversation… tout a eu lieu après l'effraction dans la clinique vétérinaire. Donc toutes nos initiatives et toutes les informations que nous avons recherchées peuvent s'expliquer à la lumière de cet acte manifestement criminel. » Avant que Brunetti ne puisse mentionner sa visite chez les Fullin, Griffoni précisa : « Si par le plus fou des hasards on interrogeait ta belle-mère et ses amis sur ta visite chez le vice-amiral, je suis certaine qu'ils n'en auraient gardé aucun souvenir. »

Brunetti songea qu'elle aurait fait un remarquable avocat de la défense.

« Mais tout cela ne nous dit toujours pas comment la Guardia di Finanza a été soudain mise au courant de cette affaire, ni comment le journal a pu obtenir autant d'informations, commenta Brunetti.

— Comme le fait qu'ils ont découvert que Fullin faisait partie du conseil d'administration…, renchérit Griffoni.

— Il suffit, suggéra Vianello en se tournant vers la commissaire, que chacun jette un coup d'œil à la charte de fondation de Belize nel cuore. Son nom y figure et les documents sont ouverts à la consultation publique en ligne.

— Mais personne n'irait les consulter sans avoir une bonne raison d'examiner soigneusement Belize nel cuore. Franchement, pourquoi un journaliste se mettrait tout à coup à se poser des questions sur cette fondation ? » insista-t-elle.

Brunetti prit une profonde inspiration et enchaîna, ayant eu le temps de réfléchir à l'article et aux informations qu'il dévoilait véritablement.

« Essayons de démêler cette pelote. Qu'est-ce que nous révèle vraiment cet article ? Il mentionne Fullin, del Balzo et Belize nel cuore. Il ne donne cependant aucune preuve tangible ; il ne rapporte que des rumeurs et ne fournit que des suggestions. »

Tous deux le regardèrent droit dans les yeux, leur curiosité désormais en éveil.

Brunetti tira vers lui le journal ouvert et regarda l'article de nouveau.

« Écoutez, dit-il. Les documents confisqués dans le bureau étaient "soupçonnés d'être" la preuve d'une fraude. Ensuite, on mentionne le capitaine qui a vendu des papiers aux Russes et les frégates qui ont été vendues à l'Égypte "au rabais". Ce sont deux éléments dénués d'intérêt, qui ne font que lancer un peu de boue sur l'uniforme blanc de Fullin. » Il reporta son regard sur la page et continua à examiner la colonne. « Fullin est une "personne à surveiller". Qu'est-ce que c'est censé signifier, à votre avis ? »

Ni l'un ni l'autre ne répondirent ; Brunetti reprit sa lecture.

« Il était un membre fondateur de l'institution caritative. Tant qu'il n'y a pas de preuve de fraude, qu'il soit ou ne soit pas un membre fondateur n'a aucune importance. »

De nouveau, le silence se fit.

« Ensuite, nous avons le jugement d'une personne qui qualifie Fullin de pirate sous le couvert de l'anonymat et qui laisse entendre que son crime est aggravé par le fait qu'il vive dans un *palazzo*. J'ai vu beaucoup de gens habitant dans de célèbres *palazzi*, mais certains d'entre eux vivaient dans des appartements qui mesuraient cinquante mètres carrés tout au plus ou qui tombaient en ruines par négligence. »

Il prit une autre profonde inspiration et, se remémorant les principes qu'il prônait étudiant, il énonça, non sans gêne : « Ce n'est pas un crime que de vivre dans un *palazzo*. »

Tel un animal sauvage, Brunetti jeta le journal sur le côté.

« Il n'y a rien ici qui puisse servir de preuve dans le cadre d'une affaire criminelle. Il n'y a aucune preuve attestant un crime, seulement la description de l'intervention de la Guardia di Finanza et une accumulation de rumeurs, de propos sans pertinence et de vagues soupçons. » Puis, sans leur laisser le temps de le devancer, il conclut : « Si ce sont les preuves dont ils disposent, elles ne valent rien.

— Alors pourquoi sommes-nous descendus te parler ? s'enquit Griffoni.

— Vous l'avez donc cru ? » leur demanda Brunetti.

Elle secoua la tête.

« Non, pas que Fullin soit coupable de quoi que ce soit. Mais je me demandais pourquoi la Guardia di Finanza avait daigné descendre de son piédestal pour s'occuper d'un del Balzo, précisément au moment où nous cherchions tous des informations sur lui. »

Vianello intervint ici pour expliquer : « Eh bien, c'est plutôt évident, non ? » Se sentant tout à coup l'objet de leurs regards, l'ispettore demanda à Brunetti : « C'est ton amie, n'est-ce pas ? Elle t'a fait bien bosser, mais quand tu lui as avoué que tu n'avais rien à lui dire, elle a pris contact avec la Guardia – probablement incognito – et leur a suggéré de jeter un coup d'œil sur Belize nel cuore. » Il marqua une pause et regarda les deux commissaires tour à tour. « Ce qu'elle veut, au bout du compte, c'est que son mari soit puni. »

Comme aucun des deux ne souffla mot, Vianello poursuivit, d'un ton chagrin : « Cela me paraît évident. Elle est venue te voir et te parler du danger que courait sa fille pour que tu ailles flairer du côté de la prétendue institution caritative de del Balzo. Et comme tu n'as pas réussi à lui livrer sa tête sur un plateau, elle a tenté sa chance avec la Guardia di Finanza. »

Brunetti fut d'accord avec cette interprétation.

«Je ne vois aucune autre explication.

— L'amour qui a tourné au vinaigre ? demanda Griffoni.

— Nous connaissons tous ce genre de situation, confirma Brunetti.

— Alors que faisons-nous ? demanda Vianello, fidèle à son pragmatisme.

— Je suggère de continuer notre travail habituel et de laisser la Guardia di Finanza poursuivre son enquête sur Belize nel cuore. J'ai parlé au signor del Balzo de son gendre, pas de sa fondation, leur rappela le commissaire.

— Et l'attaque à la clinique de sa fille ? demanda Griffoni.

— Elle présente tous les signes d'un acte aléatoire de vandalisme, probablement perpétré par un desdits "baby gangs" », répondit Brunetti, ravi de la recevabilité de son affirmation et relativement sûr que personne ne songerait à interroger la signora Galvani.

« Qu'en est-il de la victime ? s'enquit Griffoni.

— Quelle victime ? » s'informa Vianello.

Avant de répondre à cette question, Griffoni plaqua sa main sur la photo du journal.

« Le vice-amiral Fullin. »

28

Face à la franchise de Griffoni, Brunetti se rendit compte combien il avait espéré tout faire disparaître, espéré que le mot « pirate » du gros titre puisse être pulvérisé et le nom de Fullin modifié, voire éliminé de l'article. Que ce ton plein de sous-entendus changerait et que les nouveaux journalistes expliciteraient clairement que Fullin n'avait rien à voir du tout cela avec la gestion – pour le meilleur et pour le pire – de l'Onlus. Et enfin que toute personne lisant les articles à ce sujet effacerait immédiatement de sa mémoire les fausses révélations sur le vice-amiral Fullin et se rendrait compte que c'était un homme qui avait consacré sa vie à la Marine et à la défense de son pays.

Griffoni avait raison : Fullin était la victime de toute cette affaire et il était susceptible de le rester car il lui était impossible de redorer son blason. Fullin allait perdre sa bonne réputation et même après sa réhabilitation, les preuves de son innocence et les excuses, ce ne serait jamais plus comme avant. Une fois que la Guardia di Finanza en aurait fini avec del Balzo et aurait rendu publics les secrets de Belize nel cuore, Fullin serait désigné comme « ce fameux officier de la Marine » – non, pas celui qui avait vendu les documents aux Russes ; l'autre, celui qui avait un *palazzo* et qui avait été mêlé au scandale de l'hôpital au Bénin, ou était-ce à Belgrade ?

Brunetti regarda Griffoni dans les yeux ; elle était assise en silence, implacable. Il désigna le journal d'un signe de tête. « Il ne faut pas que Fullin voie ça.

— Que se passera-t-il si c'est trop tard ? demanda Griffoni. Le comprendrait-il ? »

Brunetti essaya de revisualiser la pièce où il avait rencontré le vice-amiral. Dans son souvenir, il n'y avait ni revues ni journaux, seulement des photos du temps passé et – songea-t-il alors – des règlements de l'époque.

« Même son petit-fils n'est pas sûr de ce qu'il comprend. Ou pas. »

Le silence les enveloppa tous deux et persista tant qu'aucun d'entre eux ne prit l'initiative de le briser. Puis Brunetti finit par se lever en déclarant :

« Je vais aller leur parler. À lui aussi. Au moins pour les prévenir au sujet de l'article.

— Est-ce que tu veux… ? commença Griffoni, mais elle ne parvint pas à trouver les mots manquants.

— Non. Il sera moins perturbé de parler avec quelqu'un qu'il a déjà vu. En admettant qu'il se souvienne de moi. »

Une fois dehors, il aperçut Foa dans la cabine de la vedette, assis près de la porte, concentré sur *La Nuova Venezia*. Le pilote tourna les yeux vers le bruit de pas sur le pont et se leva à la vue de Brunetti qui descendit les marches et ouvrit la porte.

« Peux-tu m'emmener au palazzo Albrizzi, Foa ? »

Le pilote ferma le journal et le jeta sur le siège. Il mit sa casquette, en toucha le bord en signe de salut, puis il passa devant Brunetti en rentrant le ventre et monta l'escalier.

Brunetti, qui appréciait habituellement tout voyage en bateau, car il lui faisait découvrir l'autre facette de la ville, s'installa à la place de Foa et prit le quotidien. Il n'eut aucune difficulté à trouver l'article : accompagné de la même photo du visage sévère du vice-amiral et de sa poitrine couverte de médailles, et surmonté d'un gros titre du même acabit, même si ce dernier avait perdu le point d'interrogation et s'apparentait donc davantage à une accusation : « AMIRAL À LA RETRAITE CO-FONDATEUR D'UNE INSTITUTION CARITATIVE IMPLIQUÉE DANS UNE FRAUDE INTERNATIONALE ».

L'histoire sous le gros titre était pratiquement une paraphrase de celle du *Gazzettino* : ne différait que l'ordre des insinuations, comme si les journalistes s'étaient copiés à partir de la même antisèche. Les faits étaient tout autant absents de cette version, même si elle employait aussi l'expression « personne à surveiller ». La question de la vente des documents aux Russes et des frégates aux Égyptiens y fit son apparition avant l'évocation de la lettre de dénonciation d'un camarade de bord anonyme qui souligna le fait que le vice-amiral osait habiter dans un *palazzo*. Il ne manquait que l'image de « pirate en uniforme blanc » que Brunetti avait trouvée particulièrement inventive, malgré sa vilénie.

Levant les yeux de la page, il s'aperçut qu'ils étaient en train de passer devant l'université et se demanda ce que Paola pouvait bien faire en cet instant. Il regarda sa montre et se dit qu'elle devait être en train de donner un cours à cette heure. Il ne lui avait pas demandé, la veille au soir, quelle thématique elle traiterait aujourd'hui, mais c'était probablement un de ces livres révélant les secrets du comportement humain.

Il se souvint de lui avoir dit, des années auparavant, qu'ils faisaient la même chose, tous les deux : ils essayaient de comprendre les agissements des humains. Ils écoutaient les gens parler d'eux-mêmes et des autres et constataient que certains d'entre eux disaient la vérité, et d'autres pas. Ils pouvaient observer en outre que certaines personnes affirmaient des propos erronés parce qu'ils leur avaient été dits par des gens qui mentaient, ou se trompaient. La dernière fois qu'ils avaient discuté de ce sujet, Brunetti lui avait expliqué que ce qu'il regrettait, dans sa routine quotidienne, c'était de ne pas pouvoir jouir du luxe d'un narrateur fiable. Paola s'était limitée à sourire.

Sa rêverie fut interrompue par le ralentissement du moteur, puis par une brusque marche arrière qui permit à la vedette de s'arrêter pour embrasser tendrement la *riva*, et à Brunetti de grimper aisément.

« Je ne sais pas combien de temps ça va prendre, dit Brunetti.

— Aucun problème, dottore. J'ai mon journal !

— Je l'ai laissé en bas, lui précisa le commissaire, en indiquant la cabine. Et merci. »

Foa refit le même geste, lança la haussière sur le quai et y monta pour l'enfiler dans l'anneau de métal qui servait de point d'amarrage. Une fois le bateau attaché, Foa annonça :

« Je vais prendre un café, si cela ne vous dérange pas, dottore.

— Bien sûr, Foa », approuva Brunetti et il se dirigea vers la porte de l'édifice.

Ce n'est qu'à ce moment-là qu'il se souvint qu'il n'avait pas appelé, mais il supposa que les personnes âgées restaient habituellement chez elles.

Il regarda les sonnettes où il distingua le nom de deux anciens doges. Il repéra celle des Fullin et l'actionna une fois, attendit un assez long moment, puis sonna encore plus longtemps.

« Espèce d'idiot », murmura-t-il dans sa moustache, et il recommença une troisième fois, en appuyant lourdement sur la sonnette. Le bruit retentissant de l'Interphone le fit sursauter – avait-on fait claquer une porte ? – et il recula d'un pas. Le bruit reprit : ce pouvait être une chute ou un coup.

« Que se passe-t-il ? » s'écria-t-il à travers la grille métallique de l'Interphone. Le bruit continua et il crut entendre une voix d'homme grave et rugissante.

« Arrête », implorait une voix de femme qui gagna en intensité et cria : « Au secours !

— Police, police ! hurla Brunetti. C'est la police. »

Les bruits continuèrent, tout en s'éloignant visiblement de l'Interphone. La porte s'ouvrit brusquement. Brunetti la poussa et l'entendit cogner contre le mur ; il s'apprêtait déjà à prendre l'escalier : ce serait plus rapide.

Il gravit les marches en courant, tout en essayant de se souvenir du nombre d'étages à monter. Au bas de la dernière volée de marches, il fut forcé de se pencher et il haleta, les mains sur ses genoux ; ses jambes tremblaient sous l'effort.

Il se redressa et franchit les dernières marches à la hâte, s'arrêta devant la porte de l'appartement des Fullin et lui donna un coup de pied. Il entendit crier à l'intérieur et il tambourina des poings, encore et encore.

Ce fut la signora Fullin qui vint ouvrir ; elle tressaillit à sa vue, puis sembla le reconnaître et se plaqua contre le mur.

« Arrêtez-les, je vous en prie, faites-les cesser ! » s'exclama-t-elle.

Au moment où elle prononçait le dernier mot, le bruit déferla de plus belle le long du couloir, dans leur direction : c'étaient deux voix d'hommes, qui hurlaient à qui mieux mieux. L'une suppliait : « S'il te plaît, arrête ! » pendant que l'autre, plus grave, continuait à mêler des gémissements d'animaux à des mots indéchiffrables.

Brunetti courut à l'arrière de l'appartement et gagna la pièce où il avait été reçu. La porte était ouverte ; il se précipita à l'intérieur et essaya de freiner son élan en saisissant d'une main le chambranle de la porte.

Il y avait deux chaises renversées ; sur la gauche, il aperçut le vice-amiral, debout ; sa veste ouverte pendait et une partie de sa chemise avait été arrachée de son pantalon, et déchirée. Une main lui maintenait le poignet, pendant que deux bras emprisonnaient les siens. Brunetti ne put distinguer que les mains de cette autre personne et ses deux jambes qui prenaient fermement appui de chaque côté du vice-amiral, afin de s'assurer le meilleur ancrage au sol en le tenant par-derrière.

Une voix d'homme, qui provenait de derrière le vice-amiral, répétait ce qui sembla à Brunetti une comptine absurde, jusqu'au moment où les mots devinrent des bruits dénués de sens.

« Non. Non. *Nonno*. Non. » Le vice-amiral se débattait, mais Brunetti constata combien le vieil homme manquait à présent d'énergie. De nouveau, la douce cantilène, une voix s'efforçant d'être normale, au beau milieu de toute cette folie. « Non. Non. *Nonno*. Non. »

Le vieil homme regarda Brunetti ; la confusion et la rage déformaient ses traits.

« Fullin ! » cria Brunetti de sa voix la plus forte. Le vieil homme cessa de se tortiller et essaya de libérer ses bras. Il resta cloué sur place et chercha à se redresser.

« Fullin ! » cria de nouveau Brunetti. « Au garde à vous. »

Le visage du vice-amiral se couvrit du masque de l'égarement ; ses yeux firent le tour de la pièce et finirent par se figer de nouveau sur Brunetti.

« Vous m'avez entendu ! » s'écria Brunetti. Puis il lui vint spontanément un mot à l'esprit, qu'il employa aussitôt : « Cadet Fullin, *attenzione*.

— *Sì*, signore », répliqua Fullin ; sous l'effet de la peur, sa voix n'était plus qu'un filet.

La personne derrière le vice-amiral dut sentir la tension se relâcher dans le corps de Fullin car Brunetti vit ses mains se séparer, puis disparaître. Un moment plus tard, Girolomo Fullin fit un pas à droite de son grand-père ; Brunetti crut voir alors Girolomo en vieux. D'une voix plus basse, mais non moins imprégnée de colère, Brunetti ordonna : « *Riposo*[1]. »

Libéré, le vice-amiral se remit d'aplomb, décocha un salut, mit ses bras derrière le dos, les mains sans aucun doute croisées, et déplaça sa jambe droite sur le côté, de vingt centimètres précisément. Il était devenu une pierre et s'était fossilisé dans le train-train qu'il avait connu tout au long de sa vie professionnelle : obéir aux ordres, attendre le suivant, obéir à ce dernier.

Brunetti regarda Girolomo, craignant que les cris n'aient été que la dimension verbale de l'altercation avec son grand-père.

« Tout va bien ? » lui demanda-t-il.

1. Repos.

Le jeune homme hocha la tête, aussi abasourdi et silencieux que son grand-père. Il porta les mains à son visage et se couvrit les yeux, à la manière d'un enfant.

« Pouvez-vous me dire ce qui s'est passé », Girolomo ? s'enquit Brunetti.

Girolomo opina du chef, le corps tremblant.

« Il est venu ici, commença-t-il.

— Qui ça ? » demanda le commissaire.

Au lieu de répondre, Girolomo indiqua les deux chaises renversées. Brunetti les regarda, se tourna, confus, vers le jeune homme et les regarda de nouveau. Ce n'est qu'à ce moment-là qu'il aperçut le pied par terre, pointant derrière une de ces chaises.

Brunetti fit trois pas rapides vers l'homme gisant sur le sol, qui se mit à geindre lorsqu'il l'entendit s'approcher. Comme il était couché sur le dos, Brunetti put facilement s'apercevoir que c'était Bruno del Balzo : les yeux fermés, la bouche molle et partiellement ouverte, la tête un peu inclinée sur le côté, blottie dans le coussin blanc de ses cheveux. On aurait pu le croire endormi, sauf que les gens ne dorment pas la tête appuyée sur un oreiller imbibé de sang.

Brunetti prit son téléphone et appela le 118 ; on lui répondit à la seconde sonnerie.

« Je suis le commissario Brunetti. J'ai un homme grièvement blessé au palazzo Albrizzi et j'ai besoin d'une ambulance. Tout de suite. » Avant que l'opérateur ne commence à alléguer les raisons usuelles justifiant tout retard, Brunetti déclara : « C'est un code rouge et je vous donne dix minutes, pas une de plus. Faites venir une ambulance ici. Troisième étage. »

Sans laisser le temps à son correspondant de dire un mot, il raccrocha.

Il s'agenouilla près de del Balzo, en gardant prudemment ses mains dans les poches de sa veste, et examina son visage de plus près. Sur le côté droit du front, il discerna une sorte d'entaille, terme qui peut surprendre lorsqu'il s'agit d'un crâne humain, mais c'en était bien une, une blessure triangulaire de un centimètre de profondeur, la source apparente du saignement.

Impuissant devant le sang et les gémissements de l'homme allongé au sol, Brunetti ne put que saisir son poignet abandonné et lui prendre le pouls. Il sentit la pulsation du sang sous ses doigts, retira sa main et se leva. Il aperçut une couverture en laine sur le dossier d'une chaise, la secoua pour l'ouvrir et l'étala sur del Balzo.

Il se dirigea vers Girolomo, appuyé contre le dossier d'un de leurs confortables fauteuils, tournant le dos à l'homme blessé.

« Dites-moi ce qui s'est passé, lui redemanda Brunetti, en veillant à ne pas poser sa main sur lui.

— Je suis sorti prendre un café et quand je suis rentré, commença-t-il en parlant d'une voix rauque comme si la peur lui nouait encore la gorge, dès l'ascenseur j'ai entendu des cris. Je ne savais pas ce que c'était. J'ai pensé que ce pouvait être une dispute avec un ouvrier : nos voisins ont eu des problèmes avec leur électricien pendant plusieurs mois et ils se sont accrochés plus d'une fois avec lui. Mais quand je suis sorti de l'ascenseur, j'ai compris que ça venait d'ici. Lorsque je suis entré, ma grand-mère cherchait à retenir le bras de *Nonno*, mais il la repoussait à chaque fois. L'autre homme criait. On se serait crus dans un asile de fous : *Nonno* n'arrêtait pas de lui hurler que c'était un traître, un voleur, un escroc. Et l'autre continuait à dire que ce n'était pas vrai, que c'était lui qui avait été floué.

Nonno avait un journal à la main. Je ne sais pas où il l'a pris car il ne lit plus, mais il continuait à le regarder en poussant des cris. L'homme disait que c'était faux et qu'il pouvait le prouver, mais *Nonno* lui a hurlé le mot « pirate ! » et l'a giflé avec le journal plié. »

Brunetti remarqua que Girolomo contractait de plus en plus ses mains autour du dossier capitonné du fauteuil au fur et à mesure de son récit.

Puis la voix de Girolomo changea et il se mit à parler très lentement, avec soin et précision.

« On aurait dit un de ces films historiques, où les hommes lancent des mouchoirs par terre et se battent ensuite en duel. *Nonno* ne l'a pas touché avec ses mains. Il l'a seulement traité de "pirate" et s'est élancé de toutes ses forces pour le frapper au visage avec son journal.

« L'autre homme a reculé de quelques pas, en une sorte de danse, puis son pied s'est pris dans le tapis et il est tombé contre le buffet.

— Vous avez assisté à cette scène ? demanda Brunetti.

— Oui. J'ai tout vu. C'était terrible. Mais le pire, c'est que je trouvais ça drôle. »

Il secoua la tête, confus et horrifié par sa propre réaction.

Tous deux furent réduits au silence par le lointain hurlement de l'ambulance.

Brunetti calcula le temps en suivant mentalement le parcours du bateau : il serait là dans quatre minutes. Il posa sa main sur l'épaule de Girolomo et l'écarta du fauteuil ; il le propulsa ensuite vers la porte et l'adossa au mur, en lui disant de rester avec son grand-père. Puis il sortit dans le couloir.

La grand-mère de Girolomo se tenait encore près de la porte d'entrée, les yeux fermés, les lèvres chuchotant sans doute une prière. Il s'approcha d'elle doucement et commença à lui parler alors qu'il était encore à un mètre d'elle.

« Tout va bien, signora. Votre mari est avec Girolomo. Une ambulance va arriver pour l'autre homme, qui n'est pas en très bonne forme. »

Il s'arrêta devant elle, lui toucha la main et attendit d'être sûr qu'elle comprenne qui il était et ce qu'il disait. Il lui prit le bras, ouvrit la première porte qu'il vit, la conduisit vers un fauteuil et l'aida à s'asseoir.

« Attendez Girolomo ici, s'il vous plaît, signora. »

Elle hocha la tête et il retourna alors dans le couloir d'où provenaient des bruits. Il ouvrit la porte d'entrée aux deux secouristes en blouse blanche qui sortirent de l'ascenseur en poussant un brancard. Ils suivirent Brunetti et déplacèrent vite le meuble pour dégager l'homme blessé. Ils le hissèrent sur la civière et le transportèrent rapidement dans l'ascenseur. Brunetti descendit l'escalier en courant et arriva en bas juste au moment où l'ascenseur s'ouvrait ; les hommes se dirigèrent ensuite vers l'ambulance.

Foa se trouvait à côté du véhicule ; il était en train de parler au pilote, mais il s'interrompit lorsqu'il vit Brunetti sortir de l'édifice.

« Que se passe-t-il, commissario ? s'informa-t-il.

— Un homme est tombé et s'est cogné la tête.

— Tombé ?

— Tombé », répéta Brunetti.

Foa, apparemment satisfait de cette confirmation, lui rapporta : « Le pilote m'a dit qu'ils ont mis douze minutes pour arriver ici depuis l'Ospedale. Je ne crois pas que je pourrais en faire autant », conclut-il après un instant de réflexion, puis il lui demanda : « Voulez-vous rentrer à la questure, commissario ?

— Non, pas maintenant.

— Alors où puis-je vous emmener, monsieur ? »

Brunetti ne s'était pas posé la question, mais l'entendre dans la bouche de Foa déclencha aussitôt la réponse : « Campo San Giovanni e Paolo. »

29

Pendant que la vedette l'emmenait vers le campo SS. Giovanni e Paolo, Brunetti se rendit compte combien il lui serait facile d'affronter Elisabetta sans lui dire que son mari était à l'hôpital, mais il se sentit incapable de se livrer à une telle supercherie.

L'histoire qu'Elisabetta lui avait racontée sur le comportement de Fenzo avait constitué un point de départ pour son enquête, mais les événements avaient rapidement échappé à son contrôle. L'acte de vandalisme perpétré à la clinique et la suggestion de Fenzo de remonter la filière financière lui faisaient penser à un camion de livraison dont les freins avaient lâché et qui avait commencé à dévaler la pente de plus en plus vite, une pente au bout de laquelle finirent par jaillir les rôles joués par la perfide dottoressa Bagnoli et par le tragique vice-amiral Fullin.

Il appuya la tête contre le dossier rembourré de son siège et regarda défiler sur la droite les façades arrière des maisons. Puis il se tourna et vit devant lui la façade de l'hôpital s'agrandir comme par un effet de zoom.

Brunetti se leva brusquement et alla sur le pont.

« Foa, tu peux t'arrêter ici », dit-il lorsqu'ils arrivèrent le long des marches menant sur le *campo*. Le bateau s'amarra et le commissaire grimpa sur la *riva*. « Tu peux rentrer. Je risque d'en avoir pour un bon bout de temps. »

Quelques mètres seulement le séparaient de la porte du *palazzo* où il appuya sur la sonnette du haut, attendit et sonna de nouveau.

« *Sì ?* demanda une voix de femme.

— Elisabetta, c'est Guido Brunetti. Je voudrais te parler.

— Est-ce que Bruno est avec toi ?

— Non.

— Pourquoi es-tu venu ? s'enquit-elle d'une voix trahissant maintenant la peur.

— Il faut que je te parle », répéta-t-il et comme elle ne réagit pas tout de suite, il précisa : « Au sujet de Bruno. »

La porte s'ouvrit. Il traversa le hall d'entrée, commença à gravir les marches et passa devant les bureaux de Belize nel cuore sans entendre le moindre bruit à l'intérieur. Lorsqu'il tenta d'accélérer le pas, ses jambes lui firent sentir leur désaccord et il ralentit le rythme. Par fierté, il se refusa à se servir de la rampe.

Il n'y avait que deux portes à chaque étage, à droite et à gauche du palier ; les appartements devaient donc être immenses, ou peut-être y avait-il une seconde entrée pour la partie de l'édifice ne donnant pas sur le *campo*. Il remarqua, le temps d'atteindre le troisième étage, que c'était un bâtiment doté d'un règlement d'ordre intérieur. Devant chaque porte se trouvait un paillasson rectangulaire en coco beige, et rien d'autre.

Lorsqu'il s'arrêta au quatrième étage pour reprendre son souffle, la porte sur la droite était ouverte et Elisabetta fit un pas vers lui avant de s'arrêter, la main levée à hauteur de la bouche. On aurait dit que ses mots sortaient d'une machine : « Que se passe-t-il ? » Il s'était écoulé moins d'un mois depuis sa visite à la questure, mais son visage et même son corps tout entier semblaient s'être amenuisés, comme s'ils avaient traversé un intervalle de temps beaucoup plus long.

« Ton mari est blessé », assena-t-il sans ambages, sachant que tout préambule n'aurait fait que la perturber davantage.

Au fil des ans, il avait annoncé ce genre de nouvelle à bien des gens : certains pâlissaient, d'autres rougissaient, quelques-uns plaquaient la main contre leurs lèvres, d'autres encore se figeaient sur place et donnaient l'impression de ne pas avoir compris le terme « blessé ». Elisabetta appartenait à cette dernière catégorie.

Elle recula d'un pas vacillant et se stabilisa d'une main sur le chambranle de la porte. Il la vit envisager les conséquences de ce terme, en cherchant à imaginer les événements qui pouvaient avoir eu lieu depuis qu'elle avait vu son mari pour la dernière fois.

« Elisabetta, dit-il d'une voix neutre, je pense que nous devrions parler. »

Ses mots mirent un certain temps à percer le bruyant silence qui l'assourdissait, puis elle recula de nouveau et – toujours incapable de parler – elle lui fit signe d'entrer. Elle pivota et zigzagua le long du couloir, tel un ivrogne, en s'arrêtant de temps à autre pour s'appuyer d'une main contre le mur. Brunetti ferma la porte et la suivit.

Elle entra sur la droite dans un salon ; il reconnut le buffet-vitrine de la maison d'Elisabetta à Castello, tellement d'années en arrière. Au-delà de la longue rangée de fenêtres, il aperçut le profil du Colleone et son cheval et, plus loin encore, la façade de l'hôpital, mais sans leur prêter particulièrement attention. Il suivit Elisabetta des yeux jusqu'à ce qu'elle s'installe dans un fauteuil, dos aux fenêtres. Brunetti gagna le fauteuil à côté du sien, l'éloigna et le positionna de manière à pouvoir la regarder de profil et à ne pas se laisser distraire par la vue.

« Où est-il ? demanda-t-elle d'une petite voix.

— Il a été transporté à l'hôpital en ambulance », répondit-il en indiquant d'une main l'édifice situé de l'autre côté du *campo*, pour éviter toute confusion et qu'elle ne le croie pas, par erreur, hospitalisé à Mestre.

Elle ferma les yeux et soupira. Elle ne savait ni quand ni comment, mais elle savait que cela arriverait.

« Explique-moi ce qui s'est passé, s'il te plaît, murmura-t-elle, n'ayant pas l'énergie de parler plus fort.

— Il a trébuché et il s'est cogné la tête en tombant, raconta Brunetti en toute sincérité.

— Où ?

— Là où il est allé en sortant de chez vous.

— Pour voir cet homme qui a signé les papiers ? s'enquit-elle.

— Le vice-amiral Fullin ?

— Oui. »

Elle baissa la tête, mais garda les mains crispées sur les bras du fauteuil.

« Bruno voulait expliquer, dit-elle, d'une voix à peine audible.

— Expliquer quoi ? lui demanda Brunetti, par prudence.

— L'article. Le fait qu'il n'avait rien à voir avec ça.

— Dans le journal ? »

Elle acquiesça de nouveau.

« Dis-moi ce qui s'est passé, Elisabetta. »

Elle regarda à l'autre bout de la pièce une sinistre nature morte, remplie de fleurs et de petits insectes rampant sur la table qui soutenait le vase. Elle parla d'un ton aussi neutre que si elle annonçait le bulletin météorologique.

« Depuis qu'il a pris sa retraite, Bruno descend chaque matin à l'*edicola* près de l'école et rapporte le *Gazzettino* pour qu'on le lise pendant notre petit déjeuner. »

Cette fois, c'est Brunetti qui opina du chef.

« Pour lui, c'est la preuve qu'il n'a pas à se précipiter au travail ou à aller vérifier que tout va bien. Il peut s'asseoir ici avec moi, en toute oisiveté, boire son café et lire son journal. »

Elle s'arrêta de parler, comme si elle n'avait plus la force de continuer.

« Que s'est-il passé ce matin ? » insista Brunetti. Elle sursauta à cette question comme s'ils étaient en train de discuter d'autre chose.

« Il est rentré à la maison. Avec le journal. Comme d'habitude. Le café était prêt, là », dit-elle en désignant une petite table et deux chaises, avec les tasses encore à leur place, une des chaises rentrée sous la table et l'autre poussée presque un mètre plus loin.

« Il s'est assis ; je lui ai servi son café et j'ai attendu qu'il le sucre. Je me suis servi le mien et j'ai commencé à le boire.

« Bruno m'a passé la première section du journal, comme chaque matin, parce qu'il n'a plus besoin de s'inquiéter de ce qui se passe dans le monde, comme il dit, maintenant qu'il est retraité. Puis tout à coup, il a posé la tasse sur la table et s'est mis à fixer le journal. Il a haleté et murmuré quelque chose dans sa moustache. Il avait vraiment l'air d'être sous le choc : j'ai cru qu'il se sentait mal ou qu'il allait avoir une crise cardiaque. Je lui ai demandé ce qui n'allait pas. »

Brunetti l'observa en train de passer en revue tous les malheurs qui peuvent frapper un homme à la retraite et elle enchaîna : « Il n'a pas répondu. Au bout d'un moment, il m'a tendu le journal. J'ai vu le gros titre et j'ai reconnu le nom parce que Bruno me parlait souvent de lui. »

Elle posa les mains sur les bras de son fauteuil et se hissa, comme pour se lever, mais elle oublia ce qu'elle voulait faire, resta suspendue un moment, puis s'enfonça de nouveau dans son siège.

« Il s'est mis à crier : "Tout ça, ce ne sont que des mensonges. Je dois aller lui parler." Il a mis son manteau et il est parti. J'ai attendu un moment et j'ai essayé de l'appeler, mais son téléphone était éteint. »

Elle prit de nouveau appui sur les accoudoirs et cette fois, elle se leva. « Il faut que j'aille voir comment il va, dit-elle d'une voix crispée et le visage tendu.

— J'y vais avec toi, Elisabetta. »

Elle fit un signe d'assentiment, quitta la pièce et revint avec un manteau. Ils sortirent mais comme elle ne veilla pas à fermer à clef, Brunetti lui demanda si elle avait oublié de le faire, et il dut répéter la question avant qu'elle n'en saisisse le sens. Elle fouilla alors dans son sac jusqu'à ce qu'elle trouve son trousseau, puis la bonne clef, et elle verrouilla la porte.

Ils descendirent les marches en silence, passèrent devant le bureau où une lumière brillait maintenant à travers l'étroite rainure au-dessus de la porte, puis ils sortirent sur le *campo* sans dire un mot. Il sentit un mouvement à côté de lui et vit Elisabetta ouvrir son sac pour en sortir un simple masque bleu et blanc. Brunetti farfouilla dans ses poches et en trouva un vieux qu'il n'avait plus utilisé depuis qu'il l'avait abandonné dans la poche de sa veste, à la fin du printemps. Il le mit, mais il dut nouer les élastiques qui s'étaient distendus après tout ce temps.

Tout en ajustant son masque, Brunetti ralentit le pas en songeant à la similitude entre cette maladie et l'histoire d'Elisabetta : tout commence comme un simple événement, qui finit vite par échapper au contrôle ; on en a à peine compris les éléments de base qu'un nouveau variant arrive déjà. Alors qu'on croit avoir trouvé la source du mal, on trébuche aussitôt sur une information qui change toute la donne. Les conclusions s'effritent, les explications s'effilochent. Il suffit de baisser un instant la garde, et dès le lendemain, on enregistre une nouvelle moisson de victimes.

Le cri de joie d'un enfant provenant de l'autre côté du *campo* fusa au milieu de ses réflexions ; il chercha Elisabetta du regard et, l'apercevant sur le seuil de l'hôpital, il se dépêcha de la rejoindre.

Brunetti présenta son insigne au gardien, à l'abri derrière la cloison en Plexiglas aménagée à l'entrée, et lui demanda où se trouvait Bruno del Balzo.

Le gardien entra le nom dans son ordinateur et les dirigea vers le Pronto Soccorso[1].

Brunetti et Elisabetta empruntèrent le hall monumental, puis les couloirs voûtés, passèrent le jardin, traversèrent un espace ouvert et un autre couloir, et finalement franchirent les portes avec les grandes lettres rouges. L'infirmière de service reconnut Brunetti et sortit de son bureau pour le saluer.

1. Les urgences.

« Bonjour, commissario. Êtes-vous venu voir quelqu'un ? »

Elle regarda Elisabetta, intriguée par le fait que Brunetti soit en compagnie d'une femme.

« Bruno del Balzo. Il vient d'arriver aux urgences.

— Le médecin chargé de l'admission l'a envoyé en haut, précisa-t-elle pour les aider.

— Dans quel service ?

— En chirurgie. »

Pour satisfaire sa curiosité, Brunetti expliqua : « Je suis ici avec sa femme. »

Elisabetta se tenait derrière une des chaises en plastique orange, les mains appuyées sur le dossier, la tête penchée.

Sa posture sembla toucher l'infirmière qui proposa : « Voudriez-vous tous deux un endroit où pouvoir attendre ?

— Ce serait très aimable à vous », répondit Brunetti.

Se penchant vers lui pour n'être entendue de personne, elle lui souffla : « Montez au quatrième étage en ascenseur et tournez à droite en sortant. Sur la troisième porte sur la droite, vous verrez la pancarte "Buanderie". Au fond de cette pièce, il y a une table et une machine à café. Seul le personnel y est autorisé. »

Brunetti sortit son calepin, écrivit son numéro de *telefonino* sur une feuille de papier, la déchira et la lui donna. « Pourriez-vous m'appeler lorsque vous aurez des nouvelles ? » La voyant s'apprêter à protester, il précisa : « Je sais que le service de chirurgie ne me téléphonera pas, mais il y a une chance qu'il vous appelle. »

Sans sourire, et mécontente, elle prit le papier et l'enfouit dans sa poche. « Une de mes amies travaille au bloc opératoire. Je vais lui envoyer un message. »

Il la remercia et retourna auprès d'Elisabetta ; il attendit sans bouger un certain temps, mais ne parvint pas à attirer son attention. Il posa sa main légèrement sur son bras. Elle ne bondit pas, mais recula nettement et mit un moment à le reconnaître.

« Où en est-on ?

— L'infirmière m'a dit qu'il est en chirurgie, mais il y a un endroit où nous pouvons attendre jusqu'à ce qu'ils aient fini. Elle nous préviendra. Nous devons prendre l'ascenseur et monter au quatrième étage. »

Elle hocha la tête en silence. Il savait que les gens en état de choc étaient souvent soulagés de se sentir dirigés. Brunetti avait toujours pensé que cette réaction reflétait leur besoin de savoir qu'il existait encore ailleurs un monde sûr et réconfortant, qui pouvait tout simplement être incarné par une personne maîtrisant la situation.

La buanderie joua parfaitement ce rôle, avec ses paquets de draps scellés sous plastique et ses couvertures empilées soigneusement de chaque côté, du sol au plafond. Comme l'infirmière l'avait dit, il y avait sur la droite, derrière les rayonnages, un espace étroit avec une table et des fenêtres donnant sur un jardin intérieur où un pin solitaire avait poussé jusqu'aux fenêtres de l'étage inférieur. On y voyait aussi la *laguna*, seul détail qui permit à Brunetti de s'orienter.

La machine à café était assiégée par un bataillon de tasses en carton, toutes sales. Ils s'en écartèrent tous deux. Brunetti tira des chaises des deux côtés de la table et attendit qu'elle s'assoie, puis il fit le tour et s'installa en face d'elle.

« Est-ce qu'ils t'ont dit de quel genre d'opération il s'agit ? s'informa Elisabetta.

— Non », répondit Brunetti. Voyant que cette réponse lui suffisait, il poursuivit : « Il y a des éléments qui ne sont pas clairs.

— Comme quoi ? demanda-t-elle d'un ton morne.

— Pour commencer, que sais-tu exactement sur l'institution caritative de ton mari ? »

Elle fit glisser son manteau et le laissa tomber à moitié sur le dossier de sa chaise, posa son sac sur la table et croisa les mains. « Je t'ai dit tout ce que je savais la première fois que nous nous sommes parlé.

— Et je t'ai crue, Elisabetta. Mais ce n'est plus le cas. »

Son visage afficha une expression choquée, mais les mots qui suivirent ne l'étaient pas.

« Et pour quelle raison ? s'enquit-elle, un brin contrariée qu'il puisse douter d'elle.

Il décida de ne pas perdre son temps en fines escarmouches et de sortir tout de suite la grosse artillerie.

« Parce que quelqu'un t'a vue sortir de la clinique de Flora ce soir-là. Et t'a reconnue. »

Elle le fixa, bouche bée ; Brunetti eut clairement l'impression qu'elle s'employait à trouver l'expression capable d'exhiber à la fois son étonnement et la déception qu'il éveillait en elle.

« Qu'est-ce qu'elle t'a dit ? demanda Elisabetta, comme si elle avait parfaitement le droit d'exiger une réponse de sa part.

— N'est-ce pas suffisant qu'elle t'ait reconnue ? »

Sa voix s'imprégna malgré lui de tristesse lorsqu'il lui posa cette question et c'est sans doute ce sentiment qui le retint de lui demander comment elle savait que la personne qui l'avait aperçue était une femme.

« Mais… mais… », bégaya-t-elle, puis elle sembla passer à autre chose : il l'observa en train de chercher comment justifier sa présence là-bas et l'enrober d'innocence, mais il la vit échouer dans cette tentative.

Elle regarda Brunetti assis à l'autre bout de la table et marqua une pause un certain temps, puis elle finit par déclarer : « Je ne voulais pas blesser le chien. »

Brunetti ne s'attendait pas à cette remarque qui le laissa interdit un moment.

Elle balaya à maintes reprises la surface de la table de ses mains, en enlevant des miettes invisibles.

« Je ne savais pas qu'il y avait un autre chien cette nuit-là. Lorsque j'ai lancé les croquettes à l'intérieur pour qu'il arrête d'aboyer en me voyant, j'ai aperçu l'autre chien et comme ils ont commencé à se battre pour la nourriture, j'ai dû ouvrir la cage et le faire sortir. L'autre chien était beaucoup plus grand et il s'en est pris à ses oreilles. J'ai dû le chasser car il risquait de le blesser gravement, mais je ne lui ai pas fait de mal. Je n'aurais jamais pu. » Pour en donner la preuve, elle marqua une pause puis affirma, d'une voix artificielle : « Flora l'aime tellement. »

Sous l'effet de ce rythme incantatoire, Brunetti ne put s'empêcher d'achever mentalement sa phrase : « … Au lieu de m'aimer moi. » Le souvenir du sang sur la veste de Flora jeta un froid entre le commissaire et Elisabetta, même si elle venait de lui déclarer que jamais elle n'aurait maltraité cet animal.

« Pourquoi est-ce que tu as fait cela, Elisabetta ? » demanda Brunetti, curieux de découvrir son interprétation des choses.

Elle remua nerveusement sur sa chaise. Comme une écolière prise en flagrant délit, elle s'assit toute droite, la tête penchée, les mains sur les genoux. «Je pensais que cela t'inciterait à me croire.

— Pardon ?

— À croire qu'Enrico avait raison de craindre pour lui et pour Flora.

— Qu'est-ce que tu croyais que j'allais faire ?

— Que tu irais enquêter sur ce que je t'avais dit. »

Elle marqua une pause après ces mots, comme si elle les prononçait pour la première fois.

« Et qu'est-ce que j'étais censé découvrir, Elisabetta ? lui demanda Brunetti.

— Ce qui se passe dans son institution caritative », répondit-elle, et sa voix se noua sur les deux derniers mots. « Tôt ou tard, tu en serais venu à te poser des questions sur Belize nel cuore. » Elle prononça, elle aussi, ce nom avec emphase, mais sans ironie et avec seulement de la rancœur.

« Qu'est-ce qu'il s'y *passait* ? Peux-tu me le dire ?

— Elle est en train de le tromper, cette femme. »

Le dernier mot aurait pu jaillir au milieu d'un fleuve de feu.

« Quelle femme ? s'enquit-il, confus.

— Sa directrice de publicité ou sa consultante, peu importe le titre dont il l'a affublée. »

Ne voulant être brûlé par les étincelles de colère qu'elle ne dissimulait guère, Brunetti revint au premier point qu'elle avait soulevé. « Que se passe-t-il ? » Mais elle le gratifia d'un silence de plomb. « Que se passe-t-il avec l'argent ? » répéta-t-il.

Elisabetta s'efforça de se taire, mais elle céda à la puissance de sa fureur.

« Elle a établi l'institution de manière que les gens qui font des donations les récupèrent presque entièrement.

Je ne comprends pas comment ça marche. Mais c'est ce qu'elle a fait. » La violence de sa hargne était inversement proportionnelle à la brièveté de ses phrases. « Une partie de l'argent que tout le monde envoie lui revient et ainsi il peut le dépenser pour elle. »

Il semblait que tout argument la ramenait inéluctablement à cette femme. Brunetti se permit de se montrer surpris face à ses révélations, comme s'il entendait ce genre d'histoire pour la première fois.

« Comment sais-tu cela, Elisabetta ?

— La secrétaire de Bruno m'a mise en garde contre elle. Ils croient tous les deux qu'elle est stupide parce qu'elle est vieille. Mais elle est tout sauf bête. »

Elle marqua une pause à ces mots et Brunetti s'attendit à ce qu'elle déclare qu'elle ne l'était pas non plus, mais elle s'en abstint.

« Elle m'a tout raconté sur cette affaire. Et tout sur elle. » Brunetti parvint rapidement à démêler les pronoms.

« Pouvons-nous revenir aux événements de ce matin, Elisabetta ? proposa-t-il.

— À quel sujet ? demanda-t-elle instamment, clairement irritée par le manque d'intérêt du commissaire pour l'autre femme.

— Tu as dit que ton mari avait été très contrarié par l'article.

— Oui, effectivement », confirma-t-elle, et elle ajouta, comme si c'était une évidence pour le commissaire : « Bruno le connaît depuis longtemps. » Étrangement, elle usa de cet argument comme s'il n'avait pas particulièrement d'importance. « Mais au lieu de se soucier de ce qu'il allait advenir de nous, il s'inquiétait pour le vieux général.

— Amiral, je crois, rectifia Brunetti en douceur.

— Peu importe », rétorqua-t-elle. Brunetti sentait l'étau de la colère d'Elisabetta se refermer de plus en plus fortement sur lui. « Bruno et le jeune frère de Fullin étaient de grands amis quand ils étaient enfants. Ils étaient dans la même classe au Morosini, expliqua-t-elle, comme pour mettre un terme à la question.

— Que s'est-il passé ? réitéra Brunetti, avant qu'elle ne dévie de nouveau.

— Il est mort.

— Le frère de Fullin ?

— Oui.

— Comment ?

— Dans un accident de voiture. Pendant ses études.

— Ici ? s'informa Brunetti, songeant qu'il aurait gardé au moins un vague souvenir d'un événement aussi inusuel, mais il ne se rappela rien dans ce sens.

— Non, à Padoue. Il était à l'université.

— Je ne comprends pas ! s'exclama Brunetti, étonné par ce soudain rebondissement.

— Je crois qu'il a été écrasé par une voiture », ajouta-t-elle distraitement, comme si ce détail n'avait guère d'importance.

Brunetti ne souffla mot, mais continua à afficher une expression intéressée. Lorsqu'il eut l'impression qu'Elisabetta avait épuisé le sujet, il demanda : « Mais en quoi cela affecte-t-il ton mari ?

— L'amiral, comme tu l'appelles, adopta en quelque sorte Bruno après la mort de son frère et il le traitait comme un petit frère. C'était un ersatz », précisa-telle d'un ton méprisant. Évidemment, pour Elisabetta, les sentiments de Fullin ne pouvaient qu'être faux.

Ne voulant pas la provoquer par certaines questions, Brunetti simula un état de confusion.

« Ne me pose pas de questions sur les parents de Bruno. Ils sont morts tous les deux avant que je ne le rencontre et il ne parle jamais d'eux, enchaîna-t-elle. Et je suppose que Fullin se prenait pour l'ange gardien de Bruno », conclut-elle avec un reniflement de dédain à cette simple idée.

Brunetti se souvint du coup de pied que le vice-amiral avait lancé au son du nom de del Balzo : avait-ce été une simple réaction à un nom familier, ou le signe de la fin d'un lien profond ?

« C'est un des signataires de l'institution caritative, n'est-ce pas ? » s'informa le commissaire.

Elisabetta essaya de cacher sa surprise en découvrant que Brunetti était au courant de ce détail.

« Je pense que oui », finit-elle par répondre.

Brunetti croyait que Fullin avait véritablement des difficultés à saisir ce qui se passait autour de lui, mais les réponses évasives d'Elisabetta lui semblaient de plus en plus une construction toute faite plutôt qu'une réalité. Il se dit que le moment était venu de donner un coup de pied dans la fourmilière et assena donc : « Comment t'est venue l'idée de faire publier cet article dans les journaux ? »

30

Elisabetta se figea. Cette attitude lui rappela la manière dont la plupart des gens réagissent à un grand bruit inattendu. S'arrêter, regarder autour de soi, attendre pour en imaginer la provenance et la cause. Et ne pas bouger d'un pouce jusque-là.

Il s'écoula de très longues secondes avant qu'elle ne prenne une inspiration et demande :

« De quoi parles-tu ? »

Brunetti garda son calme et répondit comme à une question ordinaire. « Il te suffisait de connaître quelqu'un pouvant entrer en contact avec un journaliste ou deux. Avec un scandale autour d'une personne haut placée, on peut être sûr que les journaux se vendront comme des petits pains. »

Elle rétorqua d'un ton impulsif et brusque, et d'une voix acidifiée par le dédain : « Je ne ferais rien de tel pour de l'argent.

— Pour quelle autre raison le ferais-tu, alors, Elisabetta ? » demanda-t-il avec un accent de raillerie.

Elle prit une autre profonde inspiration, marqua une pause en quête de la bonne réponse et finit par déclarer, avec une quiétude et une douceur auxquelles Brunetti ne s'attendait pas du tout : « La justice.

— Envers qui ?

— Envers moi, répondit-elle en reprenant un ton féroce et en se tambourinant le cœur à coups rapides et furieux.

— Comment cet article pourra-t-il te procurer cette satisfaction ?

— En divulguant ce que Bruno est en train de faire. Ses amis le sauront. Les gens qui ont travaillé pour lui le sauront. Ils sauront combien d'argent il se met dans la poche. » Puis, en inspirant de nouveau profondément, elle cria presque : « Et ils sauront pour cette putain !

— Je soupçonne qu'un certain nombre de gens le sait déjà.

— Pas tous, finit-elle par préciser au bout d'un moment. Je parle de ceux qui ne savaient pas ce qui se passait et ce que Bruno faisait de l'argent.

— Comme toi ?

— Oui, confirma-t-elle, sans avoir honte de cette vérité. Mais je ne l'ai pas ignoré longtemps.

— Qui d'autre le sait ? »

Elle mit un certain temps à trouver un ton suffisamment vénéneux pour lâcher :

« Elle.

— Je vois », dit Brunetti, et il sombra dans le silence.

Il n'était pas nécessaire de l'entendre prononcer le nom de la signora Bagnoli. Il était bien plus important à ses yeux de connaître le nom de la personne qui avait passé l'information aux journalistes de *Il Gazzettino* et de *La Nuova Venezia*, et qui avait donc eu accès à l'information découverte pendant leur enquête officieuse.

Il se remémora le premier regard qu'il avait lancé dans le hall d'entrée de la questure vers la femme qui était venue lui parler et que lui cachait le lieutenant Scarpa, visiblement en pleine discussion avec elle. Ce souvenir lui fit saisir le sens du fameux rasoir d'Ockham : le lieu, l'occasion qui se présentait, la facilité d'accès. Scarpa incarnait tous ces critères. Plus le désir.

Pendolini pourrait très bien avoir dit au lieutenant que la femme attendait de voir le commissario Brunetti, et Scarpa, toujours prêt à rendre service, n'avait eu qu'à passer devant elle, enlever son chapeau – un détail dont Brunetti se souvint seulement à cet instant – et demander s'il pouvait être utile à la signora… ? Le commissario pourrait être absent un certain temps ; donc comment pourrait-il – en se faisant probablement passer pour l'assistant du commissaire – lui être utile ?

Pour mettre un terme à cette incertitude, Brunetti affirma : « Je suppose que le lieutenant a proposé de t'aider ?

— Oui, il a été très aimable. Tout le temps, confirma-t-elle avec un réel sourire.

— Il a une remarquable capacité de réflexion, répliqua Brunetti en échangeant le même sourire. C'est une des raisons pour lesquelles il est si intéressant de travailler avec lui. »

Pour la première fois depuis leur entrée dans cette pièce, Elisabetta sembla apaisée et lui apprit, en se penchant vers lui : « Je ne l'ai appelé que deux jours après… » Apparemment, elle ne savait pas en quels termes évoquer l'épisode du vandalisme dans la clinique de sa fille ; Brunetti s'abstint de l'aider à le formuler et attendit, en arborant un air tout à fait curieux.

« … après être allée au cabinet de Flora. »

Brunetti hocha la tête. « Je ne doute pas une seconde de sa serviabilité. »

Elle esquissa un nouveau sourire des plus détendus. « Oui ; il m'a raconté l'effraction, m'a dit que la plupart des gens à la questure le mettaient sur le compte des baby gangs.

— Quel grand soulagement cela a dû être », se surprit à énoncer Brunetti.

Faisant la sourde oreille, elle répliqua : « Oui, tout à fait. Puis nous nous sommes retrouvés par hasard à parler de la femme. »

Par hasard, comme c'est pratique, songea Brunetti.

« T'a-t-il dit qui c'était ?

— Pas seulement, répondit-elle, mais aussi tout ce qui la concernait », ajouta-t-elle en un murmure. Puis elle s'accorda une pause pour ménager un effet dramatique et précisa : « Et ce qu'elle s'apprêtait à faire.

— Avec l'argent ? demanda Brunetti.

— L'argent n'a pas d'importance », dit-elle avec un mouvement dédaigneux de la main. Il avait entendu cette remarque et vu ce geste bien des fois dans sa carrière, mais ils étaient à chaque fois dénués de sincérité et il doutait qu'Elisabetta fasse exception à la règle.

« C'est comment ils le dépensent qui compte. Les vacances, les vols en première classe, les hôtels cinq étoiles… », récita-t-elle, comme si elle avait mémorisé la liste que Vianello lui avait donnée. La liste, déplora vivement Brunetti, qu'il avait laissée en toute confiance dans le tiroir de devant de son bureau. Il reporta son attention sur Elisabetta et vit combien ses traits vieillissaient sous le coup de la colère qui lui faisait plisser les yeux avec répulsion, pincer la bouche avec méchanceté et creuser les rides sur son front. « J'ai vu sur son téléphone les photos des endroits où ils sont allés, poursuivit-elle, en haussant la voix. Bruno ne m'a jamais autant gâtée. »

Brunetti saisit le mot de la fin qui ne lui laissa plus le moindre doute et expliqua la froideur qu'elle avait envers lui enfant : elle avait surpris sa mère à être gentille avec lui. Parmi toute la kyrielle de petits copains qu'il lui avait connus au fil des ans, aucun d'entre eux n'avait donc réussi à l'aimer par-dessus tout ? Jusqu'à Bruno, en fait. Puis Flora l'avait aimée aussi, mais jusqu'à ce qu'elle se trouve un mari et un chien. Et voilà que Bruno s'était trouvé une autre femme : Elisabetta avait donc le droit de détruire sa réputation. La jalousie dicte ses propres règles : le chagrin doit être payé par le chagrin.

Elisabetta s'apprêtait à continuer lorsque le téléphone de Brunetti sonna. Il répondit en se présentant.

« Commissario, c'est Arianna, l'infirmière des urgences.

— Merci de m'avoir appelé, signora. »

Bruno couvrit le micro de sa main, regarda Elisabetta, puis leva la main pour lui signifier d'être patiente.

« Vous m'entendez, commissario ?

— Oui. Est-ce terminé ?

— Oui, dit-elle d'une voix qui le troubla par sa neutralité.

— Pouvez-vous me dire ce qui s'est passé ?

— Tout ce qu'on m'a dit, c'est qu'il y a une grave hémorragie au niveau du cerveau et que le sang a provoqué une poussée de tension, problème qu'ils ont essayé de résoudre. Mais il semble qu'ils n'y soient pas entièrement parvenus. » Cette formulation, lui sembla-t-il, était censée répondre à sa question, mais sans trop s'engager et tout en laissant planer l'incertitude même sur cette infime quantité d'informations.

« Je ne veux pas vous importuner, signora, mais pourriez-vous m'expliquer la situation plus clairement, s'il vous plaît ?

— Le cerveau pourrait avoir subi des dommages », déclara-t-elle.

Bien, se dit-il, *cette fois, ce ne peut être plus clair.*

« Merci de nouveau pour votre appel, signora, répliqua Brunetti. Sa femme est ici et je vais lui faire part de vos nouvelles. Peut-elle le voir, maintenant ?

— Je ne peux pas répondre à cette question, commissario. Il faut parler au médecin du service. Vous savez où c'est, n'est-ce pas ?

— Oui. Je l'y emmène tout de suite. Vous avez été très aimable, signora. Je vous en remercie.

— Je n'ai fait que mon devoir, signore », affirma-t-elle, et elle raccrocha.

Brunetti rapporta à Elisabetta ce qu'il avait appris. D'un geste à son avis mélodramatique, elle posa ses coudes sur la table et se couvrit le visage des mains. Il eut la sensation qu'elle maintenait cette posture un long moment, puis elle enleva ses mains et se leva, sans mot dire.

Le commissaire connaissait bien l'hôpital ; il lui fit retraverser la cour ouverte et la conduisit ainsi du pavillon du Pronto Soccorso au bloc opératoire, situé au deuxième étage. Le poste des infirmières se trouvait en face du service de chirurgie. Protégé par des barrières en plastique sur les trois côtés, il empêchait effectivement toute entrée non autorisée.

Il y avait deux infirmières dans ce bureau : l'une était assise face aux gens qui arrivaient et l'autre regardait une série d'écrans, montrant chacun un patient couché dans son lit. Le troisième présentait un homme qui, selon Brunetti, aurait pu être del Balzo, avec la tête entièrement bandée. Tous les malades semblaient endormis.

Il prit son insigne, sans vraiment savoir s'il pouvait constituer une autorité dans un hôpital et le montra à la première infirmière.

«Je m'appelle Brunetti. Commissario Brunetti. Et voici l'épouse du signor del Balzo, la signora Foscarini.»

L'infirmière examina sa plaque, puis son visage, la lui rendit et ne s'adressa qu'à Elisabetta.

«Il sort tout juste de son opération, signora. Il va continuer à dormir pendant encore au moins deux heures.»

Brunetti regarda autour de lui et ne vit pas de chaises, signe que les visiteurs n'étaient pas les bienvenus.

«Où puis-je attendre?» demanda Elisabetta à l'infirmière, à la grande surprise du commissaire.

Elle avait dû entendre cette question des milliers de fois, imagina Brunetti; elle répondit effectivement à la manière d'un automate: «En bas. À cause de la *pandemia.*» Face au changement d'expression d'Elisabetta, elle précisa: «Seuls les patients et les médecins sont autorisés, ici.»

Il vit la main droite d'Elisabetta se serrer en un poing et se demanda si elle se livrerait à un acte de violence, dans un lieu public comme celui-ci, mais elle s'en abstint. Elle tourna les talons en émettant un bruit guttural de dégoût, gagna rapidement l'ascenseur et enfonça son pouce de manière compulsive sur la flèche indiquant le rez-de-chaussée. La machine obéit et monta avec tout autant de mauvaise humeur.

Brunetti la suivit et se tint à sa droite. Lorsque les portes s'ouvrirent, Elisabetta s'engouffra dans l'ascenseur et tapa du poing sur le bouton vert en train de clignoter, une fois, deux fois, puis elle se tourna vers Brunetti qui attendait.

Incapable de bouger, il ne se sentait pas de partager ce petit espace avec cette femme. Il ne recula pas, mais il sentit son corps se cabrer en arrière pour s'éloigner d'elle. Il observa son visage, figé sous l'effet de surprise.

« Guido », dit-elle d'une voix rauque.

Brunetti leva la main gauche devant sa poitrine et ne cessa de l'agiter d'avant en arrière, jusqu'au moment où les portes se fermèrent sur le visage encore ébahi d'Elisabetta.

Cinq minutes plus tard, le commissaire sortit sur le campo SS. Giovanni e Paolo inondé de lumière et le traversa en direction de la statue du Colleone. Il se tint derrière la rambarde en métal et observa l'expression du *condottiere* sur son cheval, avec son froid rictus du commandement, et il se remémora ce qu'on lui avait appris à l'école. Le Colleone était un mercenaire qui combattait pour le meilleur offrant, jusqu'à la fin de la guerre en cours, puis il était libre, comme tous les autres *condottieri*, de se trouver ensuite de nouveaux maîtres. Pendant les guerres interminables qui eurent lieu au XVe siècle entre Venise et Milan, il finit par opter définitivement pour la Sérénissime qu'il défendit vaillamment jusqu'au bout : une fois qu'il avait fait allégeance, il était en effet d'une indéfectible loyauté et restait toujours fidèle au camp qu'il avait choisi. Alors que la ville avait promis de lui élever un monument sur la place Saint-Marc, elle dupa son protecteur en le récompensant par ce monument érigé près de la scuola di San Marco. Pas mal, certes, comme endroit ; mais quand même, ce n'était pas la piazza San Marco, ni la promesse qui lui avait été faite.

Brunetti regarda par-delà la statue et put voir ainsi la façade de la Basilica, puis celle de l'hôpital. Ces constructions pouvaient-elles être réelles ? se demanda-t-il.

Ses pensées revinrent à Colleoni. Il pinça les lèvres et leva les yeux sur sa monture. Son père lui avait dit, le jour où il avait emmené son petit garçon sur le *campo* pour la première fois, que si l'on avait la chance d'observer la statue depuis une très basse perspective, on s'apercevait que son équilibre reposait – comme seulement chez les chevaux magiques – sur deux pieds uniquement. Les grands, persuadés qu'il avait besoin de trois pieds posés par terre, portaient sur lui un regard complètement erroné ; tel était bien le cheval de Colleoni.

Brunetti était déjà adulte lorsqu'il prit conscience que c'était une plaisanterie de son père. Il avait vu des photos de ce cheval bien ancré ; il le voyait maintenant d'une plus haute perspective que celle de son enfance, mais il persévérait dans cette croyance et l'avait transmise à ses deux enfants. Et tant que son propriétaire restera fidèle à son seigneur et maître, laissons ce cheval continuer d'accomplir l'impossible.

31

À la mi-février, il neigea à Venise ; c'était la première fois pour bien de ses habitants, du moins pour ceux âgés de moins de dix ans, même s'il n'en restait plus beaucoup. Les flocons commencèrent à tomber au milieu de la nuit entre le mardi et le mercredi et Venise se réveilla sous quinze centimètres de neige.

Avant l'aube, les éboueurs s'étaient mis à déblayer les rues, en faisant glisser le plus de neige possible dans l'eau : les pelles qu'ils utilisaient étaient faites pour creuser la terre, et donc peu pratiques en la circonstance, mais on ne pouvait guère attendre d'une administration municipale, incapable de trouver de l'argent pour nettoyer les canaux, qu'elle puisse en trouver pour des pelles servant une fois tous les dix ans, et encore. Vers 9 heures, les détenus de la prison furent donc recrutés d'office – pour leur plus grand bonheur – afin de déneiger pendant que les *spazzini*, ayant pu retourner à leur activité normale, récoltaient les ordures entassées ce jour-là sur cette couche blanche.

Comme on ne savait trop comment affronter ce phénomène, il fallut un certain temps avant que des traces de pas ne se créent au milieu des artères principales, et plus longtemps encore dans les *calli* plus étroites. Les sirènes pour l'*acqua alta* avaient retenti un peu après 7 heures et donc accru la confusion générale en annonçant à tort que la marée était en train de monter. Vers 8 h 30, lorsque les gens partirent travailler, les établissements scolaires et les bureaux publics avaient reçu l'ordre de rester fermés pour la journée ; il se mit ainsi à souffler sur la ville un vent de folie généralisée où les hommes en costume-cravate se retrouvaient à participer à des batailles de boules de neige et les *vigili urbani* à jouer avec leurs sifflets des airs comme *Bella ciao*, pendant que les gamins dispensés d'école, et qui pour la plupart n'avaient jamais vu un flocon de leur vie, se roulaient dans la neige comme de petits chiots.

Les propriétaires des bars servirent des cafés aux prisonniers puis, un peu après 11 heures, ils commencèrent à leur apporter des *tramezzini*[1], des *cicchetti*[2] et un bon nombre de verres de vin. À midi, les prisonniers décrétèrent qu'il était l'heure de rentrer manger ; ils alignèrent donc leurs pelles en rangs bien nets sur le *campo* qui leur avait été assigné et ils longèrent les *calli* qu'ils avaient déneigées en papotant avec l'aisance d'hommes libres, sur le chemin de la prison où il n'en manqua pas un seul au moment où on leur servit leur déjeuner.

À 14 heures, le soleil perça de timides nuages et envahit la ville de sa lumière. Guido Brunetti, commissario di polizia, décida de ne pas retourner travailler cet après-midi-là et de commencer à lire *L'Interprétation des rêves* d'Artemidorus. Aussi envahit-il le bureau de sa femme, Paola Falier, professeure de littérature anglaise à l'université Cà Foscari et s'attribua-t-il son canapé où il arrangea les coussins de manière que les rayons du soleil tombent sur les pages de son livre.

1. Petit sandwich à base de pain de mie, de forme triangulaire.
2. Amuse-gueule accompagnant les verres de vin.

Après cette opération, il s'étendit de tout son long, sortit ses lunettes de lecture de leur étui et ouvrit le livre.

Se disant que c'était le paradis de ne pas repartir à la questure, il consulta l'écrivain sur son interprétation des rêves où figurait la neige. Il venait tout juste de commencer à lire le passage lorsque la propriétaire légitime de la pièce fit son entrée et, à la vue de Brunetti, gagna hardiment l'extrémité du canapé, souleva les pieds croisés du commissaire, se glissa en dessous et ouvrit le livre qu'elle avait en main.

« Tu t'intéresses à ce qu'Artemidorus a dit sur la neige ? »

Elle posa, en soupirant, son propre volume à l'envers sur les jambes de son mari. « Voyons un peu ce qu'il raconte.

— Il prédit que les projets actuels du rêveur et ses affaires ne progresseront pas, expliqua Brunetti en posant le tome sur sa poitrine.

— Cette prédiction semble s'appliquer à ton amie Elisabetta, observa Paola.

— Ce n'est pas mon amie », rétorqua Brunetti. Puis, avec une véhémence qui les surprit tous deux, il ajouta : « Elle ne l'a jamais été.

— Ton ancienne amie Elisabetta », rectifia Paola.

Brunetti prit le livre et relut la phrase pour lui-même, puis le posa de nouveau. « Ce présage pourrait s'appliquer à eux tous, ces pauvres diables.

— "Pauvres diables" ? s'étonna Paola.

— C'est ce qu'ils sont pour la plupart d'entre eux, à l'exception de la perfide signora Bagnoli », nuança Brunetti. Après un moment de réflexion, il ajouta : « Même la signorina Elettra n'a pas réussi à trouver la moindre trace d'elle. La Guardia di finanza aimerait lui parler, précisa Brunetti, face aux sourcils levés de Paola.

— Ce que tu n'es jamais parvenu à faire.

— Effectivement. Comme bien des méchants, elle a réussi à complètement disparaître de la circulation.

— Invisible, intouchable, volatilisée.

— Mais elle a laissé dans son sillage le trait marquant de sa personnalité.

— C'est-à-dire ?

— Qu'elle est prête à tout et à se servir de n'importe qui pour parvenir à ses fins.

— Et quelles sont-elles ?

— L'argent et le plaisir.

— D'habitude, c'est l'argent et le pouvoir.

— Dans son cas, c'est le plaisir – et le plaisir qui coûte cher.

— Qu'est-ce qui va lui arriver ? »

Brunetti laissa tomber son livre par terre et croisa les mains sur sa poitrine.

« Dieu seul le sait.

— Était-elle derrière la magouille ?

— C'est le point sujet à caution.

— Quel point ? Et que veux-tu dire par "sujet à caution" ?

— La Guardia di finanza a bloqué son compte bancaire et le compte de Belize nel cuore, mais ils n'ont pas encore trouvé de preuves attestant qu'il s'agit d'un délit.

— Même si des centaines de milliers d'euros ont été envoyés au Bélize ? »

Brunetti se tortilla un peu sur le canapé, puis s'enfonça dans les coussins jusqu'à trouver une bonne position pour son cou.

« Oui, car l'hôpital a présenté des reçus tout à fait probants qui démontrent comment l'argent a été dépensé.

Il y a des reçus provenant des constructeurs et des vendeurs d'équipements médicaux, ainsi que les attestations de salaires de quatre employés. Pour chaque euro dépensé.

— Et ses vacances avec le signor del Balzo ?

— On n'envoie personne en prison pour avoir pris des vacances de luxe, ma chère. Même si les vacances sont payées par l'hôpital.

— Ainsi elle va s'en tirer sans encombre ? demanda catégoriquement Paola.

— C'est fort probable, du moins légalement. Tous les documents, lettres et e-mails qui ont été envoyés aux nombreux donateurs portent la signature du signor del Balzo ou, dans certains cas, du vice-amiral Fullin. Elle n'a jamais signé officiellement le moindre papier. En outre, elle n'était qu'une employée et n'avait aucun pouvoir exécutif. » Avant que Paola ne prenne la parole, Brunetti déclara, d'un ton étonnamment agité : « Je dis bien *le moindre papier.* » Puis, retrouvant son calme, il ajouta : « Fenzo avait raison de se méfier d'elle.

— Et les autres ?

— Tu tiens vraiment à le savoir ?

— Si tu commences par Elisabetta.

— Elle n'a rien fait de criminel, Paola. Elle m'a demandé de l'aider à comprendre si les craintes de son gendre étaient justifiées.

— Que fais-tu de l'effraction à la clinique de sa fille et de la blessure infligée à son chien ? N'est-ce pas criminel, dieu du ciel ?

— Malheureusement, la seule témoin a presque quatre-vingts ans et n'avait pas ses lunettes au moment où elle a vu cette nuit-là, devant la clinique, un individu qui lui semblait être une femme.

— Elisabetta n'a-t-elle pas reconnu l'avoir fait ?

— Elle ne me l'a pas dit lors d'un entretien enregistré à la questure et elle n'a jamais rien signé. »

Au fur et à mesure qu'il répondait à Paola, le ton de Brunetti perdait de son ironie autoprotectrice initiale.

« Mais elle l'a fait », insista Paola.

Il n'est pas facile de hausser les épaules en position couchée, mais Brunetti y parvint. « Paola, une des premières choses qu'on nous apprend en tant que policiers – et je suppose que tes profs t'ont enseigné la même chose –, c'est que les témoins ne sont pas fiables ; les gens répètent des versions déformées de ce qu'ils ont vu ou entendu, et toute preuve est toujours sujette à caution. »

Paola serra alors sa cheville gauche très fort des deux mains et la tint assez longtemps pour assimiler les propos de Brunetti. Quand elle relâcha sa cheville elle dit, d'une voix plus douce : « Et l'argent que del Balzo a fait sortir du pays pour exonérer d'impôts les supposés donateurs ?

— Est-ce que tu crois que, en présence de reçus montrant où et comment leur argent a été dépensé, ils iront dire que leur véritable motivation était d'éviter de payer des impôts ? » Il marqua une pause un moment puis ajouta, sur un ton de réprimande : « Allons, Paola !

— Et del Balzo ? C'est lui qui a tout manigancé.

— Il n'a pas manigancé ce que tu appelles la magouille, même si c'est lui qui a fondé l'institution caritative. Il était complètement sous le charme de la signora Bagnoli. Souviens-toi que les grandes donations des gens de Brescia ont commencé lorsqu'elle est devenue consultante pour l'Onlus. Jusque-là, l'argent arrivait au compte-gouttes pour un petit hôpital du Bélize : il s'agissait de gens simples, qui cherchaient à faire un peu de bien dans ce monde.

— Tu crois ça ?

— Oui. En outre, il ne sera jamais tenu pour responsable de la moindre action. Il va rester couché dans son lit à la clinique, probablement pour le restant de ses jours, et espérons pour lui que cela ne dure pas trop longtemps. » Brunetti prit soudain la voix enrouée des moments où il se battait contre ses émotions. « Et Elisabetta passera son temps à aller le voir chaque jour, pour s'assurer que les infirmières veillent à sa propreté et continuent à lui parler, dans l'espoir qu'un jour il la regardera ou prononcera un mot. » Il se tut et s'enveloppa de silence, puis il ajouta, empli de répugnance envers cette femme destructrice, cette stupide femme destructrice : « Et c'est une condamnation à perpétuité. Donc, oui, je confirme, "pauvre diable". »

Paola, qui le connaissait bien, attendit le temps voulu avant de lui demander, d'une voix douce : « Et le vice-amiral ?

— J'ai parlé à son petit-fils il y a une semaine. Rien ne change : son esprit continue à aller et venir.

— Ah.

— Il a plus de quatre-vingts ans, donc il est peu probable qu'il puisse être incarcéré, même en cas de blessures volontaires. En outre, sa maladie est une forme d'assignation à domicile et son petit-fils a vu ce qui s'est passé. Il n'avait aucune intention de faire du mal à del Balzo.

— Et Flora ? s'enquit Paola.

— Ah, soupira Brunetti. Au moins, elle, elle a réussi à s'échapper. Elle est partie avec son mari à Trento où elle travaille avec un ami du temps de l'université. » Il regarda Paola droit dans les yeux et remua ses doigts de pied. « Et elle a pris son chien sans oreille, m'a-t-on dit. »

Paola sourit et dit : « Alors, tout est bien qui finit bien ?
— Au moins pour l'un d'eux », répondit Brunetti en fermant les yeux.

Paola lança son livre par terre à côté du sien, souleva les jambes et se leva.

« Est-ce que tu as envie de boire quelque chose, Guido ? »

Il tourna la tête et regarda le blanc manteau qui couvrait les toits, réduisant au silence les voix inquiètes de la cité.

« Oui, s'il te plaît.

— Qu'est-ce qui te ferait plaisir ?

— Un bon chocolat chaud, voilà qui serait parfait, répondit-il en désignant la fenêtre de la main. Nous pourrions le boire sur le balcon et avoir ainsi les pieds dans la neige.

— Comme tu es judicieux, Guido ! » s'exclama-t-elle en gagnant la cuisine.

Lorsqu'elle revint, Brunetti déclara : « Je ne sais pas si je suis judicieux, ma chérie, mais ce qui est sûr, c'est que je reste toujours fidèle au camp que j'ai choisi. »

Photocomposition Belle Page

Achevé d'imprimer en août 2023
par CPI BRODARD & TAUPIN (72200 La Flèche)
pour le compte des Éditions Calmann-Lévy
21, rue du Montparnasse, 75006 Paris

PAPIER CERTIFIÉ

CALMANN LÉVY s'engage
pour l'environnement en réduisant
l'empreinte carbone de ses livres.
Celle de cet exemplaire est de :
550 g éq. CO_2
Rendez-vous sur
www.calmann-levy-durable.fr

N° d'éditeur : 6103489/01
N° d'imprimeur : 3053306
Dépôt légal : août 2023
Imprimé en France.